KB059035

Is it tough being "a friend"?

CONTENTS

……이 다음
마구 키스했다

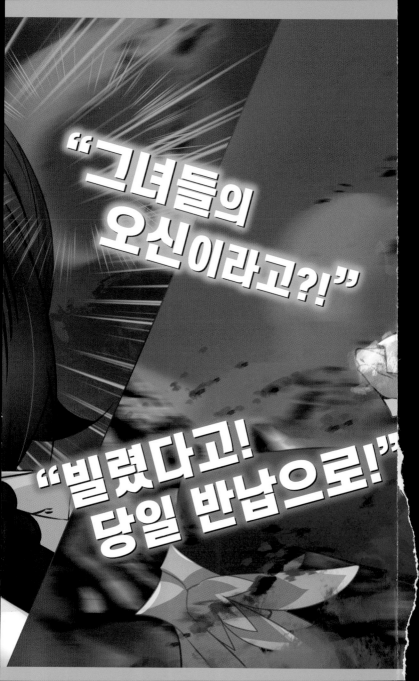

USHI DATE
베니오

친구 캐릭터는 어렵습니까?

Is it tough being "a friend"?

10

프롤로그

히노모리 류가를 주인공으로 하는 이야기는 현재 한창 『72마리의 악마편』이 진행 중이었다.

이어서 마지막 보스를 맡은 솔로몬, 텐료인 아기토——그런 그가 차례차례 보내는 『악마 빙의자』를 메인 캐릭터들은 순조롭게 계속 격파하고 있었다.

아니다. 지나치게 격파하고 있다, 그렇게 말해야 하나.

악마의 힘으로 전투력이 살짝 강화되었을 뿐인 『악마 빙의자』로는 이전 시리즈를 돌파한 기존 캐릭터들에게 대적할 수 있을 리도 없으니.

일흔둘이나 있던 그들은 개막 이후 일주일 정도로 불과 열만 남고 말았으니까.

'이 상황을 보는 사람은 어떻게 생각할까. 한심한 악마들에게 시청자나 독자나 데몬 코구레*는 화내지 않을까.'

하지만 제2기 스토리에 전혀 굴곡이 없지는 않았다.

짧은 기간에 몇몇 산이나 골짜기가 있었다. 그중에서도 큰 '산'이라고 할 수 있는 것은 둘.

——소식이 불명이었던 시즈마의 친어머니 레이다를 구출할 수 있었던 것.

---

*일본 헤비메탈 밴드 '세이키마츠'의 리더, 보컬.

——친구 캐릭터인 나 코바야시 이치로가 이번 일과의 관련을 면제받은 것.

　　이 두 가지는 내가 이전 시리즈부터 목표로 했던 비원이었다. 그것들을 달성했다는 사실은 솔직히 기뻤다. 무엇보다도 시즈마와 헤어지지 않고 넘어간 것이 기뻤다.

　　하지만 한편으로 '골짜기'도 있었다.

　　——코바야시 이치로가 사실은 인간이 아닌 오니였다는 것.

　　——게다가 어머니가 『나락의 팔걸』 열장(烈將) 사츠키였다는 것.

　　——엉뚱한 계기로 알게 된 예능사무소 요시다 젠지로 씨가 내 아버지인 코바야시 햐쿠타로의 동생이었다는 것.

　　——게다가 요시다 씨의 아들은 텐료인 아기토이고 나와 녀석이 사촌지간이라 판명된 것.

　　——주인공 히노모리 류가가 아직 『악마 빙의자』를 한 사람도 쓰러뜨리지 않았다는 것.

　　——애당초 『악마 빙의자』와의 배틀이 죄다 코미디 느낌이라는 것.

　　——궁기가 내게 깃들어 있다는 것.

　　——다음 주부터 기말고사라는 것.

　　유감스럽게도 골짜기가 더 많았다. 이대로 계속 내려가다가는 맨틀을 뚫을 기세였다. 스토리 플래너로서 나는 그것을 크게 우려하고 있었다.

'남은 열 명의 적 간부 중에는 강하고 시리어스한 녀석이 기다린다……. 그랬으면 좋겠다.'

그렇지만 최강의 『악마 빙의자』로 여겨지는 쿠로가메는 시리어스와 거리가 먼 캐릭터다. 그녀가 코미디를 자중하게 만드는 것은 모코미치*가 올리브 오일을 자중하게 만드는 것만큼 어려운 일이겠지.

조금 더 말한다면 72마리의 악마 최강 바엘은 뒤로 나와 결탁한 아군이다.

그러니까 순수한 적으로 기대할 수 있는 것은 앞으로 여덟뿐. 이렇게 되어버리면 이미 솔로몬군에 반격의 희망은 없다.

'아니…… 그래도 아기토라면, 아기토라면 틀림없이 어떻게든 해줄 거야…….'

그렇게 생각했더니. 정말로 어떻게든 했다.

인제 와서 아기토는 간신히 무거운 몸을 일으켜서 스스로 움직인 것이었다.

악마 푸르카스가 된 쿠로가메 리나를 탈환하고자 그녀에게 결투를 건 히노모리 류가. ——그 배틀에 아기토가 개입해서는 세상에나, 두 사람을 한꺼번에 쓰러트린 것이다.

'설마 바엘의 보고가 틀리지는 않았을 테지만, 아직도 믿을 수가 없어.'

---

*일본 배우 하야미 모코미치. 요리 코너에서 올리브 오일을 과도하게 사용하는 것으로 화제가 되었다.

히노모리 류가와 쿠로가메 리나. 이들 두 사람은 주인공 측에서도 톱클래스의 전투력을 자랑하는 강한 캐릭터다. 그런 두 사람의 '류가메 대결'에 끼어들다니 제정신으로 할 짓이 아니다.

　하지만 아기토는 그것을 해냈다. 게다가 류가를 응원하느라 한눈을 팔던 도철까지 기절시켰다.

　말도 안 되는 이야기다. 기습이라고는 해도【마신】에게 이기다니.

　그것이 진실이라면 지금의 아기토는…… 틀림없이 나보다 강하다. 작중 최강 캐릭터다.

　'아기토 녀석한테 대체 무슨 일이 있었지? 아니, 지금은 그걸 생각할 여유는 없어. 한시라도 빨리 이계로 뛰어들어야 해!'

　아기토는 다시 크레바스를 통해서 이계로 돌아갔다고 한다. 정신을 잃은 류가 & 카메를 짊어지고서.

　푸르가메는 몰라도 류가를 데려간 것은 큰 문제다.

　그 녀석은 이 이야기의 주인공인 것이다. 붙잡힌 공주님 역할을 할 때가 아니다. 무엇보다도 우리 주인공, 새 시리즈가 된 이후로는 전혀 활약하지 않았다!

　'조속히 류가를 구출해서 전열로 복귀시켜야 해. 아기토의 아파트에 있는 크레바스는 적의 본거지인 폐 성채로 이어져 있어……. 틀림없이 류가도 그곳에 있을 터!'

그래서 나는 미온에게 아파트까지 돌입하도록 했다.

백로형 사도인 그녀에게는 비행 능력이 있다. 그래서 등에 매달려서 동료보다 선행하여 이계에 가기로 한 것이었다.

주리와 키키도 지상을 통해 아파트로 보냈다. 긴급 연락을 받은 유키미야, 아오가사키 선배, 엘미라도 조금 늦었지만 달려올 것이다.

"자, 잠깐만 이치로 군. 이상한 곳 만지지 마."

밤하늘을 맹렬한 속도로 날아가며 미온이 그런 클레임을 걸었다.

"그런 소리를 해도, 어디를 붙잡으면 되냐고······."

굳이 말할 것도 없이, 이러다가 떨어지면 끝이다. 아무튼 여기는 상공 수백 미터니까. 약간의 성희롱은 너그러이 봐줬으면 좋겠다.

"지금 상태로 좀 참아줘. 지금 와서 자세를 바꿀 수도 없어."

"귀에 숨 불어넣지 마. 거기 약하니까."

미온이 몸을 비틀자 갑자기 고도가 확 떨어졌다. 내 불알도 확 쪼그라들었다.

"야! 위험하잖아!"

"모, 목이 졸린다니까!"

"어쩔 수 없잖아! 단단히 붙잡지 않고서는 날아가버린다고!"

"다리까지 휘감지 말라고! 이거, 슬리퍼 홀드라는 거 아냐?!"

"떨어뜨리지 말라고! 두 가지 의미로!"

"옆구리 간지러워! 거기 약한걸!"

"참아!"

"목덜미 만지지 마! 거기도 약한걸!"

"너, 약점만 한가득이잖아!"

둘이서 깍깍 떠들면서도 어떻게든 아기토의 아파트 앞까지 도착했다. 착륙한 백로 소녀는 한동안 축 늘어져 있었다. 마치 거사 이후처럼.

"야, 미온. 가자고. 본편은 지금부터야."

"보, 본편이라고 하지 마……."

"불가항력으로 가슴을 움켜쥔 건 사과할게. 일이라고 생각하고 잊어줘."

"반드시 신부가 될 거야……."

눈물을 글썽이며 원망스럽게 올려다보는 미온을 제쳐놓고 나는 아파트 문을 날카롭게 응시했다.

──자. 그럼 실례해볼까. 적의 본거지로.

'다만 아기토랑 결판을 낼 생각은 없어. 기껏 시작된 새 시리즈…… 그렇게 간단히 막을 내릴 수야 있겠느냐!'

목적은 어디까지나 류가를 구해내는 것. 그것 하나뿐.

오늘 밤의 구출극은 없었던 일로 하고, 계속해서 이야기를 진행한다. 나는 앞으로 친구 캐릭터로서 가끔 얼굴을 비추는 정도로 그친다. 더 이상 메인 줄거리에 엮이는 일은 하지 않는다.

이것은 '히노모리 류가의 배틀 스토리'니까.

쿠로가메를 악마로부터 해방하고 텐료인 아기토를 쓰러뜨린다……. 그것은 주인공인 류가만이 할 수 있는, 해야만 하는 일이니까.

이때의 나는 그렇게 생각하고 있었다.

설마 친구 캐릭터를 포기할 수밖에 없게 되다니──.

모든 것이 마무리될 때까지, 더 이상 인간계로 돌아오지 않는다니──.

꿈에도 생각하지 않았다.

제1장 빼앗긴 이능력, 그리고 마신

1

아파트 입구의 문을 밀어봤더니 간단히 열렸다.

아무래도 오토록이 풀려있던 모양이다. 들어선 입구는 텅 비어 있고 맞이하는 사람은 없었다. 애당초 이곳에 일반 입주자는 없다.

'틀림없이 내가 올 것을 예상해서, 바엘은 아파트를 봉쇄하지 않았을 거야. 역시 친구 캐릭터, 배려에 빈틈이 없어.'

아마도 그 역시도 현재는 아기토를 따라서 이계로 갔을 터.

──바엘. 크레바스 수비는 이제 됐다. 맨션을 봉쇄한 뒤에 너도 이계로 돌아와라──

아기토가 그렇게 명령했다고 그랬으니까.

72명의 『악마 빙의자』들은 기본적으로 솔로몬의 명령을 거스를 수 없다. 그것은 바엘이나 푸르가메도 예외가 아니다.

"……어라? 도철 님이 없어. 여기에 퍼져 있다고 그러지 않았어?"

내 옆에 나란히 선 백로 소녀가 로비를 둘러보며 고개를 갸웃거렸다.

확실히 바엘한테는 그렇게 들었다. 도철은 아기토의 기습으로 가장 먼저 당해버렸다고.

만일의 사태에 대비해서 함께 두었는데도 전혀 도움이 되지 않았다. 나는 슬슬 그 녀석한테서 【마신】의 직함을 박탈해야겠다고 생각했다.

"여기 없다면 금방 깨어난 거겠지. 그리고 텟짱도 이계로 뛰어들었을 거야."

"그러네. 도철 님, 운석이랑 부딪쳐도 뇌진탕으로 그칠 만큼 튼튼하니까. 텐료인의 공격 따위로 중상을 당할 리도 없는걸."

"……그 녀석, 운석이랑 부딪친 적 있었냐."

"사츠키한테 들은 이야기야. 도철 님이 운석을 파괴하지 않았다면 지구는 멸망했을지도 모른다고."

듣자 하니 수백 년이나 옛날 일이라나. 그 【마신】, 남몰래 지구를 위기에서 구했다.

'그런 텟짱이 습격한다면 솔로몬군은 단번에 끝이야. 꾸물대고 있을 때가 아니지!'

초조한 심정에 내몰려서 곧장 비상계단으로 이어지는 철제문으로 향했다.

크레바스는 이 아파트 지하에 있고, 그곳은 주차장이 아니라 음악 스튜디오라고 한다. 아기토가 이끄는 밴드 『아포스톨루』의 연습 시설이라는 모양이다.

역시 그렇다고 해야 할까, 비상계단의 문도 잠겨 있지 않았다.

그대로 미온을 데리고 계단을 돌아서 내려가자──이윽고 길게 이어지는 어스름한 복도가 나타났다. 좌우로 몇 미터씩 간격을 두고 문이 몇 개나 있었다. 음악 스튜디오는 어디일까.

'헤매더라도 어쩔 수 없어. 앞에 있는 문부터 조사할 수밖에 없겠지.'

……처음으로 연 장소는 라운지 같은 큰 방이었다.

푹신푹신한 고급 소파에 업무용 냉장고, 칠판만큼 거대한 텔레비전까지 있었다. 보기에는 밴드 멤버가 쉬는 휴게실이라고 할까.

"굉장하네. 돈이라는 건, 있는 곳에는 있는 법이구나."

서민적인 감상을 늘어놓는 백로 소녀를 재촉해서 다음 방으로 이동했다.

……이어서 들른 곳은 트레이닝 룸. 다양한 기구가 죽 늘어서 있고 샌드백까지 달려 있었다. 어째선지 너덜너덜했지만.

'밴드 멤버는 피트니스까지 추천되나. 샌드백이 너덜너덜한 건 아마도 푸르가메의 탓이겠지.'

……그 후로도 문을 모조리 열어봤지만 전부 세 평 정도의 수면실이었다.

면적 대부분을 침대와 책상이 차지하고 있지만 모든 방에 텔레비전이나 컴퓨터, 게다가 화장실 & 욕조가 완비되어 있었다. 비즈니스호텔의 싱글룸과 비슷했다.

"아무래도 '아마노가와 부동산'은 호텔 사업도 전개 중인 모양이야. 이 수면실은 그곳의 이코노미호텔과 같은 구조인 것 같아."

스마트폰에 손가락을 움직이며 미온이 그렇게 가르쳐주었다.

아마노가와 부동산. 그것은 국내에서도 유수의 대기업이다. 아기토는 그곳의 상속자로 장래에는 사장 자리가 약속되어 있다고 한다.

'지금은 아기토의 할아버지가 사장이라고 그랬던가. 안타깝게도 나는 그 영감과 피가 이어지지 않았지만.'

아마노가와 부동산은 아기토의 어머니 쪽인 '텐료인 가문'이 경영하는 회사다.

따라서 아기토의 아버지인 요시다 젠지로와는 원래 관계가 없다. 게다가 지금은 이혼해버렸으니까 더더욱 관계가 없다. 요시다 씨의 조카인 내게는 더더욱 관계가 없다.

……10분이 채 안 되어 거의 모든 방을 확인했지만, 스튜디오는 발견할 수 없었다.

남은 것은 복도 막다른 곳에 있는 한층 더 커다란 문. 평범하게 생각하면 저기겠지. '관계자 외에는 출입 금지'라는 종이까지 붙어 있으니까.

'밴드 관계자라고 적혀 있지는 않으니까 들어가도 되겠지. 적대관계라도 어떤 의미에서는 관계자야.'

잇큐 씨*만큼 억지 논리를 늘어놓으며 우리는 안으로 들어섰다. 그러자 역시나──그곳은 널찍한 스튜디오였다.

실내에서 우선 눈에 띈 것은 요새 같은 드럼 세트. 이어서 콕핏 같은 신시사이저. 여기저기에 거대한 앰프가 흩어져 있고 벽 한 면이 거울로 되어 있었다.

도저히 아마추어 밴드가 연습하는 설비가 아니었다. 그러고 보니 들은 적이 있다. 밴드가 오래 지속되는 비결은 멤버 중에 부자가 있는 것이라고.

"아, 센터에 스탠드마이크가 있어. 만담이라도 할래?"

"이런 호화로운 설비를 모독하는 행위겠네."

"농담이야."

손을 팔랑팔랑 흔들면서 그대로 스튜디오 구석까지 걸어가는 백로 소녀. 이유는 이미 나도 알고 있었다.

방의 네 모퉁이 중 하나. 그곳이 어렴풋이 빛나고 있었다.

의문의 아련한 빛은 천장에서 바닥에 걸쳐 빠끔하게 입을 벌린, 가늘고 긴 구멍에서 새어 나오고 있었다. 마치 공간이 갈라진 것 같은, 비뚤어진 균열에서.

'명백하게 인공적인 게 아니야. 그야말로 『시공의 틈새』

---

*일본 무로마치 시대의 승려. 귀천을 가리지 않는 포교와 여러 기행으로 유명하다.

라고 부르기에 걸맞은 녀석이야.'

그러니까 이것이 크레바스.

이계로 통하는, 이레귤러의 게이트인가.

"호오…… 무척 훌륭한 크레바스네. 이렇게까지 커다란 건 처음 봤어."

크레바스를 찬찬히 바라보며 미온이 그런 감상을 늘어놓았다.

"이 정도가 큰 편이야? 몸을 돌려서 간신히 지나갈 수 있을 정도의 폭인데……."

"내가 본 녀석은 좀 더 작았어. 포복으로 들어가야 할 정도로."

아무래도 크레바스란 본래 그 정도 사이즈인 모양이다.

한 사람씩 순서대로, 필사적으로 포복 전진하는 『나락의 사도』들……. 그런 그들을 상상했더니 무척 눈물이 났다. 걸려서 못 움직이게 된 녀석도 있었을 테지.

크레바스 첫 체험인 내가 잠시 들어가기를 주저하던 참에.

"——자, 코바야시 소년. 냉큼 이계로 가자. 우물쭈물할 시간은 없어."

내 안에서 그런 새된 목소리가 울렸다.

물론 그것은【마신】궁기였다. 코바야시 이치로를 새로운 숙주로 삼은 하얀 여우는 당연히 나와 동행하고 있었다.

"크레바스는 날에 따라서, 이따금 몇 시간 단위로 크기가 변화해. 넓어서 지나가기 편해질 때도 있지만 반대로 좁아질 때도 있지."

"확실히 시즈마도 크기가 변한다고 그랬지……."

참고로 사랑하는 내 아들은 불과 얼마 전에 친어머니인 레이다와 막 재회했다.

그러니까 모자 함께 집에 두고 왔다. 겸사겸사 내 친어머니인 사츠키도 두고 왔다.

그 세 사람은 대기시켜두고 예상치 못한 사태가 벌어졌을 때의 대처를 부탁했다. 이미 인간계에 『악마 빙의자』가 남아 있을 가능성은 적을 테지만.

"최악에는 완전히 닫혀서 소멸할 수도 있어. 그러니까 지나갈 수 있을 때 지나가야 해. 이 크레바스도, 내가 마지막으로 봤을 때보다 작아졌어."

그렇게 말한다면 머뭇거릴 수는 없었다.

나는 뜻을 다지고 될 대로 되라는 듯이 크레바스로 돌입했다. 게걸음으로.

"이거, 주리가 통과할 수 있을까? 걸려버릴지도……."

뒤따르는 백로 사도가 그런 걱정을 입에 담았다. 무엇이 걸리는지는 물어볼 것까지도 없었다. 가슴이다.

킹코브라 사도, I컵이니까.

슬슬 J컵이 될지도 모르겠다고 그랬으니까.

몇 미터는 게걸음으로 나아갈 것을 각오했지만.

이계로 향하는 여정은 불과 한 걸음이었다. 크레바스를 지나자마자 그곳은 이미 이계…… 잡초가 마구 자라는, 축구 경기가 가능할 정도로 큰 광장이었다.

"이곳이 솔로몬군의 아지트인가."

주위를 둘러보니 사방이 높은 성벽으로 둘러싸여 있었다. 그러니까 이곳은 성채 안뜰이다. 크레바스의 출구가 안뜰에 있다는 사실은 사전에 궁기에게 들었다.

"그래. 여기서부터 남쪽으로 2km미터 정도 가면 『나락성』이 있어. 도보로 간다면 45분은 걸릴까? 수해가 있으니까 똑바로 나아갈 수 없거든."

내 발밑에서 궁기가 그렇게 말했다. 이어서 멋대로 저벅저벅 걸어갔다.

이계에 있는 한, 【마신】은 그릇이 필요하지 않다. 나한테서 떨어져서 자유롭게 행동할 수 있는 것이다.

"성채의 삼면은 단순한 벽이야. 본관은 저쪽이지. 따라와, 코바야시 소년."

목걸이를 딸랑딸랑 울리며 앞장서는 하얀 여우를 나와 미온은 곧바로 따라갔다.

너무 당당하게 침입하는 것은 좀 어떨까 싶은데. 일단 이곳은 적의 본거지다. 아기토가 전혀 경계하지 않을 리는——.

내가 걱정을 하자마자 예상이 적중했다.

셋이서 함께 알아차렸다. 나, 궁기, 미온이 동시에 하늘을 올려다보자…… 그곳에 떠 있는 새빨간 달을 배경으로 무수한 그림자가 무리를 지어서 들이닥치고 있었다.

"어라라, 벌써 들켜버렸네."

백로 소녀가 태평한 대사를 내뱉는 동안에도 그 녀석들은 고도를 낮추어 점점 다가왔다. 게다가 숫자가 점점 늘어나고 있었다.

뾰족한 귀, 찢어진 입, 팔다리에서는 날카로운 발톱. 갸아갸아, 구에구에. 기이한 울음소리를 내는, 털이 없는 원숭이 같은 녀석들.

"칫, 사역마인가……!"

이미 대부분은 구제되었다고 들었는데 아직 약간 남아 있던 모양이다.

하나하나는 미미한 잔챙이다. 하지만 저만한 숫자를 상대하는 건 성가시다. 대충 본 것만으로도 5, 60마리는 있다.

'저 녀석들이 머리 위에서 일제히 덮친다면 위험해. 잘못하면 머리카락을 잡아 뜯겨서 하비에르*가 되어버려! 나는 몰라도 미온의 머리가 벗겨지는 건 이야기로서 대참사야!'

지금은 궁기에게 전투 버전을 부탁해서 재빨리 섬멸할 수밖에…… 그렇게 생각했더니.

"이치로 군, 먼저 가. 내가 정리해둘 테니까."

---

*스페인 출신의 가톨릭 선교사 프란치스코 하비에르. 아시아 선교의 주역으로, 일본에서는 당시 수도사 특유의 정수리를 삭발한 이미지로도 알려져 있다.

미온이 그러더니 그 자리에서 스트레칭을 시작했다.

"괘, 괜찮겠어? 상당한 대군이라고?"

"공중전에서 나를 이길 수 있는 녀석 따윈 없어. 뒤에서 성희롱하는 사람도 없고."

장난스럽게 웃으며 어깨를 가볍게 으쓱이는 남장(嵐將). 오는 도중의 불가항력을 아직도 원망하고 계셨다.

"게다가 나, 이 성채에 와본 건 한 번뿐인걸. 그것도 몇 백 년이나 전의 일이야. 내부는 기억도 못 하니까 안내자 역할은 못 해. 하지만 궁기 님이라면 알고 계실 테지."

"뭐, 그렇지. 아기토를 그릇으로 삼고 있던 무렵부터 이 곳에는 몇 번이나 왔으니까. 그럼 코바야시 소년, 이 자리 는 미온에게 맡기자."

내 등으로 궁기가 훌쩍 뛰어올랐다. 그대로 달라붙듯이 내 머리를 덮어썼으니까 하얀 여우 후드 같은 모습이 되었다.

"미온. 위험할 것 같다면 내부로 물러나. 무리할 것 없어."

"걱정해주는 거야? 기쁘지만 유감이야. 자기 아내를 좀 더 믿으라고."

어디까지나 자신만만한 백로 사도의 말을 기꺼이 받아 들이기로 하고, 나는 본관으로 달려갔다.

……성희롱은 부부 사이에도 성립하는 걸까.

2

사역마들의 상대를 미온에게 맡기고 성채 안으로 돌입했지만.

나와 궁기는 결국 10분 정도 만에 안뜰로 돌아오게 되었다. 이유는——내부가 텅 비어 있었으니까.

성채는 3층 건물이고 각 층에 열 개 정도의 방이 있었다. 1층에 있는 것은 10인실, 2층에 있는 것은 2인실, 그리고 3층에 개인실이었다.

그들 모두를 파죽지세로 확인했지만, 어디에도 사람 하나 없었다.

마지막으로 들른 곳은 옥좌가 있는 큰방. 그곳도 비어 있었으니까 일단 미온과 합류하자고 판단한 것이었다.

"어떻게 된 거지? 왜 아무도 없어?"

"이상하네. 따로 거점이 될 법한 장소 따윈, 이 부근에는 없을 텐데."

궁기도 여우에 홀린 것 같은 표정이었다.

"그럼 설마, 먼저 뛰어든 텟짱이 정리해버렸다든지……."

"그런 것 같지는 않아. 내부에는 배틀의 흔적이 전혀 없으니까. 텟짱은 이렇게 솜씨 좋게 날뛰지는 못해."

확실히 그랬다.

안 그래도 도철은 지금 기습을 당했다는 사실에 제대로 열을 받았을 터. 혹시 아기토와 다시 붙었다면 이 성채 따원 무너져도 이상하지 않다.

"그러니까 그냥 생각해서, 역시 아기토는 이곳을 포기했다고 봐야겠지. 그리고 텟짱도 그걸 쫓아갔다고."

"뭐, 그렇겠네…… 응?"

나는 안뜰을 향해서 복도를 돌아가던 참에 문득 통로 한 구석에 종이 쓰레기가 굴러다니는 것을 깨달았다. 난폭하게 마구 구긴 노트 페이지 같았다.

주워들고 확인해봤더니 펼친 종이에는 글자가 적혀 있었다. 무척 급하게 썼다는 것을 알 수 있는 휘갈긴 글씨로.

──아기토는『나락성』으로 향했다. 바엘──

세상에나, 그것은 바엘이 남긴 편지였다. 몰래 내통 중인 동지가 명백하게 내 앞으로 남긴 메시지였다.

"나,『나락성』으로 향했다고?"

그 정성에 감탄하는 한편, 나는 곤혹스럽게 문장을 복창했다. 내 머리에 달라붙은 하얀 여우도 마찬가지로 곤혹스러워했다.

"그렇다면 틀림없이 히노모리 류가도 데리고 갔겠네. 이계에서는 휴대전화를 못 쓰니까 메모를 남길 수밖에 없었을 테지."

"어째서『나락성』으로……. 그보다도 이 종이, 왜 구겼지?"

"텟짱이 그런 게 아닐까? 화가 나서는 구겨서 버리고 뒤를 쫓아갔나. 엉망진창이네. 우리가 그만 못 봤다면 어쩔 생각이었는지……. 하지만 이곳이 텅 비어 있는 의문은 완전히 풀렸어."

납득이 가는 추측이었다. 아마도 이 메모, 사실은 좀 더 알기 쉬운 장소에 있었을 것이다.

'그렇다면 이제 이곳에 오래 머무를 필요는 없어.'

곧바로 미온에게 돌아가려고 복도를 달려갔다. 그런 내 뒤통수에서 아직도 궁기는 의아하다는 듯이 중얼거렸다.

"다만 또 다른 의문이 생겨버렸어. 크레바스가 있는 이 성채를 버리면서까지, 어째서 아기토는『나락성』으로 향했을까……. 타이밍을 생각해도 최악이야."

"그래. 어쨌든『나락성』에는 현재 혼돈 아저씨가 있으니까."

혼돈에게는 며칠 전부터 이계 부임을 부탁했다.

원래는 레이다 수색에 힘을 싣기 위해서였으니까 목적은 달성되었지만 아직은 이쪽에 머무르고 있다. 그가 문을 열 수 있는 것은 빨라도 모레니까.

"혼돈만이 아니야. 그곳에는 팔걸과 천 명 이상의 사도도 있어. 아무리 아기토라도 간단히 함락시킬 수 있는 성이 아니야."

"게다가 뒤에서는 텟짱이 쫓고 있지. 포위당하고 말 거야."

앞문의 로리콘에 뒷문의 옷페케페*. 그렇게 표현한다면 대단하지도 않은 것 같지만, 사실은 양쪽 모두 장난이 아

---

*메이지 시대의 유행가 구절. 풍자가 담긴 가사에 비추어 지위가 있는 사람을 비웃는 의미로도 사용된다.

닌 괴물이다. 하지만.

"지금의 아기토라면 어떻게든 해결해서⋯⋯."

"코바야시 소년, 그건【마신】을 지나치게 얕보는 거야."

내 혼잣말에 궁기가 유감이라는 듯 반론했다.

"단언하겠는데, 설령 아기토가 아무리 파워 업을 했을지라도 톤짱과 텟짱을 동시에 상대하는 건 불가능해. 싸운다면 틀림없이 져."

"하지만 텟짱은 당했잖아? 아저씨도 힘이 절반 정도밖에 회복되지 않았고."

"텟짱은 기습을 당한 거잖아? 톤짱도 힘이 반이나 돌아왔다면 질 리가 없어. 아기토가 이기는 건 불가능해."

"두뇌로는 아기토가 위에 있지 않을까?"

"그런 건 관계없어. 사흉은 단독으로 세계도 멸망시킬 수 있다고. 정말로 강해."

어째선지 궁기가 제대로 정색했다. 너희들 사이 나쁜 거 아니었냐.

'여하튼 요컨대 아기토는 지금⋯⋯ 절체절명의 위기라는 소리야.'

그러니까 그것은 『72마리의 악마편』이 위기라는 의미이기도 했다. 이런 형태로 아기토가 쓰러진다면 공전절후의 엉망진창 전개다. 새 시리즈는 대실패다.

'돌이킬 수 없는 사태가 벌어지기 전에 서둘러서『나락성』

으로 가야 해……!'

이렇게 되었다면 또다시 미온에게 날아가달라고 부탁할
수밖에 없다.

또다시 성희롱하게 되겠지만 어떻게든 참아줬으면. 그
만 체념했으면.

그런 생각을 하면서 안뜰로 돌아왔더니──역시나 백로
소녀가 있었다. 크레바스 바로 옆에 서 있었다.

그만큼 존재하던 사역마는 이미 상공 어디에도 없었다.
남김없이 구제당해서 소멸해버렸다는 의미인가. 역시나
남장 미온, 역시 내 걱정은 기우였나 보다.

……하지만 아직 배틀은 끝나지 않았다.

왜냐면 미온이 세 남자에게 둘러싸여 있었으니까. 인간
의 비주얼인, 이마에서 뿔 하나가 난, 불온한 요기가 감도
는 자객들에게.

"저 녀석들 『악마 빙의자』인가? 성채에 남아 있었나……."

"후위를 명령했을지도. 우리에게 내부 침입을 허락한 시
점에서 수비로서는 엉망이지만."

여하튼 상대가 셋이라면 아무리 미온이라도 애를 먹겠지.

이런 곳에서 시간을 잡아먹을 수는 없다. 심히 바라는
바는 아니지만, 지금은 나도 힘을 빌려줘서 냉큼 격퇴할
수밖에 없다.

'가능하다면 쫓아내는 것만으로 그쳤으면 좋겠어. 오늘

밤의 일은 모조리 편집할 생각이니까. 귀중한 『악마 빙의자』를 무대 뒤에서 셋이나 잃을 수는…….'

내 속마음을 제쳐놓고 전방에서는 당장에라도 배틀이 시작되려 했다.

달려오는 나를 못 알아차렸는지 『악마 빙의자』 세 사람은 천천히 포위망을 좁혔다. 크레바스 옆에서 대기 중인 백로 소녀를 향해.

마침내 그들의 다리가 동시에 지면을 박차려던 그때.

"주리, 빨리 오쩨요!"

"자, 잠깐만. 가슴이 걸려서……."

그때 익숙한 바가지 머리 꼬마가 크레바스에서 불쑥 모습을 드러냈다.

이어서 익숙한 금발 보건 교사가 크레바스에서 몸 왼쪽만 내밀었다.

──굳이 말할 것까지도 없이, 키키와 주리였다. 간신히 지하 스튜디오에 도착한 모양이다. 그리고 아니나 다를까, 킹코브라 사도는 가슴이 걸린 듯했다.

"아, 미오임다. 그리고 『악마 빙의자』임다."

"굿 타이밍이었네. 가슴이 뜯기는 줄 알았어."

때마침 달려온 삼녀와 장녀를 보고 갑자기 표정이 풀어지는 차녀. 이것으로 내가 참전할 필요는 사라졌다.

"기다렸다고, 둘 다. 딱히 나 혼자서도 문제는 없었지만…… 모처럼 삼 공주가 모였으니까 사이좋게 한 사람당 하나씩 처지 어때?"

"알겠쯥니다! 적도 케이크도 삼등분이, 『나락의 삼 공주』 모토임미다!"

"오케이. 그럼 나는 거기 그 사람으로 할게. 뿔이 가장 두껍고 우람하니까."

너희들, 살살 부탁한다고.

그리고 진지하게 부탁한다고.

3

그렇게 되어서.

나와 궁기가 지켜보는 가운데, 삼 공주와 『악마 빙의자』의 배틀이 시작되었다.

미온, 키키, 주리가 세 방향으로 걸어가서 각각의 상대와 대치했다. 일대일이라면 그녀들이 지지는 않겠지만…… 과연 적의 실력은 어느 정도일까.

'솔직히 말해서 조금 걱정이야. 그중에서도 미온의 대전 상대…… 저 녀석은 특히 주의가 필요해.'

내가 걱정하는 이유는 그의 무기였다.

하쿠보기주쿠 교복을 입은, 자그맣고 통통한 버섯 머리 고등학생. 그 녀석은 비싸 보이는 일안 리플렉스 카메라를 목에 걸고 있었다.

게다가 그것을 들고서 아까부터 백로 소녀를 찰칵찰칵 열심히 찍어댔다.

"잠깐만, 당신. 멋대로 찍지 말라고."

미온의 항의에도 상대는 그저 셔터를 계속 눌렀다. 이따금 한쪽 무릎으로 앉았다가, 땅바닥에 엎드렸다가, 브릿지 자세를 취하고는 했다.

내 걱정이 적중했다. 이런, 적이 진지하지를 않아.

"그만하라니까. 실례잖아."

"너, 너그러이 봐달란 말이지. 나, 나는 멋진 피사체를 보면 카메라맨의 혼이 근질거린단 말이지. 세, 세 번의 주먹밥보다 사진이 좋단 말이지."

이런, 적이 유머러스하다.

"모른다고, 그런 거! 제대로 싸워!"

"그, 그렇다면 배꼽을 찍게 해달란 말이지. 나, 나는 배꼽 페티시즘이 있단 말이지. 미, 미소녀의 배꼽이야말로 궁극의 예술이란 말이지."

그만 공감하고 말았다. 이런 만남이 아니었다면 배꼽 친구가 되고 싶었다.

"나, 나는 마르코시아스라고 한단 말이지. 갈망은 온갖 미소녀의 배꼽 사진을 모으는 거란 말이지. 그, 그러니까 네 것도 찍게 해달란 말이지."

미온은 세일러복을 입고 있으니까 상체를 젖히면 배꼽이 보일 때가 있다. 배틀로 격렬하게 움직이더라도 흘끗 보는 것은 가능하겠지.

그러니까 싸운다면 마르코시아스라는 『악마 빙의자』의 기대가 이루어진다는 의미다.

"하아……. 대전 상대, 꽝을 뽑았어."

지당한 의견을 늘어놓으며 미온이 무기력하게 탄식했다.

하지만 금세 마음을 다잡았는지 사납게 입가를 끌어올렸다.

"됐어. 찍고 싶다면 찍어. 아니——찍을 수 있다면 찍어봐!"

말하기가 무섭게 미온이 그 자리에서 사라졌다. 눈에 보이지도 않는 속도로 순식간에 마르코시아스의 등 뒤로 움직였다.

내가 아니라면 시야에서 놓쳤을 테지. 미온의 주특기는 공중전만이 아니다. 지상에서도 이 정도의 민첩성이 있는 것이다.

하지만 의외로 마르코시아스는 그 움직임에 대응했다.

곧바로 빙글 돌더니 백로 사도에게 렌즈를 향했다. 그 직후, 플래시가 주위를 밝게 비추었다.

"아, 아깝단 말이지! 조금만 더 빨랐으면 됐단 말이지!"

그 말을 들어서는 배꼽을 미처 못 찍은 모양이다. 이 카메라 자식, 무시무시한 반사 신경과 동체시력을 가지고 있어!

그걸 조금 더 유의미하게 사용해줘!

"호오, 꽤 하잖아. 그럼 속도를 올리겠어."

이번에는 미온이 반대 방향으로 움직였다. 그러는가 싶더니 또다시 반대쪽으로 뛰었다.

페인트를 섞은 고속 스텝에 마르코시아스가 농락당했다. 카메라가 우왕좌왕, 좀처럼 셔터를 누르지 못했다.

"너, 너무 빠르단 말이지!"

"무슨 소리야. 아직 시작일 뿐이야."

놀리듯이 웃는 백로 소녀. 그 선언 그대로 더더욱 속도를 높였다.

……하지만 나는 그 시점에 일말의 불안을 품었다. 저런 속도로 움직인다면 당연히 치마도 뒤집힌다.

미온은 알아차렸을까? 아까부터 수도 없이──팬티가 흘끗흘끗 보인다는 사실을. 배꼽을 뛰어넘는 셔터 찬스를 적에게 주고 있다는 사실을.

'설마 마르코시아스가 노리는 건 그쪽이 아닐까? 배꼽을 보려는 척하면서 사실은 팬티를 찍는 게 목적이 아닐까?'

그렇다면 나폴레옹 수준의 전략가다. 녀석의 사전에는 처음부터 배꼽이라는 글자가 없었던 거다! 안 돼, 미온! 팬티를 가려! 그 검은색 레이스를!

나와 같은 의심을 미온도 느꼈을 테지.

황급히 치맛자락을 누르며 얼굴을 붉히고서 마르코시아

스를 노려봤다.

"잠깐만 마루코시! 설마 팬티를 찍은 건 아니지?!"

"마루코시가 아니라 마르코시아스란 말이지! 아아, 정말이지. 도저히 찍을 수가 없어……!"

"대답해! 사실은 팬티를 노린 거잖아!"

"그런 천 조각에 흥미는 없단 말이지! 팬티도, 가슴도, 엉덩이도 허벅지도, 배꼽 앞에서는 가치 없단 말이지!"

아니었다. 전략이 아니었다. 지나치게 깊이 생각한 스스로가 부끄럽다.

"이번에야말로, 이번에야말로 반드시 찍어주겠단 말이지! 틀림없이 너는 푸르카스에게 지지 않는 배꼽을 가지고 있어……. 나는 그걸 알 수 있단 말이지!"

푸르가메의 배꼽까지 찍었나! 내가 그렇게 딴죽을 걸기 직전.

"여하튼, 이제 타임 오버야!"

갑자기 미온이 최고속으로 마르코시아스에게 돌진했다. 한쪽 팔만을 날개로 바꾸어서.

세일러복이 춤추고 배꼽이 드러났다. 천재일우의 기회를 놓치겠느냐며 마르코시아스가 셔터를 누르려던 순간——.

그의 뿔이 당근처럼 와작! 둘로 쪼개졌다. 미온의 예리한 날개 때문에.

"어, 걱……!"

온몸에서 대량의 독기를 뿜으며 땅바닥으로 무너져 내리는 마르코시아스. 카메라를 감싸듯이 쓰러진 것은 사진가로서의 본능인가.

변변치도 않은 적이었지만 그 집념만큼은 경의를 표하자. 괜찮다면 다음에, 이제까지 찍은 배꼽 컬렉션을 보여달라고…… 그런 소리를 할 때가 아니지!

'미온 녀석, 뿔을 부러뜨려버렸어! 다른 두 사람은 무사한가?!'

서둘러서 시선을 움직이자 다행히도 키키는 아직 적과 서로를 노려보고 있었다. 하지만.

상대하는 『악마 빙의자』를 보고 나는 가벼운 현기증을 느끼고 말았다.

"다들 안녕~! 오늘도 찾아왔습니다, 『내일 타로의 악마 채널』! 다들 시청해줘서 고마워!"

그 녀석은 자신에게 스마트폰을 들이대고서 그런 말을 지껄이고 있었다. 어떻게 봐도 튜버였다.

20대로 보이는 형씨였다. 머리카락을 오렌지색으로 물들이고 컬러풀한 안경을 썼다. 내일 타로는 또 뭐야.

"아까부터 뭘 하는 검미까. 빨리 덤비쩨요."

그런 『악마 빙의자』를 상대로 키키가 손을 까딱거리며 재촉했다.

하지만 내일 타로라는 남자는 개의치도 않고 이어서 스

마트폰을 에조 늑대 사도 쪽으로 향했다.

"다들, 저 아이를 봐줘! 저건 『나락의 사도』라는 환상의 크립티드야! 오늘은 저 아이를 포획할 생각입니다——!"

"누가 크립티드임미까!"

오카피나 피그미하마랑 같은 수준으로 취급당해서 발을 동동 구르며 화내는 바가지 머리 꼬마.

그리고 일단 그 시점에서 내일 타로가 스마트폰 녹화를 멈췄다. 그리고 엄지로 자신을 가리키며 새삼스럽게도 자기소개를 했다.

"나는 초소카베 츠바사……. 공작 랭크의 아스타로트이자 신인 튜버다!"

역시 튜버였다. 게다가 본명이 더 임팩트 있었다.

"내 갈망은 채널 구독자 숫자가 50명을 넘는 것! 그를 위해서라면 악마한테라도 영혼을 팔겠어! 물론 내일 타로는 아스타로트랑 엮인 거야!"

50명이라니, 적잖아…….

"콜라보 상대가 『나락의 사도』라니, 이건 틀림없이 먹혀! 꼬마랑 장난을 치는 건 마음에 걸리지만, 어차피 너는 인간이 아냐! 틀림없이 동영상도 삭제되지 않아!"

"덤비쩨요, 내일 타로! 널 두들겨 패서 계정 정지 처분을 먹여주겠쯥니다!"

콧김을 흥흥 뿜으며 갑자기 키키가 돌진했다.

맹렬하게 들이닥치는 폭장을 보고 허둥지둥 녹화 버튼을 누르는 내일 타로. 하지만 늦었다.

그때는 이미 키키는 상대의 품속으로 뛰어들고 있었다. 차렷 자세 그대로 인간 포탄처럼, 내일 타로의 배에 박치기를 날린 것이었다.

"커흐윽!"

멋들어지게 날아가서, 땅바닥에 튕기며 굴러가는 내일 타로.

하지만 키키는 멈추지 않았다. 곧바로 추격해서는 내일 타로를 퍽퍽 두들겨 팼다. 터무니없는 방송 사고였다.

"키키 녀석, 평소보다 더 기운이 넘치네……. 시즈마랑 헤어지지 않고 넘어가서 그런가?"

"크립티드라고 그러는데 사도라면 화가 나지. 그보다도 에조 늑대는, 크립티드라면 크립티드지만."

궁기의 말에 그만 납득하고 말았다.

확실히 에조 늑대는 진즉에 멸종되었다. 지금 발견된다면 큰 뉴스가 되겠지. 이 바가지 머리 꼬마, 좀 더 엄중하게 보호해야만 할지도 모르겠다.

우리가 지켜보는 앞에서는 꼬마가 여전히 튜버를 패고 있었다.

"겨우 이런 수준임미까, 내일 타로! 하야테 대원도 손맛이 없었찌만 너는 더욱 손맛이 없쭙니다!"

"아야야! 보고 있나, 시청자 여러분! 지금 난 재미있나?! 내일 타로 28세, 내 청춘은 빛나고 있나?!"

"취직하쩨요!"

마지막 일격 같은 키키의 니킥이 내일 타로의 뿔을 후려쳤다.

그러자 뿔은 너무나도 간단히, 오이처럼 뽀각! 부러져버렸다. 아, 또 악마한테서 해방되어버렸다.

"잠깐…… 아직 분량이…….'"

"얌전히 인간으로 돌아가쩨요. 그 대신에 채널 구독은 해주겠쭙니다."

"해냈……다고."

그 말을 듣자 내일 타로는 그대로 의식을 잃었다. 참으로 평온한 얼굴로. 아무래도 상관없지만, 이번 적, 촬영 관련뿐이네……. 아니, 그런 소리를 할 때가 아니야!

'맙소사! 마루코시에 이어서 내일 타로까지 리타이어하다니! 이봐, 주리! 너는 알고 있겠지?! 절대로 뿔을 부러뜨리지 말라고!'

기도하는 심정으로 마지막 배틀을 확인했더니——이미 긴박한 상황이었다.

라미아처럼 하반신이 큰 뱀으로 변신한 킹코브라 사도가 꼬리를 『악마 빙의자』의 온몸에 휘감고서 으득으득 조이고 있던 것이다.

"그, 그ㅇㅇㅇㅇㅇ—! 말도 안 돼! 나의 파워를 가지고서도 휘둘리기만 하다니!"

뱀 꼬리 안에서 필사적으로 버둥거리며 『악마 빙의자』가 고통스럽게 말했다.

30대 정도의 마초적인 커다란 남자였다. 머리는 스포츠로 깎았고, 11월도 중반인데 탱크톱을 입었다. 자세히 보니 바지는 체육복이었다.

그런 그를 싸늘한 시선으로 응시하며 주리가 낮게 말을 건넸다.

"대공 랭크 스톨라스 쿠로이와 츠네오. 직업은 하쿠보기 주쿠의 체육 교사라고 했지. 당신의 갈망을 다시 한번 말해봐."

"내, 내 갈망은 여고생과 사귀고 싶다는 거야! 그게 어쨌다고!"

"같은 교직에 있는 사람으로서 그냥 지나칠 수 없어."

음색에 노기를 드리우며 주리가 더더욱 강하게 구속했다. 드물게도 진심으로 화가 났다.

저기 스톨라스라는 『악마 빙의자』, 체육 선생이었나. 확실히 탐탁지 않은 갈망이다. 고등학교 교사의 신분으로 학생에게 손을 대려 하다니.

"그, 그아아아아—! 그만! 알았어! 우리 학교 여학생한테는 손 안 댈게! 근처에 있는 오메이 고등학교 여학생으로 하겠어!"

"더더욱 그냥 넘어갈 수가 없겠네. 우리 학생한테 접근한다면 이 세상에서 없애버리겠어."

스톨라스의 말은 주리의 분노에 박차를 가하는 효과가 되어버렸다.

이래 보여도 그녀는 보건 교사로서 무척 진지했다. '상담이라면 헤비즈카 선생님'이라는 평가가 있을 만큼 학생들의 신뢰 역시 두텁기도 했다.

"놓아줄 생각이었지만 이대로 당신을 방치하는 건 위험하겠어. 여기서 무력화시켜야겠지."

헤비즈카 선생님의 손이 스톨라스의 뿔을 난폭하게 붙잡았다. 그리고 단숨에 꺾으려고 들었다.

"아야야야야! 그만해라, 뱀 여자아이! 조금 더 다정하게 대하라고―!"

"그럴 의리는 없어."

"못 써먹게 되면 어쩌려는 거야아! 이런 빌어먹으으을―!"

"뭐에 써먹게, 뿔을."

스톨라스가 신음하는 동안에도 뿔에 으직으직 균열이 생겼다. 뿔에 통각이 있는지는 모르겠지만…… 나는 무의식적으로 사타구니를 누르고 있었다. 그게 말이지, 아파 보이는걸.

"부, 부러져! 부러져버려어어! 악마로서의 심벌이이이!"

"표현을 좀 가려."

"거세당하면 인간으로 돌아가버려어!"

"지금 당장 돌아가."

"제안하지! 부러뜨린다면 적어도 그 폭유에 끼워서──."

"그냥 돼져!"

일갈과 함께 주리의 양손이 뿔을 으스러뜨렸다. 악력으로 박살냈다.

더는 나도 제지의 말을 던질 수 없었다. 스톨라스, 생존하게 둬봐야 아마도 이익은 없다. 피해를 당하는 여학생이 나오기 전에 구제해두는 게 좋겠지.

'결국에 끝나고 보니 셋 다 리타이어라니……. 게다가 전편에 걸쳐서 코미디로 보내고 말다니…….'

이것으로 남은 『악마 빙의자』는 앞으로 일곱 명. 바엘과 거북이를 제외하면 앞으로 다섯 명.

저기, 아기토. 지금부터라도 72 악마 오디션을 다시 하지 않을래?

4

안타깝게도 이리하여 마르코시아스, 아스타로트, 그리고 스톨라스까지 셋이 쓰러졌다.

아기토에게는 통한, 내게도 통한이지만, 한탄해봐야 시

작되지 않는다. 카메라 자식, 튜버, 부도덕 체육 교사라니. 한 번 봤으니까 충분하겠지.

"기다렸지, 이치로 군. 끝났어."

"무사히 내일 타로를 차단했쩌요."

"일단 그들은 크레바스 너머로 던져놓자."

기절한 『악마 빙의자』들을 인간계 쪽으로 옮긴 뒤, 다시 모인 삼 공주에게 나는 간략히 상황을 설명하기로 했다.

그렇다. 우물쭈물할 때가 아닌 것이다.

당장에라도 서둘러 『나락성』으로 가서 아기토를 위기에서 구해내야만 한다. 어째서 내가 마지막 보스의 안위를 걱정해야 하는 거냐.

"그러니까 미온. 미안하지만 다시 한번 나를 업고 날아줘."

"어~, 또?"

"부탁해! 말했다시피 긴급 사태야! 한시라도 빨리 가려면 너의 백로 항공을 이용할 수밖에──."

내가 그렇게 말하며 미온을 향해 손을 맞대었을 때였다.

갑자기 남쪽 성벽에서──무수한 기척과 발소리가 밀려들었다.

"뭐, 뭐야?"

그만 새된 목소리를 내며, 나는 남쪽 벽으로 시선을 향했다. 삼 공주 역시 그쪽을 봤다.

2, 30명 정도의 숫자가 아니었다. 아마도 천 명 규모의,

대대 수준에 필적하는 군대였다.

우선 떠오르는 가능성은 새로운 사역마들의 재습격. 이번에는 공군이 아니라 육군이 찾아왔다는 건가?

'젠장, 여기서 또 발목을 붙잡히다니! 육군이라면 주리랑 키키로 대처할 수 있을 테니까 우리만이라도 『나락성』으로……'

내가 그렇게 계산하던 참에 갑자기 삼 공주가 나란히 어리둥절한 표정을 지었다. 서로 얼굴을 마주 보고는 당혹스럽다는 듯이 미간을 찌푸렸다.

"저기, 이 기척은 혹시…… 우리 녀석들 아냐?"

"우꺄꺄하는 소리가 들렸쩌요. 틀림없이 작붕임미다."

"아, 지금 화내는 목소리, 히가이아네."

그녀들의 발언에 나 역시도 어리둥절했다. 그건 그러니까…… 『나락의 사도』들이 왔다는 소린가?

확실히 천이라는 숫자는 이계에 있는 사도 전원과 거의 일치했다. 다시 말해 전군이다. 설마 저 녀석들, 『나락성』을 비우고서 쳐들어왔나!

'혼돈 아저씨, 무슨 생각이야! 확실히 맞선을 볼 때 『이계에서 날뛰면서 적의 시선을 끌어주겠다』라고는 했지만 방법이란 게 있잖아!'

어쨌든 상황을 확인하고자 우리는 남쪽 성벽으로 달려갔다.

머리에 달라붙어 있던 하얀 여우는 일단 내 안으로 넣어 뒀다.

궁기가 건재하다는 사실은 제작반만의 비밀이다.

이곳 폐 성채는 본관 이외의 세 방향에 성벽이 있어서 적의 침공을 막고 있었다.

북쪽 본관 뒤에는 깎아지른 절벽이라서 갑자기 본성을 노리는 것은 불가능…… 남쪽 벽, 동쪽 벽, 서쪽 벽 중 한 곳의 성문을 돌파하는 것 말고는 공략법이 없었다.

안뜰은 본래 세 방향에 임기응변으로 대처하고자 병사를 편성하고 대기시키는 공간이라는 의미. 또한 문을 돌파한 적을 본관 앞에서 저지하는 장소이기도 하다. 참고로 지금, 세 문은 전부 개방되어 있었다.

그런 남쪽 벽의 문으로 나와 삼 공주가 튀어 나간 참에 ──확실히 그곳에는 사도가 무더기로 있었다. 어중이떠 중이 크립티드들이 부대 단위로 나뉘어서 깔끔하게 정렬하고 있었다.

"……어라. 코바야시 님, 이계로 넘어오셨습니까."

멍하니 있는 내게, 지휘관 중 하나로 보이는 사도가 걸어왔다. 인간 형태로.

머리카락을 포마드로 고정하고 연미복을 차려입은 댄디한 중년 남성. 나도 잘 아는 왕거미형 류장 루니에. 유키미야의 집사였다.

이어서 다섯 명 더, 마찬가지로 인간 형태의 사도가 여기저기서 모여들었다.

──은발 메이드 날라리, 치타형 만장 시마.

──거구의 승려, 장수풍뎅이형 계장 사이힐.

──정장차림의 수상쩍은 미남, 사마귀형 간장 바론.

──땅딸막한 칠 대 삼 가르마의 중년, 잉어형 분장 히가이아.

──껄렁해 보이는 양아치 청년, 맨드릴 개코원숭이형 조장 작붕.

그것은 간부급인 장군 사도 멤버들이었다. 이들 여섯에 우리 어머니인 열장 사츠키와 파리 영감님인 음장 바츠와 나를 넣으면 『나락의 팔걸』 완성이다.

그들이 함께 있다면 역시나 『나락성』은 텅 비어 있겠지. 혼돈 녀석, 이 성채가 솔로몬군의 아지트라는 건 비밀이라고 그랬을 텐데!

"너, 너희들, 어째서 여기로 쳐들어온 거야. 성의 수비는 어쩌고?"

내 물음에 루니에가 일동을 대표해서 대답했다.

"코바야시 님, 저희는 쳐들어온 것이 아닙니다. 무척 말씀드리기 어렵습니다만…… 철수한 것입니다."

"처, 철수?"

"예. 어쩔 수 없는 사정이 있어서 솔로몬 텐료인 아기토에게 『나락성』을 넘기게 되었습니다."

쓸쓸하게 말하는 왕거미 집사를 상대로 나는 그저 입을 떡 벌릴 수밖에 없었다. 옆에서 삼 공주도 입을 떡 벌리고 있었다.

······아기토는 이미 『나락성』에 도착했나.

그건 어쩔 수 없다 치고, 어째서 그렇게 되었지? 어째서 녀석한테 성을 넘기게 되었지? 납득이 가는 각본을 제출해줘!

말을 잃은 나 대신에 삼 공주가 이어서 질문했다. 살짝 책망하는 것 같은 말투였다.

"시간을 생각하면, 당신들은 싸우지도 않았지? 텐료인이 오자마자 곧바로 성을 떠난 거야?"

"장군이 여섯이나 있으면서, 믿을 수 없는 추태야. 모조리 병졸로 내려가."

"그보다도 혼돈 남작과 도철 남장은 어디에 있쮸니까? 그 두 분도 병졸로 강등임다!"

같은 장군 클래스인 삼 공주에게 비난을 당하자 일제히 얼굴을 찡그리는 팔걸들.

잠시 후에 메이드 옷을 입은 치타형 사도가 입술을 삐죽이며 조심스럽게 반론했다.

"그런 소리를 해도 어쩔 수 없잖아······. 그 두 분의 명령이니까."

그만 귀를 의심했다. 이 철수가──혼돈과 도철의 명령?

더더욱 곤혹스러워하는 우리에게 또다시 루니에가 보고했다.

"그렇지 않다면 저희가 『나락성』을 포기하는 일은 없습니다. 그리고 텐료인 아기토를 보내줄 일도 없었습니다. 그러나【마신】님들의 의향이라면……."

의미 불명이었다. 혼돈과 도철은 어째서 그런 지시를 내렸지? 텟짱이라면 아기토한테 제대로 화가 났을 텐데.

습격하기는커녕 어째서 아기토의 아군 같은 짓을…… 짚이는 바 없는 그 의문에 대답한 것은 내 안에 있는 궁기였다.

"강력한 마술에 따른 세뇌──라는 설명밖에 없겠는데."

그것을 내 혼잣말이라고 생각했는지 사이힐이 자신도 같은 생각이라는 듯 고개를 끄덕였다.

"아마도 코바야시 법사의 추측은 정곡을 찔렀소.【마신】님들의 이해할 수 없는 상태를 보아서도 그것은 자명하오."

……듣자 하니 아기토가 온 것을 안 혼돈은 스스로 요격에 나섰다고 한다.

그때는 "그 애송이, 얌전히 북쪽 요새에 틀어박혀 있으면 될 것을…… 가볍게 벌을 줄까" 같이 호언장담하며 쫓아낼 생각이 가득했다나.

혼돈과 아기토가 대치한 것은 성 아래 한 모퉁이에 있는 광장. 이윽고 도철도 쫓아왔기에 지켜보는 사도들은 오히려 적을 동정했다고 한다.

하지만——이변이 벌어졌다. 갑자기 도철이 혼돈을 덮친 것이었다.

금세 시작된 【마신】 사이의 전투. 그런 가운데, 아기토가 틈을 찔러서 혼돈의 등에 일격을 가하자…… 그는 그대로 아기토 앞에 무릎을 꿇었다는 것이었다.

【마신】들은 정중하게 아기토를 『나락성』으로 불러들이고 사도들에게는 "퇴거나 죽음을 선택해라"라고 강요했다……. 그리고 현재에 이르렀다는 것.

'마법을 이용한 세뇌라고? 설마 텟짱은 이미 조종당하고 있었나? 그래서 바엘의 메모를 처분했나? 그리고 혼돈 역시도…….'

믿을 수 없다고 생각하는 내게 바론, 히가이아, 작붕도 저마다 해명했다.

"그래서 우리 장군의 판단으로, 일단 이곳에 몸을 맡기기로 했어. 폐 성채의 존재는 오늘까지 까맣게 잊고 있었지만."

"나는 지금도 명령에 납득이 가지 않는다! 그렇다고 해서 두 번 다시 【마신】님께 반항할 수도 없다아아!"

"섣불리 저항했다가는 죽는 사람이 나왔을 테니까. 우리 사도는 이쪽에서 죽으면 두 번 다시 부활할 수 없어. 안타깝지만 물러날 수밖에 없었다고.”

사정을 알고서 삼 공주 역시도 입을 다물고 말았다.

급전개에 잇따르는 급전개였다. 설마 혼돈과 도철이 배신하다니. 비교적 초반부터 아군 캐릭터였던 그들이 지금와서 적이 되다니.

이제는 반격의 희망은 없어 보이던 솔로몬군. 하지만 이것으로 전황은 알 수 없게 되었다. 아무튼 상대는 【마신】둘이라는 리썰 웨폰을 얻었으니까.

‘아기토 자식, 항상 압도적으로 불리한 상황을 뒤집어대고…… 너는 주인공이냐!’

그렇게 이만 갈고 있을 때가 아니었다. 이렇게 된 이상은 이쪽의 사정도 팔걸들에게 설명해야만 했다.

우리가 류가를 구출하기 위해서 왔다는 것. 이곳 폐 성채에 크레바스가 있다는 것. 출구는 아기토의 아파트로 통하며, 도철은 그곳에서 기습을 당했다는 것——.

대략적인 경위를 이야기한 참에, 루니에는 턱수염을 쓰다듬으며 “흠” 하고 신음했다.

“그렇군요. 텐료인 아기토가 업고 있던 그 소년, 역시 히노모리 님이었습니까. 그러니까 저희의 목적은 같다는 이야기로군요……. 그렇다면 코바야시 님.”

“뭐지?”

"지금은 일시적으로, 저희 『나락의 사도』의 총사령관이 되어주시지 않겠습니까?"

"……어째서?"

"통솔자가 없으면 군은 한데 모이지 않습니다. 그렇다고 저희 안에서 선출해서는 반드시 균열이 발생합니다. 혼돈 님, 도철 님, 그리고 『용신의 계승자』……. 세 분의 탈환 계획을 지휘할 존재는 당신이 적임이라는 것이 저희 어리석은 생각입니다."

"그것만은 좀 봐줘!"

터무니없는 의사를 개진하는 귀축 집사를 상대로 나는 비명처럼 외쳤다. 진짜 어리석은 생각이었다.

또 그런 소리를 하네! 친구 캐릭터를 요직에 앉히려고 하잖아!

내가 총사령관이 된다면 그야말로 아기토의 의도 그대로다. 걱정하던 코바야시 VS 요시다가 실현되고 만다. 성씨 랭킹에서 매년 상위를 차지하는, 포퓰러한 양대 성씨의 대결이!

"나도 찬성이야. 사랑하는 텟짱 님의 그릇인 코바이치라면 기꺼이 따르겠어."

"소승도 그러하오. 간절히 부탁드리오, 코바야시 법사."

"나도 동의해. 부탁할게, 코바야시 씨."

"부탁한다아아아! 무슈 코바야시이이이!"

"우꺄꺄! 부탁할게, 코바야시 형씨!"

루니에만이 아니라 다른 팔걸까지 머리를 숙였다. 내 호칭의 베리에이션만이 쓸데없이 늘어난다.

문득 봤더니 살짝 떨어진 장소에서 사도 셋이 이쪽을 살피고 있었다. 제루바, 가이고, 야구자의 부대장 트리오였다.

도우러 나서지 않기를 바랐지만, 녀석들은 함께 응응, 고개를 끄덕일 뿐이었다. 그들의 눈빛이 "부탁한다고, 대장" "부탁해, 코바야시 경" "부탁합니다, 파파 씨~"라고 말했다.

'어떻게든 거절해야 해. 차라리 여기서 궁기를 꺼내버릴까? 나 같은 것보다 【마신】이라면 이 녀석들도 따르기 편할 테니까…….'

대의 앞에 희생은 피할 수 없다. 내키지는 않지만, 또다시 하얀 여우를 메인 무대로 끄집어낼 수밖에 없다. 내가 총사령관을 떠맡게 되는 것보다는 낫다.

고육지책에 나서기 직전.

세상에나, 그 시점에서 이번에야말로 도우러 나선 이가 있었다.

"내가 총사령관을 맡겠수다!"

느닷없이 날아든 그 소리에 돌아보니——문 앞에 묘령의 미녀가 서 있었다. 뒤에 유키미야, 아오가사키 선배, 엘미라를 거느리듯이 두고서.

이상하게 길고 윤기 나는 검은색 머리카락, 늘씬하니 마른 몸에 얇고 검은 드레스를 걸친 여자 유령 같은 자태. 그런데도 캐릭터는 부스스한 계열의 안타까운 갭을 지닌 【마신】.

그것은 남은 사흉 중 하나인 톳코, 도올이었다.

'오오, 사신 히로인즈가 도착했나! 그래, 톳코가 있잖아! 이계라면 유키미야의 몸을 빌리지 않고 저 녀석은 자유롭게 행동할 수 있잖아!'

참고로 톳코의 이 형태는 전투 버전이라고 표현해야 할 본래의 비주얼이다.

그녀는 그릇인 유키미야 시오리에게 『절복』되지 않았기에 다른 【세 마신】처럼 다른 형태를 지니지 않았다. 사다코 버전 일변도인 것이다.

톳코의 모습을 보자마자 루니에를 시작으로 모든 사도가 그 자리에 한쪽 무릎을 꿇었다.

총사령관이 톳코라면 사도들도 불복하지는 않겠지. 본인도 할 생각인 모양이고.

"사정은 잘 모르겠지만 총사령관은 내가 하겠구먼! 이치로 나리한테 총사령관은 가벼우이!"

"아니, 톳코. 그건 말이 반대잖아. 총사령관을 하기에는 내가 가볍다고 그래야지."

"내는 제대로 말했수다! 이치로 나리는 최고총사령관을

해야 하는겨!"

두움은커녕 방해꾼이었다. 결국에 내가 수장이잖아!

그런 【마신】을 보고 쓴웃음 지으며 히로인즈가 이쪽으로 걸어왔다.

"자자, 톳코. 앞서가면 안 돼요. 우선은 상황을 확인하죠."

"코바야시, 류가는 구해냈어? 어째서 사도들까지 집결했지? 크레바스 입구에 모르는 사람 셋이 굴러다니던데…… 그건『악마 빙의자』야?"

"혹시 이미 끝나버렸나요? 그렇다면 결석할 걸 그랬네요. 모처럼 도로시 씨랑 이야길 나누고 있었는데."

태평한 메인 캐릭터들에게 나는 또다시 사정을 설명하는 신세가 되었다.

그리고 전력으로 톳코를 최고총사령관으로 추천하는 신세가 되었다.

5

히노모리 류가가 깨어난 곳은 감옥 안이었다.

넓이는 체육 창고 정도일까. 눈앞에는 철창이 있고 다른 세 방향은 단단한 석벽. 감옥 밖에 걸린 횃불 덕분에 시야는 그리 나쁘지 않았다.

'경찰서 유치장……일 리가 없겠네. 여긴 틀림없이 이계야.

정신을 잃은 뒤, 텐료인한테 끌려왔겠지.'

자신에게 무슨 일이 벌어졌는지는 이미 알고 있었다. 아직 욱신욱신 둔하게 아픈 복부가 그것을 더없이 말해주고 있었다.

나는──텐료인 아기토에게 습격을 당한 것이다. 리나와의 전투 중에.

대응이 늦은 것은 일생의 불찰이었다. 전투를 방관하던 바엘에 대한 경계는 게을리하지 않았지만, 설마 사각에서 텐료인이 습격하다니…….

미숙한 자신에게 화가 났다. 그 열 배 정도로 텐료인에게 화가 났다.

'이해가 안 되는 건 녀석의 속도가 명백하게 이전과 차원이 달랐다는 사실이야. 마치 『악마 빙의자』들과 마찬가지로, 마력으로 신체 능력이 강화된 것 같은…… 응?'

그때 류가는 자신의 이상을 깨달았다.

……양쪽 손목에 무언가가 달라붙어 있었다. 아지랑이가 뭉친 것 같은, 기묘한 검은 연기의 고리가.

'이거 뭐야? 어느새 이런 게…….'

만져보려고 했지만, 기체라서 무리였다. 양손을 팔랑팔랑 흔들어도, 숨을 불어 봐도 검은 연기는 금세 다시 원래 모습이 되어버렸다.

보아하니 양쪽 발목에도 똑같이 검은 연기가 들러붙어

있었다. 이건 대체 뭘까? 몸은 자유롭게 움직이니까 구속을 목적으로 한 것은 아니라고 생각하지만…….

'그보다도 우선은 밖으로 나가야지. 여기가 어딘지를 확인하고, 기회가 있으면 리나도 되찾겠어. 도움을 기다리고만 있을 수야 없지!'

나를 감금해두겠다고 생각했다면 큰 잘못이다. 이 정도 철창 따위는 킥 한 방으로 간단히 파괴할 수 있다.

얼른 그것을 실행하고자 차가운 돌바닥에서 몸을 일으킨 순간.

"──슬슬 깨어날 무렵이라고 생각했어."

갑자기 통로에서 발소리가 다가오더니 한 소년이 철창 너머에 나타났다.

하쿠보기주쿠의 교복을 입은, 더할 나위 없이 단정한 얼굴의, 하지만 감정이 빈약한 예전 반 친구……. 그것의 바로 『솔로몬의 후계자』 텐료인 아기토였다.

"텐료인……!"

"거친 짓을 해서 미안해. 하지만 그렇게라도 하지 않으면 너를 이계로 연행하는 건 불가능했어. 덕분에 귀엽게 잠든 얼굴도 볼 수 있었고."

저도 모르게 오한이 온몸을 뒤덮었다. 성희롱 근성은 건재한 모양이었다.

설마 정신을 잃은 사이에 이상한 짓을 하지는 않았겠지?

그렇게까지 최악은 아니겠지? 했다면 앞니를 모조리 박살을 내주겠어.

"……어째서 날 이계로 데려왔지? 리나는 어떻게 했어?"

"푸르카스는 이미 깨어나서 성 아래의 순찰 경비로 보냈어. 여긴 『나락성』의 지하 감옥이야. 우리는 이 성을 공략해서 거점으로 삼기로 했지."

리나가 무사하다는 사실에 안도하는 한편, 류가는 의아하다는 듯 미간을 찡그렸다.

이곳은 『나락성』이었나. 하지만 성은 사도들이 탈환했을 터. 게다가 지금은 혼돈이 지키고 있을 터.

"성에 둥지를 틀고 있던 『나락의 사도』들은 일단 쫓아냈어. 혼돈과 도철…… 【마신】 두 마리가 내게 굴복한 이상, 이제 녀석들이 내게 반항할 방법은 없지."

"호, 혼돈이랑 도철이 너한테 굴복했어?"

"그래. 일찍이 솔로몬이 고안해낸 궁극의 세뇌 마법에 말이야. 나는 이제 인간계로 돌아갈 생각은 없어. 그러니까 크레바스도 쓸모가 없어졌지."

그의 말은 하나하나 류가를 경악하게 만들고, 그리고 곧 혹스럽게 만들었다.

혼돈과 도철을 세뇌했어? 【마신】을 마인드 컨트롤하다니, 정말로 가능해? 소비되는 마력량도 심상치 않을 텐데.

"인간계로 돌아갈 생각은 없다니, 무슨 소리야?"

"방침을 바꿨거든. 인류의 종언, 세계의 파멸…… 이제 그런 일에 흥미는 없어. 너와 만나고, 그리고 솔로몬으로 각성한 지금이 되어서는 말이야."

"…………."

"나는——이계의 왕이 되겠어. 물론 왕비는 너야."

"웃기지 마."

그것만큼은 단호하게 거절했지만, 텐료인은 개의치 않았다.

"부끄러워할 건 없어. 더 이상 여자임을 숨길 필요는 없는 거야. 네가 여자라는 걸 알고 파이몬 같은 경우에는 반쯤 미쳐버렸다고. 그녀의 갈망은 나를 독점하고 싶다는 것이었으니까."

내 비밀을 부하에게 폭로했나. 변태에다가 입이 가볍다니…… 잘도 이런 남자를 독점하고 싶어 하는구나.

"이계의 왕이 되겠다고? 어째서 그런 바보 같은 결론에 다다랐지?"

"알다시피 이계는 인간계보다 시간의 흐름이 느려. 여기라면 백 년 이상에 걸쳐서 너와 사랑을 가꿀 수 있겠지. 게다가 영원히 밝지 않는 밤…… 이상향이라고 생각하진 않나."

"생각 안 해. 너랑 백 년이나 같이 있다니, 나한테는 지옥이야."

"그런 소리 마. 침실 조명은 핑크색으로 하자. 솔로몬의 광채 마법이라면 간단해."

"이상한 짓에 마법을 쓰지 마!"

"침대도 회전시켜줄게. 솔로몬의 부유 마법이라면 간단해."

"그게 무슨 의미가 있냐고!"

"알았어. 욕실 의자를 요철 모양으로 하자. 솔로몬의 풍속 마법이라면——."

"하나도 모르겠으니까! 애당초 『나락의 사도』들은 어쩔 생각이야! 여긴 태곳적부터 그들이 사는 세계라고!"

"물론 멸망시킬 거야. 나와 너의 『나라』에 다른 주민은 필요 없어."

텐료인이 아무렇지도 않게 말하자 류가는 말을 잃었다.

"멸망, 시켜……?"

"왕의 패도란 그런 것이야. 애당초 그들은 인류의 적이 잖아?"

이 남자는 제정신인가? 간신히 화해할 수 있었던 『나락의 사도』를 인제 와서 소탕하겠다는 건가? 우리가 손을 맞잡은 '공존'의 길을 무로 돌리려는 건가?

"우선은 혼돈과 도철을 데리고 코바야시와 도올을 쓰러뜨린다. 이어서 【마신】들이 사도를 남김없이 처리하도록 만든다. 그리고 용건을 마친 【마신】을 봉인하면——만사해결이야."

"텐료인!"

온몸의 피가 끓어오르는 심정이었다. 정신이 드니 류가는 격정 그대로 철창을 향해 발차기를 날리고 있었다. 텐료인까지 한꺼번에 날려버릴 기세로.

……하지만 꿈쩍도 하지 않았다.

전력으로 걷어찼을 터인데도 철창은 약간의 뒤틀림조차 없었다. 반대로 충격 때문에 자신의 다리가 강렬하게 저렸다.

"큭! 어, 어째서……!"

"헛수고야. 지금 너는 이능력을 못 써. 네 팔다리에 붙은, 그 마력의 족쇄…… 그건 모든 이능력을 봉인하는 효력이 있어. 당연히 【황룡】 소환도 불가능해."

작게 숨을 들이쉬며 퍼뜩 놀라서 팔다리에 달라붙은 검은 연기의 고리를 봤다.

이능력을 봉인하는 족쇄? 이것도 솔로몬이 고안해낸 마법인가? 【마신】만이 아니라 론땅까지 굴복시키다니…… 그런 일이 가능할 리가 없어!

"이제 너는 무도를 조금 아는 것뿐인 가련한 미소녀에 불과해. 그러니까——코바야시가 말하는 『주인공』 따윈 못 한다는 소리야."

"말도 안 돼……. 이런 마법은 사람의 영역을 뛰어넘었어……."

"그래. 그냥 인간이 할 수 있는 곡예가 아니지. 그러니까 악마의 힘을 빌렸어. 지금 내게는──65 악마의 힘이 갖추어져 있어."

어디까지나 담담하게 이야기하는 텐료인을 보고 류가는 한동안 그저 멍했다. 지금 뭐라고 했지?

"악마의 힘, 이라고? 그건 쓰러진 『악마 빙의자』들에게 빙의되어 있던, 솔로몬의 72 악마 말이야?"

"그래. 그들은 현재 내게 깃들어 있어."

"말도 안 돼! 숙주한테서 떨어진 72 악마는 지옥으로 강제 송환되는 거 아니었어?!"

악마는 영적인 존재이기에, 사람에게 씌는 방법으로만 세계에 간섭할 수 있다. 숙주인 『악마 빙의자』의 뿔을 부러 뜨리면 그대로 그들은 지옥으로 돌아간다…… 그렇게 들었다.

"호오, 알고 있었나. 확실히 그 정보는 틀리지 않았어. 하지만 딱 하나, 알려지지 않은 비밀이 있거든. 솔로몬밖에 모르는 비밀이 말이야."

천천히 텐료인이 왼손에 낀 가죽 장갑을 벗었다. 만났을 때부터 항상 착용하고 있는, 오픈 핑거 글러브를.

드러난 그의 왼쪽 손등에──기묘한 문장이 있었다.

복잡한 기하학적 문양이 몇 개나 겹쳐진, 만화경 같은

각인. 어렴풋이 옅은 빛을 발하며 부정기적으로 색채가 변화하고 있었다.

"이 문장은 악마의 소환, 제어만을 목적으로 하는 게 아니야. 숙주를 잃은 악마를 일시적으로 담아두기 위한 그릇……. 그것이 제삼의 기능이자 진수야."

"뭐……."

"소환, 해방, 억류. 그 순서에 따라서 술사는 악마의 마력을 자기 것으로 만들 수 있어. 다만 666일이 지나면 그들은 그때야말로 지옥으로 돌아가고 말지만."

그저 멍한 류가의 귀에 텐료인의 무기질적인 강연만이 이어졌다.

"기간을 따지면 대략 1년하고 10개월. 나는 그동안에 무적이 될 수 있는 보너스 타임을 얻었다는 의미야. 너희에게는 그저 감사해. 설마 이렇게나 빨리, 이만큼 많은 『악마 빙의자』를 쓰러뜨리다니…… 고생한 보람이 있었어."

해방된 악마를 회수해서 그들의 마력을 자기 것으로 만들 수 있다──라고?

그의 전투 능력이 이상하게 증가한 것도, 【마신】이나 【황룡】을 억누른 것도, 내 이능력을 봉인할 수 있었던 것도 그것이 이유였나.

"조금 전에 말했다시피 『악마 빙의자』는 이미 65명이 쓰러졌어. 나머지 7명을 거두어들였을 때, 나는 완전히 솔로몬과 동화되지. 아니, 솔로몬을 뛰어넘은 존재가 돼.”

아직 7명을 회수하지 않았는데도 텐료인은 이렇게까지 힘을 얻었다.

그렇다면 72 악마가 모두 깃들었을 때, 그가 얼마나 위협적일지…… 상상하는 것만으로도 류가는 등줄기가 얼어붙었다.

‘이것이 텐료인의 진짜 노림수…… 아니, 애당초 솔로몬이 행한 악마 소환이란 그것이 진정한 목적이었구나…….’

전승에 있는 ‘신전을 건설하기 위해서’라는 기술은 틀렸다.

한 마법사에게 72 악마의 마력을 깃들게 만들기 위한 주술…… 이것은 처음부터 ‘그런 것’이었다.

“나아마. 나는 코바야시와 달리, 너를 싸움에 말려들게 만드는 짓은 안 해.”

그때 텐료인이 발길을 돌렸다. ‘나아마’란 무엇일까.

“코바야시를 없애면 네 마음도 바뀌겠지. 한결같이 최선을 다한다면 알아줄 거라는 무른 생각으로 솔로몬은 실패했어. 같은 전철은 밟지 않아.”

그 말을 남기고 텐료인은 떠났다.

그의 뒷모습을 류가는 우두커니 서서 지켜볼 수밖에 없었다. 아직도 혼란에서 벗어나지 못한 채.

‘텐료인은 『악마 빙의자』들이 쓰러지기를 바랐다? 그런

줄도 모르고 우리는 단기간에 대부분의 『악마 빙의자』를 격파해버렸어…….'

추측이지만 아마도 텐료인 본인이 악마를 해방할 수는 없을 것이다. 그렇지 않다면 이렇게 에두른 방법을 취할 리가 없다.

그러니까 녀석은 우리가 그것을 하도록 만들었다.

일찍이 궁기가 사도의 영혼을 모으고자 그랬던 것처럼. 이것은 그를 모방한 것이다. 틀림없이 텐료인은 그 교활한 【마신】에게 배운 것이다.

'당장에라도 이치로네한테 전해야 해. 하지만 지금의 나로서는 이 감옥을 부술 수는…….'

어찌할 도리도 없이 망연자실한 사이. 또다시 통로에서 발소리가 다가왔다.

텐료인이 돌아왔는가 싶었지만, 그것은 아니었다.

이윽고 나타난 것은——하쿠보기주쿠의 교복을 입은, 먹물을 흘린 것 같은 장발에 무척 눈빛이 날카로운 소녀였다.

6

텐료인과 교대하듯이 찾아온 소녀는 긴 침묵으로 류가를 바라보고 있었다.

이마에 뿔 하나가 우뚝 솟아 있으니까 『악마 빙의자』임은 틀림없다. 그것은 감추려고도 하지 않는 노골적인 적의, 살의에서도 요연했다.

"……나는 파이몬. 서열 9위의 왕공 랭크이자 솔로몬 님의 오른팔이야."

이윽고 그녀가 입을 열어 쌀쌀맞은 자기소개를 건넸다. 동시에 매끄러운 흑발이 파도치듯이 찰랑거렸다.

파이몬…… 조금 전에 들은 이름이다. 텐료인을 독점하고 싶다는, 무척 갸륵한 갈망을 가진 사람이었나.

"파이몬, 가능하다면 본명을 가르쳐주지 않겠어? 나는 너를 빙의된 악마의 이름 따위로 부르고 싶지 않아."

"무슨 의연한 태도야? 아직도 남자를 연기할 생각? 체념이 어이없을 만큼 늦잖아, 히노모리 류가."

냉소를 머금으며 거리를 한 걸음 좁히는 파이몬. 그녀의 눈동자는 의연하게, 타오르는 것 같은 증오를 품고서 류가를 노려봤다.

"있잖아, 히노모리. 네가 여자라는 걸 들었을 때, 내 기분을 알아?"

"…………."

"솔로몬 님은 항상 너뿐이야. 그 집착은 도저히 동성을 향한 것이라고는 여겨지지 않았어. 어찌 생각해도 연심이라 불러야 할 것이었지."

정신이 들자 류가는 뒤로 물러나고 있었다.

이제까지의 싸움으로 길러진 직감이 자신에게 생명의 위기가 다가오고 있음을 전했다.

"BL 관계라고 믿었으니까 이제까지 참을 수 있었어. 하지만, 더는 안 돼. 네가 여자라는 걸 알았으니까——살려둘 수 없어."

그 직후, 류가는 반사적으로 옆을 향해 굴렀다.

왼뺨에 따끔한 아픔을 느꼈다. 희미하게 뺨이 베였음을 금세 깨달았다.

"호오, 잘 도망쳤네. 안면을 바늘꽂이로 만들어줄 생각이었는데."

돌아보니 자신이 서 있던 곳 뒤쪽의 석벽에 무수한 바늘이 박혀 있었다.

그 정체는——머리카락이었다. 그녀는 두발을 딱딱하게 바늘로 만들어서 날릴 수 있나. 한순간이라도 반응이 늦었다면 그녀의 말대로 바늘꽂이가 되었을 것이다.

"그런 좁은 감옥에서 언제까지 계속 도망칠 수 있을까? 열심히 해봐."

"내 말을 들어줘! 너희는 이용당하는 거야! 텐료인은 너희를 버리는 패로만 생각해! 오히려 쓰러지기를 바라고——."

자세를 가다듬으며 어렵다는 것을 알고서도 설득을 시도해봤다.

하지만 역시나 파이몬은 전혀 듣지 않았다. 또다시 흑발이 찰랑거리며 당장에라도 두 번째 사격을 시작하려고 했다.

"그게 뭐? 우리 72 악마는 솔로몬 님의 충실한 하인……이용해주신다면, 그건 기뻐할 일이야."

"그런 수단은 잘못됐어!"

"입 닥쳐! 너 따위가 뭘 안다는 거야?! 우리는 충성 대신에 자신의 갈망을 자유로이 채우는 걸 허락받고 있어! 그것이 너를 죽이는 일일지라도 틀림없이 솔로몬 님은 알아주실 거야!"

그녀의 격앙과 함께 머리카락 바늘 산탄이 날아들었다.

석벽을 박찬 반동으로 도약해서 간신히 그것을 회피했지만 이래서는 끝이 없다. 언제까지나 계속 도망칠 수는 없다.

'몸의 움직임이 평소보다 무거워. 족쇄 탓에 오라를 이용할 수가 없다……!'

설마 이런 형태로 절체절명의 위기에 빠질 줄이야……. 텐료인이 돌아온다면 파이몬을 막아줄지도 모르겠지만 녀석에게 도움을 받는다니 질색이다.

"놀이는 끝이야 히노모리 류가. 다음은 네가 죽을 때까지 계속 쏴주겠어. 설령 머리카락이 전부 사라질지라도!"

분노한 나머지 파이몬은 반쯤 자포자기한 심정이었다.

어떻게든 해야 해. 어떻게 하지? 어떻게 하면 되지? 초조한 심정만이 격해지는 가운데, 파이몬의 장발이 그야말로 노기로 곤두섰을 때──.

"훗훗훗. 거기까지 해두시게나, 아가씨. 머리카락은 여자의 생명이야."

그런 노인의 목소리가 갑자기 주위에 울려 퍼졌다.

"누구야?!"

다행히도 파이몬이 공격을 중지하고 주위를 두리번두리번 둘러봤다. 류가도 시선으로 목소리의 주인을 찾았지만, 어디에도 모습은 없었다.

……그때 갑자기 파리 한 마리가 철창 밖을 부~웅 가로질렀다.

시야에 날아든 파리를 순간적으로 파이몬이 한손을 휘둘러 쫓아냈다. 하지만 파리는 어렵지 않게 그 손을 빠져나와서는 그대로 천장 근처에서 빙글빙글 선회를 시작했다.

"이것 참, 감옥 열쇠를 훔치느라 수고가 들었구먼. 위험했다고, 류가."

파리가 말하고 있었다. 그러는가 싶더니 그 침입자는 빛과 함께 점점 부풀어 오르고──이윽고 새끼손톱 정도의 사이즈에서 자그마한 노인의 모습으로 바뀌었다.

'이, 이 사람은 혹시…….'

땅바닥에 쿠웅 내려선 그가 누구인지 류가는 금세 깨달

았다.

파리로 변할 수 있는 능력. 그런 이능력을 가진 사도가 있다는 사실은 이미 이치로한테 들었다. 도로시 씨의 맞선 때도 한순간이지만 목격했다.

──음장 바츠와나. 최근에서야 간신히 돌아온, 『나락의 팔걸』 중 한 사람.

몰래 인간과의 공존을 바랐다는 파리형 장군 사도다.

나타난 노인을 파이몬은 잠시 어안이 벙벙해서는 바라 봤다.

하지만 금세 정신을 차리고 또다시 사나운 요기를 뿌리 며 바츠와나를 찌릿 노려봤다. 검은 장발이 출렁출렁 꿈틀 거리고 머리카락 바늘의 조준을 침입자에게 맞추었다.

"너, 사도 중 하나지? 그것도 아마도 간부 클래스…… 이름을 대."

살기 어린 파이몬과 다르게 바츠와나는 어디까지나 태 연했다. 하얀 수염을 쓰다듬으며 싱글싱글 표정 그대로 『악마 빙의자』를 바라볼 뿐이었다.

시대극에서 이런 노인을 본 적이 있었다. 도우러 와준 모양이지만 이런 할아버지한테 전투를 맡겨도 될까……. 류가는 걱정되었다.

"홋홋홋. 나를 모르다니, 매정한 소리로구나. 나는 너를

자~~알 알고 있는데."

"뭐라고?"

"네 침실에는 몇 번이나 실례했지. 옷 갈아입는 모습도 잘 보았어."

바츠와나의 폭탄 발언에 그만 "허어?!"라고 뒤집어진 목소리로 답하는 파이몬. 그런 소리를 들으면 당연히 놀라겠지.

"그럼 요청에 응해서 이름을 대기로 할까. 나는 음장 바츠와나다. 루니에와 함께 최초의 장군 사도가 된, 『나락의 팔걸』 최고참이지."

"이제 이름 같은 건 아무래도 상관없어! 지금 묻고 싶은 건 훔쳐봤다는 그거야! 말도 안 되는 소리로 나를 동요하게 할 생각이라면 쓸데없는 짓은 그만둬!"

"말도 안 되는 소리가 아니야. 네 브래지어와 팬티는 전부 빨간색으로 통일되어 있지."

"뭐……."

"게다가 여고생치고는 드물게 가터벨트를 입고 있어."

"뭐, 뭐……."

"익숙하지 않은지 먼저 팬티를 입는 바람에, 화장실에서 우선 가터벨트를 풀어야만 하는 사태에 빠졌더구나. 어떠냐? 이걸로 믿겠느냐?"

"죽어!"

정곡이었는지 파이몬은 노성을 터뜨리자마자 머리카락 바늘을 마구잡이로 난사했다.

그것을 노인답지 않은 몸놀림으로 훌쩍훌쩍 피하는 바츠와나. 더더욱 파이몬을 도발하듯이 스스로 간격을 좁히고 들었다.

"윽, 이 영감……!"

"알고 있느냐? 사실 파리와 인간은 보이는 세계의 속도가 달라. 파리에게는 인간의 움직임이 슬로모션처럼 비치는 게야."

"우, 웃기지——꺄악!"

굴하지 않고 머리카락 바늘을 날리려던 파이몬이 갑자기 비명을 터뜨렸다.

한순간 적의 품속으로 파고든 바츠와나가 그녀의 가슴을 쿡쿡 손가락으로 찌른 것이었다.

"홋홋홋. 좋구나, 좋아."

"주, 죽여버리겠어! 절대로 용서하——히얏!"

또다시 파이몬이 비명을 질렀다. 등 뒤로 돌아간 바츠와나가 엉덩이를 스르륵 쓰다듬은 것이었다.

"자자. 엉덩이를 가리면 또 가슴이 빈다고. 설령 양쪽을 가드할 수 있다고 해도 허벅지는 어떻게 하지? 옆구리는 어떻게 하지? 목덜미는 어떻게 하지?"

"꺄악! 하얏! 냐앗!"

영감에게 성희롱을 당할 때마다 파이몬이 움찔움찔 반응하며 뛰어올랐다. 완전히 희롱당하고 있었다.

저렇게까지 접근해서야 더 이상 머리카락 바늘을 쏠 수도 없다. 날리는 도구를 상대로 적절한 판단이었다. 칭찬할 생각은 전혀 안 들지만.

"홋홋홋. 자, 이쪽이다 이쪽이야."

"이 자식, 기척을 못 읽겠어……!"

분위기를 못 읽겠다는 걸 잘못 말한 게…… 그런 생각을 하며 류가가 지켜보는 가운데, 바츠와나가 지면을 박차고 또다시 거리를 벌렸다. 자세히 보니 그의 손이 무언가 빨간 물체를 붙잡고 있었다.

"자, 이건 무엇~일까?"

……브래지어였다. 류가도 알고 있는 수입 브랜드의, 아마도 만 엔 이상은 될, 고저스한 자수의 고급 브래지어였다. 남모르게 원하던 녀석이었다.

그것을 본 파이몬이 황급히 자신의 가슴을 더듬었다. 그리고 경악해서 눈을 부라렸다.

"서, 설마, 그건 내……!"

"아무리 봐도 네 브래지어잖으냐. 나만큼 역전의 전사가 되면 여고생한테서 브래지어를 빼내는 것 따윈 누워서 떡 먹기…… 다음은 팬티를 조심해라."

"웃기지 마, 빌어먹을 영감탱이! 나를 벗겨도 되는 건 솔

로몬 님뿐이야!"

"허나 너, 솔로몬의 침소에 함께해도 상대가 된 적은 없겠지? 가엽구나. 제대로 아래쪽 털까지 정리했는데."

"뭐…… 봐, 봤어?! 있잖아, 봤어?! 털을 정리하는 거 봤어?!"

"민감한 피부에 면도질은 조심해라. 흠, 스킨십은 이 정도면 되겠지."

다음 순간, 바츠와나가 단숨에 기어를 올렸다.

천장, 벽, 바닥을 박차며 마치 도탄처럼 좁은 통로 안을 내달렸다. 그 속도와 종횡무진의 움직임은 도저히 인간의 눈으로 좇을 수 있는 것이 아니었다.

실제로 파이몬은 파리 사도의 왜소한 몸을 시야에서 놓친 상태였다.

뒤에서 손날로 급소를 맞고 의식을 빼앗겨서 땅바닥으로 무너져 내렸을 때도 무엇을 당했는지 모르겠다는 표정이었다.

……무시무시한 음장 바츠와나. 첩보 임무가 특기라고는 들었지만, 전투력도 월등하게 높았다. 노인이라고는 해도 역시나 장군 클래스였다.

"한 건 끝이구나. 어디, 뿔도 부러뜨려둘까."

바츠와나의 말에 류가는 금세 정신을 차렸다. 안색이 바뀌어서는 철창에 매달려서 영감에게 제지의 말을 날렸다.

"안 돼, 바츠와나! 파이몬의 뿔을 부러뜨려서는 안 돼!"

"허어? 어째서냐? 팬티라면 벗겨도 되나?"

"그건 더더욱 안 돼! 그보다도 여기서 꺼내줘! 열쇠를 가지고 있잖아?!"

"적어도 허벅지에 뺨을 비벼도……."

"강제 성추행 현행범으로 대신 감옥에 넣어줄까?!"

류가의 질타에 "쩨쩨하구나"라고 투덜거리면서도 감옥을 열어주는 바츠와나. 감사하기 전에 잔소리부터 하고 싶었지만, 지금은 그럴 때가 아니었다.

"그래서, 류가. 어째서 뿔을 부러뜨리면 안 되느냐?"

"……텐료인『악마 빙의자』가 전멸하기를 바라고 있거든. 더 이상은 한 사람도 쓰러뜨려선 안 돼."

자신의 머리를 정리한다는 의미도 담아서, 조금 전에 들은 '텐료인의 계획'을 간추려서 이야기했더니.

바츠와나 역시도 깜짝 놀라서는 손에 든 브래지어를 떨어뜨렸다. 그거, 제대로 파이몬한테 돌려줘.

"혼돈 님과 도철 님의 이상한 모습은 그런 이유였나……. 나도 자초지종은 보고 있었으니까. 확실히 그때, 솔로몬한테서 이상하게 강한 마력을 느꼈다만……."

주름이 가득한 얼굴에 더욱 주름을 만들며 바츠와나가 낮게 신음했다.

아무래도 상관없지만, 이쪽의 가슴을 빤히 응시하는 건

그만뒀으면 좋겠다.

"그 마력이 설마 『악마 빙의자』를 제물로 삼은 것이었을 줄이야……. 어쨌든 여기서 허둥지둥해봐야 아무것도 시작되지 않아. 성을 탈출하자고, 류가."

"하지만 어디로……."

"북쪽으로 2km 정도 간 수해 안쪽에 폐 성채가 있다. 『나락성』에서 철수한 사도들도 그곳으로 향했을 테지."

"폐 성채?"

"음. 솔로몬의 아파트에 열린 크레바스는 그곳의 안뜰로 이어져 있어. 지금쯤이면 아마도 도령들도 들어왔을 테지."

아무래도 도령이란 이치로를 가리키는 모양이었다. 내가 붙잡혔다는 정보는 이미 모두에게도 전해졌나.

"혹시 바츠와나가 알려준 거야?"

"아니, 바엘이…… 어, 아니. 나다. 응, 내가 했어."

"다시금 감사를 표할게. 고마워, 바츠와나. 네가 없었다면 이번에는 정말로 위험했어."

"설마 『용신의 계승자』를 구하는 날이 올 줄이야. 좀 더 빨리 공존한다는 길을 선택했다면 쓸데없는 피가 흐르는 일도 막을 수 있었을 텐데……. 뭐, 한탄해도 별 수 없는 일인가."

"그러네. 브래지어를 주우면서 할 말은 아니니까."

"안 준다. 이건 내 전리품이야."

"속옷 도둑은 그만둬! 그 브래지어, 엄청 비싸다고!"

"그렇다면 네 브래지어를 넘겨라. 등가교환, 다시, 등브래지어교환이다."

역시 이 사람, 감옥에 가둬야 한다고 생각한다.

"자, 빨리 줘. 이제 곧 파이몬도 깨어날 게야."

"그보다도 어째서 내가 여자라는 걸 알고 있어?! 미안하지만 지금은 무명천이니까!"

"싫다싫다! 나는 손브래지어로 돌아가진 않아! 브래지어를 손에 들고 돌아갈 게야!"

……결국에는 나중에 브래지어를 헌상하는 것으로 이야기를 매듭짓고, 그들은 지하 감옥을 뒤로했다.

지금은 철수할 수밖에 없다. 빨리 이치로 일행과 합류해서 대책을 세워야 한다. 하지만.

이능력과 수호신을 잃은 지금의 자신이 무엇을 할 수 있을지…… 류가로서는 알 수 없었다.

제2장 긴급 대리 주인공

1

톳코 & 사신 히로인즈가 합류하고 잠정적으로 폐 성채를 이쪽의 본거지로 삼은 뒤.

나는 곧바로 소수의 동료를 데리고 류가를 탈환하기 위해『나락성』으로 출발했다.

멤버는 유키미야, 아오가사키 선배, 엘미라, 그리고 삼 공주. 몰래 궁기도 동행하고 있으니까 나를 포함해서 도합 8명.

톳코는 폐 성채에 남아 총사령관으로서 사도들을 통솔하도록 했다. 내가 그 포지션을 면할 수 있었던 것은 불행 중의 다행이라고 할 수 있겠지.

'텟짱과 아저씨가 적 쪽에 있는 이상, 대군을 보내더라도 무의미해. 그렇다면 소수정예로 유연하게 움직일 수 있는 게 나아.'

나는 예전에 그 성에서 며칠인가 묵은 적이 있었다. 내부에는 그럭저럭 지식이 있다.

히로인즈는 그렇게까지 성을 잘 알지는 못하겠지만 삼 공주와 팀을 짜면 괜찮다. 나로서는 최선의 인선으로 임한다는 생각이었다.

"다들 알겠지? 배틀은 최대한 피해줘. 특히 【마신】들과 맞닥뜨린다면 쏜살같이 도망쳐. 세뇌당한 지금의 그 녀석들은 위험해. 장난을 치지도 않겠지."

성 아래의 도시가 눈앞까지 왔을 때, 다시 한번 멤버들에게 못을 박아뒀다. 수해를 빠져나간 뒤에는 평탄한 초원이었기에 생각했던 것보다 빨리 여기까지 올 수 있었다.

"알아. 아오가사키, 뒤는 맡길 테니까."

"굳이 말할 것 없어. 너와의 콤비, 대체 몇 번째라고 생각해?"

미온과 아오가사키 선배가 짧게 말을 나누었다. 이들 두 사람은 이제 라이벌이라기보다 파트너에 가까운 사이니까 아무 문제도 없겠지.

"키키는 아직 믿고 있쫍니다. 틀림없이 도철 남작은 휘둘리면 웃겨줄 거라고."

"바나나 껍질이 있다면 검증할 수 있었을 텐데…… 평소의 도철이라면 제대로 넘어지지 않을 리가 없을 테죠."

키키와 엘미라는 살짝 불안했다. 하지만 두 사람에게는 시즈마를 통해서 쌓은 분명한 인연이 있다. 여차하면 발군의 콤비네이션을 발휘할 것임에 틀림없다.

"저기, 유키미야. 성채로 돌아가면 루니에게 엄하게 주의를 해둬. 톳코 님의 복심이라면서 그 녀석 너무 까불었어."

"세바스찬은 옛날부터 조금 억지스러운 구석이 있어서
요……."

주리와 유키미야는 조금 전부터 왕거미 집사에 대한 이
야기를 나누고 있었다. 그가 총사령관 톳코의 보좌관을 맡
겠다고 나섰기에 다른 장군들한테 반감을 산 이야기였다.

참고로 나는, 성내에서는 단독으로 행동하게 되었다.

모두의 눈을 피해서 바엘과 어떻게든 접촉할 수는 없을
지 생각하고 있었다. 정보를 조금이라도 공유하기 위해서.

'코바야시 소년. 아기토는 아마도 우리가 뛰어들 것은 알
고 있을 테지. 나름대로 굳게 방비했을 거라 생각해.'

'틀림없이 나머지 『악마 빙의자』들도 있겠네. 가능한 한
부딪치고 싶지 않지만…….'

이윽고 도시로 숨어들어서 『나락성』을 향해 대로를 질주
하는데.

수십 미터 전방에 우리를 기다리듯이 그림자 넷이 서 있
었다. 말하기가 무섭게 『악마 빙의자』였다.

도시는 골목이 뒤얽혀 있지만, 성으로 통하는 것은 여섯
개의 메인 스트리트뿐. 그중에서도 정북방에 있는 이 루트
는 성 정면의 큰길. 당연히 적도 경계하고 있던 것이다.

"큭큭큭…… 솔로몬 님의 예상대로 금세 쥐가 숨어들었
다고. 잘 들어라, 침입자들! 나는 후작 랭크, 서열 7위의

아몬! 갈망은──.”

“방해돼!”

가장 먼저 적 하나가 튀어나온 순간.

마찬가지로 속도를 올려서 뛰쳐나온『참무의 검사』가 아몬이라는 남자의 뿔을 쪼갰다. 목도 일격으로.

‘아아, 저질렀어⋯⋯. 이래서 부딪치고 싶지 않았는데⋯⋯.’

동료가 순식간에 처리당하는 것을 보고 금세 다른『악마 빙의자』들이 동요했다.

“아, 아몬이 일격에 당했다고?!”

“말도 안 돼! 녀석은 72 악마 중에서도 비교적 실력자였을 터!”

“그런데도『뮤즈에 들어가고 싶다』는 갈망조차 미처 말하지 못하고──갸악!”

그런 그들을 연이어『축명의 무녀』와『상암의 혈족』이 덮쳤다. 재빨리 몸을 돌려서 도주한 한 명을 제외하고, 가련한 두 명 역시도 뿔이 부러지는 꼴이 되었다.

“죄송합니다만, 저희는 시간을 지체할 수 없어요!”

“뿔 중간쯤을 비스듬히 45도로 때린다. 이제 요령은 파악했어요.”

⋯⋯이제까지 몇 명이나 쓰러뜨린 경험 덕분인지 솜씨가 범상치 않았다. 이미 뿔 부러뜨리기 장인이었다.

‘어쩔 수 없어. 이렇게 됐다면『악마 빙의자』에 대해서는

깔끔하게 포기하자. 역시 대단한 녀석은 남아 있지 않았던 모양이고.'

설령 72 악마가 전멸하더라도 아기토는 아프지도 가렵지도 않을 것이다. 혼돈과 도철이 인사 이동한 지금, 솔로몬군의 주력은 틀림없이 그들일 테니까.

그렇다면 【마신】을 되찾는 타이밍이 중요해지는데……그런 생각을 하며 쓰러진 적 세 사람을 뛰어넘어서 히로인즈를 따라간 참에.

"하나 놓쳤나. 먼저 가도록 해, 코바야시. 처리해줘야겠지."

"동료에게 보고한다면 성가셔요. 신속하게 처리하죠."

"적을 앞에 두고 도망치다니 어이없는 남자예요. 처리는 저한테 맡기세요."

그러면서 또다시 히로인즈가 먼저 가버렸다. 메인 캐릭터니까 암살자 같은 대사는 자중해줬으면.

"셋 다 기다려! 도망친 녀석 따윈 그냥 내버려 두면 돼! 그리고 『처리』가 아니라 가능하다면 『케어』라든지 『치료』라든지, 마일드한 표현을——."

그녀들의 등을 향해 지시를 날리려던 그때.

갑자기 전방에서 무언가가 날아왔다.

"!"

히로인즈가 좌우로 뛰어서 회피하고 나 & 삼 공주도 황급히 좌우로 흩어져서 그것을 흘려보냈다. 날아온 물체는 그대로 데굴데굴 굴러가더니 우리 몇 미터 뒤에서 멈췄다.

그것은——지금 막 도망쳤던 『악마 빙의자』였다.

그 녀석이 어째선지 엄청난 기세로 돌아온 것이었다. 마치 덤프트럭과 정면충돌이라도 해서 튕겨 나간 것처럼.

악마 이름조차 모르는 그는 큰대자로 쓰러져서 꿈틀꿈틀 경련했다. 다행히도 목숨에 별다른 지장은 없는 모양이지만 눈을 까뒤집고서 완전히 실신했다.

"뭐, 뭐야? 이 녀석, 어째서 케어를 받고서는……."

사태를 받아들이지 못하고 내가 아연실색하며 중얼거린 것과 동시에.

전방의 어둠에서 야수 같은 사나운 포효가 울렸다. 이어서 숨 막힐 정도로 농후한 요기가 탁류처럼 밀려들었다.

……바로 앞에 무언가 있다. 터무니없이 위험한 무언가가.

아마도 도망친 『악마 빙의자』를 습격한 것도 그 녀석이다. 같은 72 악마라면 동료를 공격하는 것은 이상하다. 그렇다면 혹시 폭주한 혼돈이나 도철인가?

"우우우우…… 그르르르ㅇㅇㅇ~……."

전투태세에 들어간 우리를 향해 신음 소리와 기척이 들이닥쳤다.

일렁일렁 흔들리며 이윽고 모습을 드러낸 것은——단발머리 자그마한 소녀였다.

"쿠, 쿠로가메……!"

사신 히로인즈 중 하나, 쿠로가메 리나였다.

아니다. 72 악마 중 한 사람, 푸르카스였다.

바엘의 이야기에 따르면 아기토는 그녀 역시도 쓰러뜨렸다고 한다. 무사했던 모양이라 참으로 다행이지만……마냥 안도할 수도 없었다.

그녀의 모습이 명백하게 이상했다. 뿔도 이전의 두 배 정도로 길고 커졌다.

"리나! 뭘 하는 거야! 동료를 공격하면 안 되잖아!"

"조심하세요, 레이 씨. 지금 리나 씨는 상당히 흥분한 모양이에요!"

"마치 옥수수를 빼앗긴 너구리 같아요!"

히로인즈의 목소리에도 푸르가메는 무반응이었다.

핏발 선 눈을 번쩍번쩍 빛내며 사냥감을 음미하듯이 우리를 한 사람씩 둘러봤다. 더 이상 거북이가 아니었다. 물론 너구리도 아니었다. 이래서는 공룡이었다.

'그러고 보니 푸르가메는 아파트에서 류가와의 승부를 방해받아서 아기토한테 격노했었지.'

그래서 보스인 솔로몬에게 덤벼들었다가 반격을 당했다고 들었다. 그러니까 그녀는 지금 극도의 소화불량 상태……배틀에 굶주려서 흉포해진 것인가.

"우우우~…… 그르르으으으~……."

낮게 계속 신음하며 연신 양손의 수갑을 철그렁철그렁

울리는 푸르가메. 공룡은커녕 나찰이었다.

"우우우~…… 강한 아이는, 강한 아이는 없느냐아아―!"

그 직후, 그녀는 하늘을 올려다보며 그런 절규를 터뜨렸다. 정답은 나마하게*였던 모양이다.

일이 어렵게 되었다. 이런 곳에서 최강의 『악마 빙의자』와 조우하다니. 가능하다면 배틀을 피하고 싶지만 아마도 그건 무리겠지.

푸르가메의 각력은 히로인즈 최고를 자랑한다. 도저히 도망칠 수 있는 상대가 아니다. 젠장, 이번 목적은 류가를 구출하는 것뿐인데……!

어떻게 대응하면 좋을지 주저하는 사이, 어느샌가 내 등 뒤로 모여 있던 삼 공주가 생각지도 않은 제안을 건넸다.

"쿠로가메의 상대는 맡겨줘. 이치로 군은 류가를 부탁해."

"저희와 싸우면 갈망도 풀릴 터. 여기서 그녀도 탈환해 두죠."

"키키는 언제 어느 때, 누구의 도전이라도 받아들이겠쩌요! 나쁜 쿠로가메는 이제 질렸쭙니다!"

그 제안에 응해야 할지 망설이는 내 곁으로 히로인즈 세 사람도 모여들었다.

"우리도 남을게. 이대로 리나를 내버려 둘 수는 없어."

"같은 사신으로서, 동료로서 이런 리나 씨를 보고 있을

---

*일본의 요괴. 나쁜 아이를 혼내준다는 이미지가 강하다.

수는 없어요."

"저희랑 삼 공주…… 이 포진으로 리나 씨 하나한테 진다면 벌을 받아야겠죠."

결연하게 말하는 그녀들을 상대로 더 이상 이러쿵저러쿵할 수는 없었다.

푸르가메를 회복시키는 역할은 사실 류가가 해줬으면 했다. 하지만 그런 플롯을 고집할 상황이 아니었다.

어쨌든 거북이는 누군가가 붙잡아둬야만 하는 것이다. 그를 위한 전력을 아낄 때도 아니다. 부상자가 나온다면 현장감독인 내 책임이다.

"……알았어. 다들, 절대로 무리하지는 마."

"이치로 군이야말로 조심해. 자, 순서는 어떻게 할까? 모두 한꺼번에 덤비는 거친 짓은 하고 싶지 않으니까."

그런 소리를 하며 미온이 뒤에 뻗어 있는 『악마 빙의자』에게 걸어갔다.

뭘 하는가 싶었더니 백로 소녀는 그의 뿔을 뽀각 부러뜨려버렸다. 비스듬히 45도 촙으로.

뭐, 그래도 어쩔 수 없다. 이것으로 남은 『악마 빙의자』는 세 사람……. 바엘, 파이몬, 그리고 눈앞의 푸르카스뿐이다.

잠시 후에 미온이 돌아오자 아오가사키 선배가 "흠" 하고 자신의 턱을 만졌다.

"미온의 말대로, 물론 승부는 일대일이어야. 그러네……
제한 시간은 3분, 못 쓰러뜨리면 다음 사람으로 교대하는
건 어때?"

유키미야와 엘미라가 동시에 긍정했다. 그리고 동시에
헤어밴드를 꺼내더니 머리카락을 포니테일로 묶었다. 아
아, 아오가사키 선배의 헤어스타일이 망가져버려…….

"이의는 없어요. 얼른 순서를 정하죠."

"리나 씨! 잠깐만 기다려줄래요? 금방 끝나니까요!"

"그르르으으~…… 빨리 해!"

의외로 기다려주는 거북이 씨를 제쳐놓고.

나는 은근슬쩍 일동에게서 떨어져서 뒷골목으로 숨어들
고는 그 자리를 뒤로했다.

목표는 『나락성』. 살짝 메인 스트리트를 우회하게 되지
만 고작해야 타임 로스는 1, 2분이겠지.

기다려, 류가. 지금 당장 구하러 갈 테니까!

뭣하면 자력으로 탈출하더라도 아무 문제도 없으니까!

"코바야시 군! 이쪽이야!"

다시 대로로 나와서 성 정면에 걸린 돌다리 앞까지 왔을 때.

문득 옆의 골목에서 익숙한 목소리가 날아들었다. 살펴
보니 바엘이 나를 향해 필사적으로 손짓하고 있었다.

돌입 전에 그와 만날 수 있었던 것은 행운이다. 이것으

로 최소한의 정보를 입수할 수 있다.

"여, 바엘. 편지 남겨줘서 땡큐! 덕분에 큰 도움이 됐어!"

"너는 틀림없이 이계로 뛰어들 거라 생각했어."

누가 먼저라고 할 것도 없이 한 손을 짝, 하이파이브를 나누는 우리. 완전히 친구다.

"설마 혼자서 왔나? 아무리 그래도 그건 너무 위험하지 않나……."

"사신과 삼 공주도 같이 왔어. 다른 사람들은 거북이를 붙잡아주고 있어."

"그런가. 좀 빠르지만, 상황을 설명해둘게. 나도 성내 수비를 명령받은 몸이니까 내 자리를 너무 비워둘 수는 없어."

"임무를 팽개치게 만들어서 미안하네. 사도들과 합류했으니까 대략적인 전말은 알고 있어. 대체 아기토한테 무슨 일이 벌어진 거야?"

"미안해. 어째서 아기토가 【마신】의 세뇌 같은 아슬아슬한 재주를 부릴 수 있었는지…… 그 이유는 아직 판명되지 않았어."

"…………."

"두 사람의 【마신】은 현재, 각자 성 입구를 지키고 있어. 정면의 문을 혼돈 씨가, 뒷문을 도철 씨가……. 코바야시 군, 너는 서둘러서 뒷문으로 가줘."

"뒷문? 텟짱이 있는 쪽인가?"

바엘의 말로는 이미 바츠와나가 류가를 구출하러 갔다고 한다. 모습이 보이지 않는다고 생각했더니 바엘과 짜고서 움직이고 있었나보다.

경비에는 나머지 수십의 사역마도 동원했지만, 대부분은 바엘이 정면 쪽으로 배치했다는 것. 그러니까 뒷문을 허술하게 만든 것이다. 류가를 쉽게 보내주려고.

"다만 도철 씨의 배치까지는 손을 쓰지 못했어. 그러니까 안심할 수는 없겠지. 게다가 지금 히노모리 군은……
아니, 히노모리 씨는 이능력을 봉인 당했어."

"이, 이능력을 봉인 당했어?"

흘려들을 수 없는 보고에 나는 크게 숨을 삼켰다. 아기토 녀석, 세뇌만이 아니라 그런 기예까지 가능한 거야?

그리고 또 하나 놀란 사실이 있었다. 류가의 호칭을 바엘이 수정한 것이다.

"바엘 너, 류가의 정체를……."

"히노모리 씨가 여성이라는 사실은 이 성에 와서 바로 들었어. 아기토가 그녀에게 집착하던 건, 요컨대 연심이었다는 이야기겠네."

아기토 자식, 쓸데없는 정보를 흘려대고!

"부탁할게, 바엘! 부디 그건 비밀로 해줘. 부탁이야."

내가 머리를 숙이자 바엘은 선선히 "알았어"라며 승낙해주었다. 하지만 어째서일까, 나를 보는 눈빛에서 무척 가시가 느껴졌다.

"사실은 아기토한테 들은 정보가 하나 더 있어. 코바야시 군의 집에 삼 공주들이 산다는 건…… 정말이야?"

아기토 자식, 이 또한 쓸데없는 정보를 흘려대고!

"어때? 너는 혹시 미온 씨와 사귀고 있다든지……."

그러고 보니 바엘은 미온을 마음에 들어 하는 느낌이었나.

솔직하게 말할 수는 없다. 그 백로 소녀가 어머니 공인 으로 점점 내 약혼자가 되고 있다는 사실을. 오늘도 비행 중에 성희롱 슬리퍼 홀드를 했다는 사실을.

"가, 같이 식사한 적은 몇 번이나 있지만, 그 이상의 관계는 아닙니다."

연예인 사무소 같은 변명을 늘어놓자 바엘이 안도하며 표정을 풀었다.

"다행이야……. 그럼 역시 코바야시 군은 히노모리 씨를?"

"아니, 딱히 그런 게……."

"아니면 사신 중에 누군가인가? 다른 삼 공주인가? 너는 누구랑 열애 중이지?"

"너한테 쓴 거, 역시 '이노우에 코조' 아니냐!"

가십을 좋아하는 적 간부를 내버려 두고 나는 도망치듯 이 뒷문으로 달려갔다. "늦장 부리다가 류가와 엇갈리고 말 테니까"라고.

잡담이나 나눌 때가 아니었다. 류가가 이능력을 봉인 당했다면 아무리 바츠와나가 함께 있어도 걱정이다. 상대는 다름 아닌 도철이니까.

'최악의 전개가 되어버렸어. 젠장, 새 시리즈는 어떻게 되어버리는 거야!'

설마 히노모리 류가가 전투력을 빼앗겨버리다니. 주인공의 자리를 이런 형태로 위협당하다니.

아기토는 진심으로 류가를 무대에서 끌어내릴 생각인가?

그녀를 그저 히로인의 테두리로 강등시킬 생각인가?

2

같은 시각. 감옥에서 빠져나온 류가는 바츠와나의 안내에 따라 성 뒷문을 향해 쉬지도 않고서 달리고 있었다.

그의 말로는, 적의 경비는 정면 쪽의 도시로 집중되어 있다고 한다. 그 때문인지 성 안에는 경비가 한 사람도 없어서 어렵지 않게 출구 근처까지 돌파할 수 있었다.

노인답지 않은 각력으로 질주하는 바츠와나에게 뒤처질 수는 없다며 필사적으로 따라갔다. 하지만.

'큭, 스피드가 전혀 올라가질 않아······.'

스스로 어이없을 정도로 다리가 느렸다. 그래도 일반인보다는 나을 테지만, 평소와 비교해서 십 분의 일 이하의 속도로 달릴 수밖에 없었다.

이것도 텐료인에게 힘을 봉인 당한 탓인가.

마력의 족쇄를 제거할 방법은 과연 있을까?

"류가. 조금 더 빨리 달릴 수는 없겠느냐?"

속도를 늦추어 함께 달리는 바츠와나에게 류가는 면목 없다는 듯이 대답했다.

"미, 미안해. 이래 봬도 전속력이야."

"이래서는 도철 님의 감시를 몰래 빠져나가는 건 어렵겠구나……. 역시 내가 미끼가 될 수밖에 없겠어. 브래지어만이 아니라 팬티도 세트로 붙여달라고."

"정문을 혼돈이, 뒷문을 도철이 지키고 있구나……. 그건 그렇고 적의 경비 상태를 잘도 파악하고 있네. 나를 구하기 전에 정찰했어?"

"바엘 녀석이 가르쳐줘서…… 어, 아니지. 그래. 정찰했다."

"바엘? 그 사람이 어쨌는데?"

"그, 그보다도 문제는 도철 님이야. 여기에 궁기 님이나 도올 님이라도 있다면 어떻게든 부탁할 수도 있겠지만."

"궁기? 그 녀석은 봉인 당했다고?"

"어, 아니……. 도령 이 자식, 감추는 게 너무 많잖아."

무어라 투덜대는 바츠와나에게, 하지만 류가는 그 이상 추궁을 할 수는 없었다.

이윽고 전방으로 아치 모양의 거대한 문이 보였다.

다행히도 문은 열려 있었지만 기뻐할 수도 없었다. 그 앞에는 아니나 다를까──칠흑의 그림자 법사 같은 【마신】이 버티고 서 있었으니까. 5m 정도의 거구가 되어서.

"도철……!"

"과연 저분을 상대로 어디까지 버틸 수 있을지……. 류가, 틈을 만들 테니까 뛰어서 밖으로 나가는 게야! 나는 신경 쓰지 마라!"

말하자마자 과감하게도 【마신】에게 돌진하는 바츠와나. 하지만 그 직후, 도철이 발하는 엄청난 사기(邪氣)에 "히엑" 하고 겁먹어서는 허둥지둥 돌아왔다.

"무리! 절대로 무리야! 브래지어랑 팬티에 니삭스를 더해도 무리야!"

"안 더할 거야! 큭…… 도철! 나를 모르겠어?!"

불러봤지만 반응은 없었다. 세뇌 때문에 자아를 잃었는지 가면 같은 무표정으로 이쪽을 바라볼 뿐. 이렇게 쿨한 그는 본 적이 없었다.

"침입자를 발견. 배제하겠습니다."

무기질적인 목소리로 그렇게 중얼거리고 도철이 성큼성큼 들이닥쳤다.

걸을 때마다 스스로 "위—잉. 철컹, 철컹" 하고 말했다. 딴죽을 걸어야 할까.

"위, 위험해! 로봇 같이 변했어! 지금의 도철 님은 감정이 없는 파이팅 컴퓨터야! 자쿠와는 달라!"

"입으로 기계음을 낼 뿐이야! 게다가 비교적 구식 같고!"

류가와 바츠와나가 술렁거리는 사이, 전방의 도철이 걸음을 멈췄다.

그러는가 싶더니 이번에는 오른손을 천천히 내질렀다. 펼친 손바닥으로 시커먼 오라가 점점 모여들었다. 마치 블랙홀처럼.

저건 설마──【마신】들의 특기인 사기 포격인가!

"파동포를 발사합니다. 에너지 충전, 60%. 70, 80……."

역시나 그런 모양이었다. 로봇은커녕 우주전함이 되었다.

"솔로몬 녀석, 참으로 어려운 마법을 걸어주셨군…….류가, 이렇게 됐다면 뜻을 다지도록 해라! 기회를 놓치지 말라고!"

바츠와나가 파리로 모습을 바꾸어, 도철의 주의를 돌리고자 재차 공격을 가했다. 조금 전보다 큰, 소프트볼 정도의 사이즈로.

그의 조력에 감사하며 류가도 왼쪽으로 달려갔다. 로비를 크게 우회해서 출구로 향한다……. 도철이 문 앞에서 비켜선 것은 바라지도 않은 행운이었다.

"무리하진 마, 바츠와나! 만에 하나의 순간에는 자기 목숨을 최우선으로──."

문을 향해 돌진하며 류가가 뒤쪽을 흘끗 쳐다본 순간.

도철의 왼손이 눈에 보이지도 않는 속도로 움직여서 바

츠와나를 찰싹 털어냈다.

"흐갸!"

신속의 파리채 공격을 당하여 벽에 격돌하는 바츠와나. 그대로 땅바닥에 툭 떨어져서는 뒤집힌 상태로 다리를 파르르 떨었다.

파이몬이 그림자조차 쫓지 못했던 그를 단 일격으로…… 강함의 차원이 다르다!

"바, 바츠와나!"

정신이 들자 류가는 멈춰 서 있었다. 출구까지는 앞으로 10m 정도였지만 도망이라는 선택지는 머리에서 지워졌다.

……내가 도망친다면 도철은 틀림없이 바츠와나에게 최후의 일격을 날리겠지.

파이몬에게서 구해준 그를, 위험한 미끼 역할을 맡아준 그를 여기서 그냥 버릴 수는 없다. 나는──마음까지 봉인당한 게 아니야!

"도철! 난 여기 있어!"

크게 숨을 들이쉬고 외치자 【마신】이 이쪽을 돌아봤다.

다시금 류가에게 내민 손바닥은 이미 사기 발사 준비를 완료했다. 지금의 내가…… 저것을 피할 수 있을까?

"눈을 떠! 원래의 밝고 즐거운 텟짱으로 돌아와!"

열심히 호소하던 그때. 뜻밖에도 도철의 어깨가 움찔 반응했다. 어쩐지 손바닥의 사기도 살짝 축소된 것 같았다.

목소리가 전달되었나? 어쩌면 텐료인의 마법은 완벽하게 걸리지 않았나?

"정신회로에서 이상을 검출. 기기, 가가…… 위—잉, 위—잉."

"부탁이야, 텟짱! 세뇌 따위에 지지 마!"

"위—잉, 위—잉."

"힘내! 【마신】의 의지를 보여줘!"

"뷔—인 소년 합창단. 이라든지."

"그런 건 됐으니까!"

개그를 던지겠다는 의지 따윈 안 보여줘도 돼! 그런 딴죽을 계속 던질 수는 없었다.

그의 손바닥에서 마침내 파동이 방출되고 만 것이었다.

"아——."

피할 수 없다. 순간적으로 그것을 깨달았다.

평범한 사람 수준의 신체 능력이 된 지금의 나로서는 도저히 대처할 수 없는 공격이다. 그만큼 빠르고, 크고, 압도적인 포격이었다.

들이닥치는 검은 거탄. 가슴을 스치는 죽음의 예감.

"이치로……."

그런 가운데, 무의식적으로 류가가 툭하니 중얼거린 것은——정말 좋아하는 사람의 이름이었다.

"류가아아아——!"

뒷문으로 돌입한 내 시야에 날아든 것은, 지금 막 류가를 향해서 파동포를 날리려고 하는 멍청하기 짝이 없는 녀석의 모습이었다.

그 후의 나는 빨랐다.

머리로 이해하는 것보다도 먼저 류가에게 돌진해서는 태클을 걸어서 그녀를 쓰러뜨렸다. 뒤엉켜서 구르는 우리의 머리 위를 사기 바주카가 아슬아슬하게 지나갔다.

그야말로 간발의 차. 이제야 온몸에서 땀이 확 뿜어 나왔다.

"이 자식, 무슨 짓이냐 텟짱! 하마터면 류가를 죽일 참이었다고!"

곧바로 몸을 일으켜서 진심으로 야단을 쳤다. 이렇게까지 도철에게 화가 난 것은 처음일지도 모르겠다. 아니, 서른 번째 정도일까.

한편 도철은 감정이 없는 눈동자로 이번에는 내게 손바닥을 향했다.

……역시 평소의 텟짱이 아니었다. 몸의 움직임도 어쩐지 딱딱했다. 마치 구식 로봇 같았다.

"새로운 침입자를 발견. 서치를 개시합니다."

그런 소리를 하면서 내 온몸을 샅샅이 관찰하는 도철. 그건 뭐야. 그보다도 길어. 이미 10초 정도 지났다고.

"······서치 완료. 매끈한 피부, 바싹 깎은 손톱, 무지외반증을 바탕으로 코바야시 이치로로 확인."

"얼굴로 알아보라고!"

상상을 뛰어넘는 고물 로봇이었다. 세뇌당해도 역시나 개그냐고!

이러쿵저러쿵하는 사이, 류가도 늦게나마 일어섰다. 먼지투성이인 교복 그대로, 울었다가 웃었다가 표정이 무너졌다. 자세히 보니 왼쪽 뺨에 살짝 베인 흔적이 있었다.

"이치로······ 와줬구나."

"그래. 그보다도 류가, 너······."

그녀의 팔다리에 검은 연기 같은 고리가 들러붙어 있었다. 가스 형태의 팔찌와 발찌가.

"응······ 정신을 잃은 사이에 텐료인이 이걸 달았어. 지금의 나는 마력의 족쇄 때문에 힘이 봉인 당했어."

그러니까 이 검은 연기가 바엘이 말한 '이능력 봉인'인가.

이것이 있는 한, 류가는 싸울 수 없다. 그러니까 주인공의 역할을 전혀 할 수가 없다. 아기토 자식, 웃기지도 않는 짓거리를 해대고······!

"미안해, 이치로. 오라를 움직일 수 없는 이 상태로는 제대로 싸울 수가 없어. 그러기는커녕 론땅을 불러내지도 못해······. 완전히 거치적거릴 뿐이야."

"그에 대해서는 성을 탈출한 다음에 생각하자. 지금은

이 상황을 어떻게든 해결해야 해."

입술을 깨무는 류가를 나는 훌쩍, 공주님처럼 안아 들었다. 그녀에게 평소의 초인적인 움직임을 바랄 수 없는 이상, 신속하게 탈출할 수 있는 수단은 이것밖에 없었다.

푸르가메를 맡긴 다른 사람들도 걱정되었다.

게다가 도철 너머에 뒤집혀 있는 거대한 파리도 걱정이었다. 바츠와나 영감이 그야말로 숨이 넘어갈 지경이었던 것이다.

"파동포를 발사합니다. 에너지 충전……."

도철의 손바닥에 또다시 사기가 집중되었다. 게다가 이번에는 양손이었다.

이 거리에서 저걸 맞는다면 우리는 사라져서 숯조차 남지 않겠지. 그걸 연속으로 쏘려고 하다니 진짜로 사람이 아니다.

적으로 돌아선 도철이 이만큼 위험할 줄이야. 이래서는 이제 최후의 수단을 쓸 수밖에 없을지도 모르겠다……. 내가 그렇게 결단하려던 그때.

'코바야시 소년. 내가 나갈까?'

내 머릿속에서 어린아이처럼 높은 목소리가 울렸다.

지금 막 내가 의지하려던 최후의 수단이 스스로 말을 꺼냈다.

'코바야시 류가한테는 들키겠지만 이젠 어쩔 수 없잖아?

내가 텟짱을 붙잡아둘 테니까 그 틈에 도망쳐.'

'망설일 시간은 없나……. 류가가 이런 상태여서야 어떻게 할 방법도 없으니까.'

'그렇지. 다만 가능한 건 붙잡아두는 것뿐이야. 힘을 대부분 잃은 나로서는, 풀 파워의 텟짱에게는 도저히 상대가 안 돼.'

전 시리즈의 전투 때문에 궁기는 극한까지 소모되어버렸다. 같은 처지인 혼돈과 비교해도 회복도는 무척 낮았다.

이런 일이라면 기운이 가득한 톳코를 데려올 걸 그랬다. 류가의 현재 상태를 좀 더 빨리 파악했다면……!

'알겠어. 부탁할게, 궁기! 한 번 더 배역으로 출연해줘!'

내가 진행 사인을 내린 직후, 도철이 연이어서 파동포를 날렸다.

살짝 시간 차이를 두고서 날아온 흉탄 앞에, 홀연히 현현한 반인반수의 【마인】이 버티고 섰다. 그 【마인】의 양팔이 파동포를 각자 다른 방향으로 튕겨냈다.

"아야야…… 여전히 파워만큼은 굉장하네. 텟짱, 네 상대는 나야."

온몸이 순백의 모피로 뒤덮인, 아홉 개의 꼬리를 가진, 여우 가면을 쓴 이형.

본래의 모습이 된 궁기는 이어서 꼬리를 늘려 도철을 사방팔방에서 칭칭 묶어서 구속했다. 화려한 속공이었다.

"기기, 가가…… 새로운 침입자를 발견. 서치를 개시합니다."

휘감긴 아홉 개의 꼬리를 풀려고 버둥거리며 도철이 또다시 분석을 시작했다.

"나까지 잊었나? 사흉 최강인 이 몸, 궁——."

"서치 완료. 날카로운 목소리를 바탕으로 아이카와 쇼*로 확인."

"완전 틀렸어!"

딴죽을 거는 궁기를 남겨놓고 나는 게걸음으로 천천히 출구 방향으로 이동했다. 보아하니 바츠와나도 도망 준비에 들어갔다. 터프하신 늙은 파리다.

류가는 어떠냐면, 역시나 경악한 표정으로 여우 요괴를 보고 있었다. 내게 안긴 상태 그대로.

사실은 알리고 싶지 않았다……. 어떻게 변명하지.

"구, 궁기, 인 거지?"

"여, 히노모리 류가. 놀랐나? 사실은 네게 당하기 직전, 코바야시 소년을 그릇으로 삼아서 봉인을 면했거든. 지금 이 순간까지 코바야시 소년도 몰랐던 일이지만 말이야."

도철을 상대하며 궁기가 그런 해설을 건넸다.

제대로 최소한의 처치를 해주다니…… 다음에 유부 초밥을 잔뜩 먹여주자.

---

*일본의 배우, 가수. 특색 있는 목소리로 유명하다.

"얼른 도망쳐라. 여긴 내가 맡을 테니까."

"어, 어째서 우리를 돕지?"

당황한 류가를 보고 나도 일단 "그래. 어째서냐"라고 어울려뒀다. 내 안에 궁기가 깃들어 있다는 사실을 지금 처음 알았다는 설정이니까 어쩔 수 없다.

"나는 이미 『절복』당했지. 코바야시 소년에게 거스를 수는 없거든. 아군이라는 증명으로, 탈출을 도와주겠다는 거야."

"…………."

"아기토가 이계를 어지럽히는 건 나로서도 달갑지 않아서 말이야. 그러니까――."

"그보다도 너, 흰둥이 아니야?"

그러자 그때 류가가 예상 밖의 대답을 했다.

흰둥이. 그것은 하얀 여우의 모습으로 있던 궁기에게【마신】임을 모르고서 류가가 붙인 이름이다. 그녀는 궁기가 무척 마음에 들어서는 집으로 데려가려고 했을 정도였다.

"무, 무슨 소릴까, 히노모리 류가. 이상한 이름으로 부르지――."

"그게 말이지. 그 목걸이, 내가 흰둥이한테 준 물건이니까."

거대한 이형의 목을 류가가 가리켰다. 그곳에는 방울이 달린 목걸이가 있었다.

저 바보! 그런 건 벗어두라고! 애당초 목걸이까지 같이 커다랗게 변할 필요는 없잖아!

"비, 비슷한 목걸이 정도는 있겠지. 나는 흰둥이라는 새끼 여우와는 관계없으니까. 틀림없이 우연히 닮은──."

"흰둥아, 일어서!"

류가가 날카롭게 외치자 궁기가 반사적으로 몸을 번쩍 들었다. 완전히 조교 당했어! 그런 모습으로 해봐야 전혀 귀엽지도 않다고!

"그것 봐! 역시 흰둥이야!"

"빠, 빨리 도망치지 않겠느냐! 텟짱을 언제까지고 구속해둘 수는 없어!"

"데이터 갱신합니다. 아이카와 쇼에서 흰둥이로 변경."

"시끄럽다고, 텟짱 로봇!"

"어쩌지, 이치로! 흰둥이가 궁기였어!"

소란스러운 현장을 무시하고 나는 류가를 안은 채로 성에서 탈출했다.

"기다리게, 도령……. 나도 데려가……."

그런 내 어깨에 힘없이 날아온 바츠와나가 앉았다. 어느샌가 소프트볼 정도의 사이즈에서 기존의 사이즈로 줄어들었다.

……여하튼 류가 구출에는 성공했다.

주인공이 위기 상황에 처했다는 사실에는 여전히 변함없지만.

3

궁기의 도움으로 『나락성』을 빠져나온 뒤.

류가와 바츠와나를 거느린 채, 나는 또다시 성 아래를 빙글빙글 돌아서 정문 쪽으로 돌아왔다. 도중에 24마리 정도의 사역마에게 습격당했지만, 특별조치로 내가 격퇴했다.

'서둘러서 모두와 합류해야 해……. 부탁이야, 부디 푸르가메를 쓰러뜨리지 말아줘! 그건 아기토의 함정이야!'

바엘조차 몰랐던 아기토의 비밀을, 나는 뜻밖에도 류가에게 들었다.

세상에나. 아기토는 72 악마를 자신에게 깃들도록 할 수 있다나. 『악마 빙의자』한테서 떨어진 그들을 억류한다…….솔로몬의 문장에는 그런 숨겨진 능력이 있다는 것.

72 악마는 악마 중진. 녀석들을 6, 70마리나 깃들게 만든다면 얻을 수 있는 마력량은 어마어마하겠지. 그것은 【마신】 세뇌, 류가 무력화라는 엄청난 기술을 봐도 명백했다.

그러니까 우리는 감쪽같이 녀석에게 속고 있던 것이다.

이전에 바엘이 말했던 "어쩌면 아기토는 72 악마가 쓰러지는 걸 바라고 있는 게 아닐까?"라는 의문은 그야말로 정답이었다. 그건 복선이었던 것이다.

'그것도 모르고서 이계로 뛰어든 뒤로 일곱 사람이나 쓰

러뜨리고 말았어……. 모두 함께 제대로 사죄를 해야 할지도 모르겠네.'

남은 『악마 빙의자』는 앞으로 세 사람. 이미 돌이킬 수 없는 상태이지만 적어도 아기토가 72 악마를 컴플리트하는 것만큼은 저지해야만 한다.

푸르가메가 무사하기를 기도하며 조금 전의 장소에 최대 속력으로 다다른 참에.

'……아아, 맙소사.'

원통하게도 배틀은 끝이 났다.

그곳에는 큰대자로 쓰러져 있는, 뿔을 잃은 거북이와 제각기 앉아서 축 늘어진 히로인즈 & 삼 공주의 모습이 있었다.

보아하니 지면이 여기저기 함몰되고 근처에 있는 건물 몇 곳이 무너져 있었다. 무엇보다도 쿠로가메의, 참으로 만족스럽게 잠든 얼굴……. 그것들이 얼마나 격전이었는지 극명하게 이야기했다.

"이젠 안 돼……. 서 있는 것도 힘들어……."

"나, 3kg 정도 빠지진 않았을까……."

"힘겨운 거북이였쪄요……."

류가를 안고서 다가가는 내 앞에서는 삼 공주가 그런 코멘트를 흘렸다. 그렇게나 열심히 할 필요는 없었는데…….

이어서 우리가 온 것을 깨닫고 히로인즈 세 사람이 힘없이 한 손을 들었다.

"코바야시, 류가를 구출한 모양이네……. 우리도 어떻게든 리나를 되돌려놨어……."

"다행이에요……. 히노모리 군, 다친 곳은 없나요? 있다면 제가 치료를……."

"그보다도 류가…… 공주님처럼 안겨서는 여자아이 같네요……."

류가가 무사하다는 사실을 기뻐하면서도 그녀들은 일어서지 않았다. 흐트러진 교복 그대로 축 늘어져서는 속옷이 보이는 것을 신경 쓸 여유조차 없는 모양이었다.

"다들, 폐를 끼쳐서 미안해……. 그리고 걱정해줘서 고마워."

내가 류가를 내려놓자 그녀는 얌전한 얼굴로 일동에게 머리를 숙였다. "동료니까 당연하잖아?"라며 아오가사키 선배가 미소로 말하자 주위에서도 응응, 고개를 끄덕였다.

……그리고 한동안, 모두가 회복될 때까지의 시간을 이용해서.

류가는 적진에서 파악한 정보를 히로인즈와 삼 공주에게도 설명했다. 아기토의 목적, 자신이 이능력을 봉인당한 것, 그리고 바츠와나의 활약도.

어쩔 수 없이 궁기가 아군으로서 다시 등장한 것도 내가 이야기해뒀다.

역시나 다들 경악하고, 그렇다면 어떻게 해야 하느냐며 논의를 시작하려던 찰나.

"기다려라, 히노모리 류가! 놓칠 거라 생각했다면 큰 착각이야!"

느닷없이 성 방향에서 누군가가 맹렬하게 달려왔다.

하쿠보기주쿠 교복차림의, 늘씬한 장신의, 이마에 뿔이 난 소녀였다. 흐트러진 장발로 우리 몇 미터 앞에서 좌아아악 급정지했다.

"파, 파이몬……!"

류가가 이름을 중얼거릴 것까지도 없이 짐작은 하고 있었다. 씨익씨익 어깨를 들썩이는, 귀신같은 형상을 한 이 『악마 빙의자』의 정체는.

쿠로가메를 잃은 지금, 남은 72 악마는 두 사람. 바엘과 파이몬뿐.

그렇다면 그녀는 파이몬일 수밖에 없다. 본명은 쿠로타니 사치에 씨였던가.

'감옥에 있던 류가를 습격하려다가 바츠와나 영감한테 격퇴당했다던데…… 깨어나서 쫓아왔나.'

파이타니 씨를 보고 가장 빨리 일어난 것은 『참무의 검사』였다. 어느 정도는 체력이 회복되었는지 목도를 휘익휘둘러서 악력을 확인했다.

"쫓아온 『악마 빙의자』인가. 그렇다면 내버려 둘 수는 없어. 텐료인의 강화를 막기 위해서라도 뿔을 부러뜨리지 않고서 붙잡아야겠지."

아오가사키 선배와 경쟁하듯이 미온 역시도 일어섰다.

"굳이 혼자서 와주다니, 우리로서는 마침 잘 됐어. 설마 쿠로가메보다 강하지는 않을 테니까."

동시에 걸어 나온 아오가사키 선배와 미온을 파이타니 씨가 찌릿 노려봤다.

아무리 쿠로가메전으로 지쳤다고는 해도 인제 와서 『악마 빙의자』에게 밀릴 두 사람이 아니겠지. 파이타니 씨의 무기는 두발을 이용한 머리카락 바늘 공격…… 이미 류가한테서 스킬도 들었다.

"너희한테 용건은 없어. 나는 히노모리 류가를 죽이러 온 거야."

"그렇게 둘 리가 없잖아? 류가를 쓰러뜨리고 싶다면 우선은 우리를 물리치라는 거야."

"말해두겠는데, 우리한테 투척 무기 따윈 통하지 않아. 일반인 레벨이 되어버린 류가라면 몰라도."

이 이상의 대화는 필요 없다는 듯이 전투태세에 들어가는 아오가사키 선배와 미온.

그러자 그때 갑자기…… 파이타니 씨가 웃음을 터뜨렸다. 어찌 보아도 열세인 이 상황에서.

"큭큭큭…… 아하하하하, 아─하하하하!"

흐릿하게 의미심장한 웃음은 이윽고 성대한 폭소로 바뀌었다. 의아해하는 우리를 개의치 않고 그녀는 무엇이 우스운지 배까지 부여잡았다. 솔직히 꺼림칙했다.

"그건 속되게 말하는, 동료의 인연이라는 녀석일까? 좋구나, 우정이란 건!"

"…………."

"하지만 말이지, 히노모리가 똑같은 생각을 한다고는 단정할 수 없지 않을까? 그게 말이지, 그 녀석은 너희에게 감추고 있는 게 있으니까!"

다음 순간, 파이타니 씨는 드높이 선언했다.

'히노모리 류가의 배틀 스토리', 최대의 터부를.

"잘 들어! 히노모리 류가는──여자야!"

그 말을 듣고 가장 먼저 "뭐라고요!"라며 반응한 것은 유키미야와 엘미라였다. 무리도 아니다. 이 자리에서 그 사실을 모르는 것은 그녀들 두 사람뿐이니까.

"다, 당신, 무슨 소릴 하는 건가요?"

"히노모리 군이 여성이라니, 그럴 리가……."

"거짓말이라고 생각한다면 호적을 조사해봐! 뭣하면 지금 여기서 상반신만이라도 벗겨보는 것도 괜찮을지도!"

망연자실한 두 사람을 파이타니 씨는 더더욱 다그쳤다.

"좋은 표정이야, 유키미야 시오리, 엘미라 매카트니. 하지만 너희는 너희대로 감추고 있는 게 있잖아? 솔로몬 님은 진즉에 조사를 마치셨어! 너희가 단기간이지만 코바야시 이치로의 집에 머물렀다는 사실을!"

이번에는 류가와 아오가사키가 "뭐라고?"라며 반응할 차례였다. 이 자리에서 그 사실을 모르는 것은 그녀들 두 사람뿐이니까.

"이, 이치로의 집에, 리나와 엘이 머물렀다고?"

"코바야시와 한 지붕 아래에서 살았다는 거야?"

……저 여자 악마, 두들겨 패도 될까.

브래지어를 벗기고 그걸 써서 목을 졸라도 될까.

이제까지 필사적으로 감추었던 비밀이 어이없을 만큼 간단히 들켜버렸다! 그것도 전혀 노마크였던 캐릭터한테!

창백해진 것은 나만이 아니었다. 류가와 히로인즈도 마찬가지였다.

그 정보는 정말로 진실인가? 그렇다면 어째서 감추고 있었는가? 그런 혼란과 낭패의 시선이 그녀들 사이에서 교차했다.

위험하다. 메인 캐릭터들의 인연에 '의심'이라는 균열이 생기려 하고 있다.

미온도 그것을 느꼈는지 허둥지둥 다잡듯이 목소리를 높였다.

"너희들, 적의 헛소리에 넘어가서 어쩌려는 거야?! 귀를 기울이는 건 이제 그만──."

"그래그래, 『나락의 삼 공주』. 확실히 너희도 코바야시 이치로의 집에 식객으로 신세를 지고 있지? 여름방학부터 그렇다고 들었으니까 이제 4개월 가까이 되었나?"

파이타니 씨의 폭로는 그치지 않았다. 이미 독무대였다.

마침내 미온, 주리, 키키까지도 창백해졌다. 이 비밀을 몰랐던 류가와 아오가사키가 더더욱 충격을 받고 삼 공주를 쳐다봤다.

"너희의 인연 따윈 어차피 그 정도야! 겉으로는 사이가 좋더라도 뒤로는 비밀만 가득…… 그러고도 잘도 동료라고 할 수 있구나! 아―하하하하하!"

마무리를 날리듯이, 파이타니 씨가 비웃음처럼 웃은 순간.

갑자기 그녀의 머리 위로 거대한 그림자가 내려왔다.

"!"

이변을 깨달은 파이타니 씨가 퍼뜩 상공을 올려다봤다. 하지만 그때에는 이미 늦어서, 착지한 그림자의 주먹으로 그녀의 뿔은 뿌리 부분부터 박살났다.

"아, 각……!"

온몸에서 엄청난 요기를 분출하고는 무릎부터 무너져 내리는 파이타니 씨.

그런 그녀에게 시선도 주지 않고 지면을 쿠궁 뒤흔들며 버티고 선 5, 6m는 될 법한 기골 장대한 남자는――혼돈이었다.

도철과 함께 아기토의 말이 된, 정문을 지키고 있을 터인 【마신】이었다.

"파이몬 배제. 명령을 완료했다."

그렇게 말했을 뿐, 혼돈은 팔짱을 낀 채로 침묵했다.

이 녀석도 로봇으로 변했나? 아니, 애당초 혼돈은 전투할 때는 이렇게 대사가 짧게 변하던가.

어느샌가 모두 일어서서 경계를 최대치로 태세를 갖추었다. 혼돈이 얼마나 강한지는 이곳에 있는 모두가 알고 있었다. 그 위협은 쿠로가메와 비교할 바가 아닌 것이다.

……하지만 이유는 그것만이 아니었다.

우뚝 선 【마신】 옆으로 스윽 모습을 드러낸 남자가 있었던 것이다. 순백의 교복을 입은, 더없이 단정한 얼굴의, 하지만 친근함이라고는 없는 미남이.

"오랜만이네, 코바야시. 널 기다리고 있었어."

텐료인 아기토. 『솔로몬의 후계자』를 자칭하는, 본 시리즈 전체의 적 캐릭터.

이 이야기를 허사로 만들려고 하는, 나의 천적이었다.

4

나타난 아기토는 얼핏 보기에 딱히 변한 곳은 없었다.

이전과 같이 무뚝뚝한 얼굴, 억양이 없는 말투, 그리고 음울한 앞머리…… 전부 그대로였다.

하지만 지금 이 녀석은 【마신】에게 필적하는 괴물이 되었을 터. 모두가 지쳤고 류가 싸울 수 없고 궁기도 없는 우리에게는 그야말로 엎친 데 덮친 격이었다.

"코바야시. 너한테 장점이 있다면 바로 그 행동력이겠지."

그 말을 꺼내자마자, 아기토의 모습이 휙, 사라졌다.

그러는가 싶더니 갑자기 아오가사키 선배가 그 자리에 풀썩 쓰러졌다. 무슨 일이 벌어졌는지 시선을 보낸 순간에 바로 알 수 있었다.

그녀 옆에 어느새가 아기토가 있었다. 마치 순간이동을 한 것처럼.

"나도 성미가 급한 편이지만 너랑 비교하면 태평하다고 할 수밖에 없겠지. 72 악마가 모두 쓰러질 때까지 몇 주는 걸릴 거라고 예상했으니까."

또다시 아기토의 모습이 사라졌다.

그러자 이번에는 유키미야가 쓰러졌다. 목덜미에 공격을 날리는 아기토의 움직임을 간신히 볼 수 있었다. 아마도 아오가사키 선배도 같은 짓을 당했을 테지.

"사실은 혼돈과 도철을 거느린 시점에서 『악마 빙의자』들의 배제는 가능했어. 【마신】의 힘은 악마의 그것과는 다른 것…… 그들이라면 뿔을 부러뜨릴 수 있으니까."

다음은 엘미라였다. 마찬가지로 의식이 끊어진 그녀가 땅에 엎어졌을 때는, 이미 아기토는 쿨쿨 잠든 쿠로가메 옆에 있었다.

"무언가 도움이 될 거라며 때가 올 때까지 몇몇은 남길 생각이었지만……. 너를 본받아서 나도 계획을 서두르기로 하지."

"아기토!"

머리로 생각하기 전에 나는 도약해서 아기토에게 날아차기를 날리고 있었다.

하지만 그것은 허공을 가르는 것으로 끝났다. 나조차 지각할 수 없는 속도로 녀석은 이미 혼돈 옆으로 돌아간 것이었다.

정신을 잃은 히로인즈를 각자 근처에 있던 삼 공주들이 서둘러서 보호했다. 류가도 쿠로가메에게 달려가서 이상이 없는지를 확인했다.

"아오가사키! 정신 차려! 아……."

"이치로 님! 유키미야의 팔다리에 검은 연기가……."

"엘미라도 그렇슴미다! 류가와 같은 수갑임미다!"

"리나한테도 채워져 있어……. 이능력을 봉인하는, 마력의 족쇄가!"

그 보고에 나는 깜짝 놀라서 히로인즈를 둘러봤다.

분명히 네 사람의 팔다리에는 가스 형상의 고리가 둘러

붙어 있었다. 그것은 다시 말해 사신들 역시도──전투 능력을 빼앗겼음을 의미했다.

'류가만이 아니라 히로인즈까지……. 안 돼, 이래서는 시나리오가 무너져버려!'

아니, 이미 그런 레벨의 위기가 아니었다. 이건 패배의 위기였다.

"코바야시. 이능력을 봉인하는 족쇄에 대해서는 이미 나아마에게 들은 모양이네."

깜짝 놀라서 멈춰 선 내게 아기토의 목소리가 닿았다. 나아마는 뭐야? 류가 말인가?

"나아마, 유키미야 시오리, 아오가사키 레이, 엘미라 매카트니, 쿠로가메 리나……. 그녀들이 싸울 수 없는 이상, 이제는 네가 나설 수밖에 없어. 간신히 준비가 갖추어졌네."

준비. 모든 것은 나를 무대 위로 끌어내기 위한 공작.

그러니까 이 녀석은 쿠로가메를 『악마 빙의자』로 만들었다. 그녀를 미끼로 류가를 낚아채고, 게다가 류가를 미끼로 사신을 끌어들였다. 그의 진의는──메인 캐릭터의 무력화였다.

감쪽같이 한 방 먹었다. 그것도 정통으로 한 방을. 통한의 실수에 현기증을 느끼던 그때.

갑자기 내 어깨에서 파리가 날아올라 노인의 모습으로 변신했다.

"도령! 철수다! 지금 상황에서는 어찌 생각해도 승산은 없어!"

인간 형태가 된 바츠와나가 발밑에 누워 있는 쿠로가메를 들어 올렸다. 이어서 재빠르게 몸을 돌리더니 북쪽을 향해 쏜살같이 달려갔다.

그것을 본 삼 공주도 즉시 행동했다. 미온이 아오가사키 선배를, 주리가 유키미야를, 키키가 엘미라를 각각 안고 뒤따랐다.

"이치로 군은 류가를 부탁해!"

"바츠와나가 말했다시피 지금은 물러나야 해요!"

"전략적 도주임미다!"

사도들의 판단은 옳다. 주인공들이 싸울 수 없는 지금, 이 상황을 타파할 방법은 없었다.

태세를 다시 갖추어야 한다. 궁기와 톳코를 데리고 다시금 대항할 필요가 있다. 우리도 비장의 카드인【마신】을 투입하지 않는다면 맞설 수 없다.

'젠장! 진짜로 내가 최고총사령관이 되어버렸잖아!'

아기토와 내가 사촌임이 판명되어 기껏 메인 스토리에 엮이는 것을 면제받았는데……. 그렇게 후회하는 나를 제쳐놓고.

도망치는 바츠와나&삼 공주를 바라보며 아기토가 혼돈에게 명령을 내렸다.

"혼돈, 녀석들을 처리하고 와라. 더 이상 『나락의 사도』에게 존재 가치는 없다. 왕인 네 손으로 끝을 내줘라."

그 말살 명령에 나와 류가는 숨을 삼켰다. 처리, 라고.

사도는 이계에서 죽으면 두 번 다시 부활할 수 없다. 부상과 피로로 현저하게 소모되고, 게다가 사신 히로인즈를 등에 업은 상태로는…… 틀림없이 따라잡힌다!

"알겠다. 명령을 수행하겠다."

계속 침묵하던 혼돈이 팔짱을 풀고 다시 켜졌다. 천천히 무릎을 굽혀 점프 태세에 들어갔다.

삼 공주와 바츠와나가 당한다――그 예감에 소름이 돋았다. 미온, 주리, 키키는 이제 내 가족이나 마찬가지다. 바츠와나 영감한테는 빚이 있다. 죽게 둘까보냐!

"혼돈! 네 상대는 나야!"

반쯤 자포자기해서는 【마신】에게 달려가려던 그때.

"아기토! 긴급 보고다!"

같은 타이밍에 아기토 후방에서 누군가 소리쳤다. 이윽고 서둘러서 뛰어온 것은 『악마 빙의자』의 리더격이자 최후의 한 사람, 바엘이었다.

점프하려던 혼돈을 아기토가 한 손으로 막았다. 구사일생이란 바로 이런 것인가.

'바엘……. 다행이야, 아직 무사했나.'

여전히 이마에 뿔이 있는 그를 보고 나는 내심 안도했다.

하지만 아마 그것도 시간문제. 히로인즈 무력화까지 성공한 지금, 아기토에게 바엘은 더 이상 용도가 없는 말이다. 머지않아 파이타니 씨와 같은 말로에 다다르겠지.

그렇게 된다면 아기토는——정식으로 72 악마 모두의 마력을 얻게 된다.

"바엘, 성 수비는 어떻게 했지?"

질타하듯이 아기토가 묻자 바엘은 주눅 들지도 않고 대답했다.

"너야말로 아무 말도 없이 멋대로 사라지지 마. 성이 위태로운 상황이야."

"별동대 침입자라도 있었나? 그렇다면 도철로 대응하면 되겠지."

"침입자가 아니야. 바로 그 도철이 뒷문 로비에서 날뛰고 있어. 【마신】은 내 힘으로는 막을 수 없어. 내버려 두면 성이 파괴될 거라고."

"……날뛰고 있어? 혼자서?"

"혼자서 말이야."

곧바로 고개를 끄덕이고 문득 바엘이 내게 흘끗 시선을 향했다.

……혹시 우리를 도와주는 건가? 이 타이밍에 나타난 건 우연이 아니었나?

뒷문에서 도철이 날뛰는 것은 궁기와 싸우고 있기 때문

이다. 그 부분을 얼버무리고 텟짱 로봇의 시스템 에러처럼 전달해준 것은 고마웠다.

바엘. 네가 동지라서 다행이야. 참으로 든든한 악마구나!

부처님을 보는 것 같은 내 시선을 무시하고 바엘은 어디까지나 철저하게 적 간부로서 임했다.

"아기토. 너는 아직 【마신】을 완전히 제어할 수는 없나? 어쨌든 너나 혼돈이 없다면 이도 저도 안 돼. 당장 『나락성』으로 돌아와!"

"세뇌 마법을 다시 걸어야 하나……. 그 성은 나와 나아마의, 사랑의 둥지. 부서지게 둘 수는 없지."

"그래. 적 따윈 뒤로 돌리면 그만이야. 네가 코바야시 이치로와 결판을 낸다……. 남은 건 그것뿐이니까."

교묘한 바엘의 설득을 다행히도 아기토는 받아들인 모양이었다.

혼돈을 향해 "너도 성으로 돌아가라"라고 명령하더니 다시금 나를 바라보고 말했다.

"코바야시. 하루만 유예를 주지. 내일 같은 시간, 나아마를 데리고 다시 이곳으로 와라."

얼른 휴대전화를 확인했다. 딱 오후 열 시였다.

"오지 않으면, 이번에야말로 『나락의 사도』를 몰살시키겠다. 너희가 폐 성채를 거점으로 삼고 있다는 건 알아. 혼돈과 도철을 데리고 쳐들어가겠어."

약속을 어겨봐야 싸우는 장소가 바뀔 뿐…… 그렇게 말하고 싶은 건가.

게다가 유예는 하루. 그래서는 류가 & 히로인즈의 전열 복귀는 일단 무리겠지.

이 녀석은 어떻게든 내게 메인을 맡길 생각인 듯했다. 그리고 그 의도는 완벽하게 이루어지려 하고 있었다. 반면에 우리 쪽의 플롯은 이미 수정이 불가능하다.

"코바야시. 시시한 『친구 캐릭터』 따위의 놀이는 이제 그만둬. 이래 봬도 나는 인정하고 있거든. 너의 끝 모를 강함을."

"…………"

"나아마. 내일을 기대하고 있어. 내가 코바야시를 보내고 네가 왕비가 되는…… 내일은 코바야시 이치로의 기일이자 우리의 결혼기념일이야."

"…………"

아무런 리액션도 없는 우리를 두고 아기토는 유유히 떠났다.

혼돈이 그를 뒤따르고 그 자리에는 바엘만이 남았다. 이윽고 아기토의 모습이 보이지 않게 되자 바엘은 서둘러서 이쪽으로 다가왔다.

"코바야시 군. 궁기 씨는 뒷문을 이탈했어. 이제 곧 이곳으로 오겠지."

"바엘, 나는 대체 어떻게 해야……."

"이런 소리를 하고 싶지는 않지만, 네가 싸울 수밖에 없다고 생각해. 아마도 이능력 봉인의 마법을 푸는 방법은……
아기토를 쓰러뜨리는 것 말고는 없어."

나와 바엘의 대화에 류가가 입을 떡 벌리고 있었다. 그야 그렇겠지.

"궁기 씨의 존재는 아기토에게 이야기하지는 않을게. 안타깝지만 내가 할 수 있는 건 거기까지야. 바엘로서 너와 만날 수 있는 것도——아마도 이게 마지막이겠지."

아무래도 바엘도 이미 알고 있는 모양이었다. 아기토의 강력한 힘이 72 악마를 제물로 삼은 것임을. 곧 자신도 뿔이 부러지는 운명임을.

그렇다면 이대로 우리와 함께 와주지는 않을까?

바엘을 감춰둔다면 아기토는 72 악마를 컴플리트할 수 없게 되지는 않을까……. 그렇게 제안했지만, 그는 고개를 가로저었다.

"우리 『악마 빙의자』는 솔로몬의 명령을 거스를 수는 없어. 지금의 나는 『소집하면 50분 이내에 찾아갈 수 있는 거리에 있어라』라는 명령을 받았어. 이건 내 의사로는 어떻게 할 수가 없거든. 게다가——."

그때 바엘이 어렴풋이 미소를 머금었다.

"내 갈망은 친구로서 아기토를 돕는 거야. 네가 그 녀석을 쓰러뜨렸을 때, 곁에 있어야 해……. 그것이 내 역할이니까."

"너, 이 상황에서도 내가 이길 거라 생각하냐."

"물론이지. 나는 이 전개를 마음속 어딘가에서 바라고 있었을지도 모르겠어. 아기토는 계속 코바야시 군과 결판을 내고 싶어 했지…… 그게 저 녀석의 희망이라면 이루어주고 싶거든. 설령 패배라는 형태일지라도."

이 마당에 이르러서야 나는 통감했다. 역시 바엘은 갈망이 폭주한 『악마 빙의자』라고. 뼛속까지 텐료인 아기토의 친구 캐릭터라고.

"코바야시 군, 이제까지 정말로 고마웠어. 히노모리 씨도 여러모로 미안했어."

마지막으로 우리에게 인사를 한 뒤, 바엘은 발길을 돌렸다. 그 몸이 금세 허공으로 뛰어오르고, 말을 건넬 틈도 없이 어둠 속으로 녹아들고 말았다.

마지막까지 철저하게 친구 캐릭터로 존재한다. 그럴 수 있는 그가 진심으로 부러웠다.

──이리하여 나는 도철과 혼돈을 잃고. 메인 캐릭터들의 전투력을 잃었다. 바엘이라는 협력자를 잃었다. 그리고.

수많은 비밀이 밝혀지며, 틀림없이 류가의 신뢰도 잃었다.

5

그 후, 궁기와 합류한 나와 류가는 삼 공주들을 따라서 폐성채로 돌아가고 있었다.

파이타니 씨와 돌입 전에 히로인즈가 쓰러뜨린 『악마 빙의자』네 사람도 궁기가 옮기게 되었다. 그냥 인간으로 돌아간 그들을 이계에 방치할 수는 없었다.

……참고로 류가하고는, 성채로 돌아올 때까지 대화가 전혀 없었다.

노도와 같은 힐문을 당하지는 않을까 생각했지만, 그녀는 아무것도 묻지 않았다. 아직 충격에서 회복되지 않았나. 아니면…… 나에 대한 불신감 때문인가.

'나는 몰라도 다른 사람들과의 인연만큼은 수복시켜야 해. 이대로는 최악의 경우, 류가와 히로인즈가 공중분해되고 말아.'

귀환한 성채에서는 먼저 도착한 삼 공주가 사태를 보고를 미리 해준 뒤였다.

히로인즈는 각자 비어 있는 방에 재워두기로. 일격을 당했을 뿐이니까 한 시간만 있으면 깨어날 터.

"큐짱! 봉인되지 않았다니 깜짝 놀랐어!"

"여, 톳코. 게다가 루니에도 잘 지내는 모양이네."

"궁기 님. 개인적으로 복잡한 심정은 있습니다만…… 이런 상황이 된 지금, 당신만큼 의지가 되는 존재는 달리 없습니다."

"그렇지? 그러니까 슈의 먹이로 삼은 건 이만 물에 흘려
버리자고."

"나, 나는 아직 화났으니까요! 궁기 님에게 버려졌다는
사실은 잊지 않았으니까요! 만장 시마는 앞으로도 텟짱 님
에게만 충성과 사랑을 맹세하겠어요!"

"그 로봇, 스크랩해두는 편이 낫겠어."

알현실에서는 현재 궁기가 건재했다는 사실에 장군 사
도들의 큰 소란이 벌어지고 있었다.

그런 그들에게 하얀 여우는 "총사령관은 톳코가 계속 맡
으면 돼. 나는 그 보좌 역할을 하겠다"라고 선언했다. 보좌
관 역할을 빼앗긴 루니에가 살짝 실망했다.

"궁기 님만이 아니야. 나도 있다고. 건강해 보이는구나,
히가이아."

"으음?! 너, 너느으으은! ……네가 아닌가아아아!"

"틀림없이 잊어버린 거지!"

그 옆에서는 바츠와나도 동포들과의 재회를 기뻐하고(?)
있었다. 여기에 우리 어머니가 있다면 수백 년 만에 『나락
의 팔걸』이 전원 집합이었다나.

그들을 바라보는 사이, 내 곁으로 문득 킹코브라 사도가
다가왔다.

"이치로 님. 궁기 님이 데려오신 『악마 빙의자』들은 크레
바스 너머로 옮겨둘게요. 『깨어나면 자기 집으로 돌아간다』

라는 암시를 걸어둘 테니까 걱정할 것 없어요."

"그래. 잘 부탁해."

"알겠습니다. 이 성채에서 쓰러뜨린 카메라 자식, 튜버, 상스러운 탱크톱 체육 교사도 이미 같은 암시를 걸어서 집으로 돌아갔어요."

그대로 긴급 군사회의가 시작된 방을 벗어나서.

나와 류가는 일단 빈방 중 하나로 이동해서, 그곳에서 이야기를 나누기로 했다.

간소한 나무 의자에 마주 앉아서 한동안 서로 침묵했다. 이래저래 망설인 끝에, 우선은 단도직입적으로 사과하기로 했다.

"……미안해, 류가. 내 참회를 들어줘."

그리고 나는 오늘까지 숨겼던 이것저것을 하나씩 설명했다.

——엘미라는 시즈마 일로 감추었다.

——유키미야는 톳코 일로 감추었다.

——삼 공주들은 어느 날 돌아왔더니 살고 있었다.

——바엘은 우리 내통자이자 이 싸움을 계속 막고 싶어 했다.

——내게 궁기가 깃들어 있던 것도 사실은 알고 있었다.

모조리 자백한 뒤, 다시금 깊이 머리를 숙였다.

"정말로 미안해. 다만 이것만큼은 이해해줘. 다른 사람들에게도 이래저래 사정이 있었어. 그리고 그것들을 감추어두자고 판단한 건…… 전부 나야."

모든 것은 '히노모리 류가의 배틀 스토리'를 내가 바라는 형태로 성립시키기 위해서. 자신이 친구 캐릭터라는 포지션으로 있고 싶었으니까.

그런 생각으로 나는 이제까지 잔뜩 암약했다. 류가에게 '주인공'을 계속 강요했다.

'이렇게 열거하고 보니 정말로 나는 지독한 녀석이구나……. 이제는 류가의 말을 기다릴 수밖에 없어. 두들겨 맞더라도 불평하진 않겠어.'

쭈뼛쭈뼛 류가를 살피자 그녀는 자세를 바로 한 상태에서 계속 입을 다물고 있었다.

팔짱을 끼고 눈을 감고서 무언가 장고에 잠겼다. "믿을 수 없어!" "최악이야, 이치로!" "텐료인한테 당하기 전에 지금 당장 죽어!!"라며 매도를 퍼부을 거라 생각했는데.

"──결국, 이치로는 말이지."

간신히 입을 연 류가는 의외로 쓴웃음을 짓고 있었다.

"항상 누군가를 위해서 분주하게 움직이는구나. 나와 만났을 때부터, 계속."

예상하지 않았던 코멘트에 나는 곧바로 고개를 가로저었다.

"아니야, 류가. 내 행동은 언제나 내 형편에 따른 거였어.

스토리 플래너를 자처하며 네게 하지 않아도 될 고생을 시켰지. 그 결과가…… 이거야."

"그렇다고 해도, 이치로가 모두를 생각해서 행동했다는 건 틀림없잖아? 그게 예상이 틀어졌다고 해서 책망하는 건 가여워."

부탁이야, 류가. 그렇게 호의적으로 해석하지 말아줘.

이건 나의 단순한 자의식이다. 친구 캐릭터라는 이상한 집착으로 쓸데없이 사태를 휘젓고 다닌, 민폐남의 독선에 불과하다고.

"류가, 너는 좀 더 화를 내야 해. 내가 적극적으로 배틀에, 본편에 개입하지 않았던 것을. 『우리는 이야기의 등장인물이 아니야』, 『목숨을 걸고서 싸우는데 분위기를 띄울 필요 따윈 없어』라고. 『그런 건──아무도 바라지 않아』라고."

스스로 단죄를 요구하는 나를 류가는 가만히 바라봤다.

만났을 때와 다르지 않은, 힘이 넘치는 빛을 머금은, 올곧은 눈동자로.

"이치로는 알고 있지? 내가 어떤 인생을 보냈는지. 히노모리의 적자로서 인류를, 세계를 지킨다……. 그를 위해서 여자라는 사실을 감추고 수행만 했다는 것을."

"……그래, 알아."

힘없이 고개를 끄덕이는 내게 류가는 절실하게, 독백처럼 계속 말했다.

"괴로웠어. 부모님이나 쿄카한테는 비밀이지만, 솔직히 『어째서 내가 이런 일을 당해야만 하는 걸까』라고 생각한 적, 몇 번이나 있었어."

"……그렇겠지."

"하지만 있지, 바라든 바라지 않았든 나는 그렇게 살아 왔어. 그건 이미 바꿀 수도 없고, 이제는 자랑스럽게 생각 해. 그러니까 사명을 완수하고 싶어. 자신의 인생을 긍정 하고 싶어."

전부 알고 있다. 그런 너이기에 나는 지탱해주고 싶었다.

"그런데 텐료인은 있지, 나한테 『네가 싸울 일은 없다』라 고 그랬어. 그건 내게 인생을 부정하는 거야. 내가 바라는 말은 그렇지 않아. 오히려 반대야."

"…………."

"그러니까 나는——이치로가 좋은 거야."

정신이 들자 류가가 의자와 함께 눈앞까지 다가와 있었다.

"히노모리 류가의 사명을 존중하고 지탱해주는 존재…….
내 반려는 그런 사람이어야 해. 그리고 이치로 이상으로 그게 가능한 사람은 없어. 아니야?"

그러니까 텐료인과는 사귈 수 없어. 애당초 타입도 아니 지만, 그러면서 한쪽 눈을 감으며 웃는 류가.

나는 그녀의 얼굴을 똑바로 볼 수가 없었다. 시선을 떨 어뜨리자 그녀의 팔다리에 달라붙은 꺼림칙하고 검은 연기가 시야에 들어와서 더더욱 죄책감에 시달렸다.

"이치로가 의지하고 기대어줘서 엄청 기뻤다고? 그러니까 나도 사양하지 않고 이치로를 의지할 수 있었어. 잔뜩 기댔어."

"류가……."

"다른 사람을 위해서 열심히 노력할 수 있는 이치로가 나는 정말 좋아. 그런 이치로가 곁에 있었으니까 주인공으로 열심히 할 수 있었어."

"류……."

"이치로는 내게──최고의 친구 캐릭터야."

그 말을 들은 순간. 내 눈에서 둑이 터진 것처럼 눈물이 넘쳐흘렀다.

그건 그야말로 내 인생의 긍정. 이런 상황에 부닥치고도 류가는 그렇게 말을 해주는 것이었다. 자신을 일부러 '주인공'이라 칭하면서.

"그러니까 이치로가 자신을 책망할 필요는 없어. 정말로 위험할 때는 반드시 구해줬으니까."

내 눈물과 콧물을 손수건으로 닦아주며 류가가 "다만" 하고 덧붙였다.

"그래도, 하나만 물어봐도 될까?"

"그래. 뭐든 물어봐. 지금의 나는 뭐든 자백할게."

"동거하는 동안, 누구하고도 아무 일도 없었지? 시오리하고도, 엘하고도, 미오하고도, 주리랑 키키하고도."

역시 그건 신경이 쓰였나보다.

맹세코 나는 꺼림칙한 짓은 하지 않았다. 주리가 밤에 숨어든 적은 있지만, 일어났더니 팬티가 벗겨져 있던 적은 있지만, 어느 날 아침에는 실수로 주리의 끈 팬티를 입은 적도 있지만, 그 정도라면 노 카운트일 터.

"무, 물론이야. 우리 집에는 텟짱이랑 혼돈 아저씨도 있어. 한때는 시즈마도 있었고, 최근에는 어머니도 돌아왔으니까. 실수가 발생할 환경이 아니야."

"호오, 어머니가 돌아왔구나. 인사를 드려야겠어."

그 어머니가 팔걸의 구성원이라는 사실도 여기서 밝혀야 할까.

아니, 이 이상의 깜짝 정보는 류가의 머리를 펑 터뜨려버릴지도 모른다. 조금 시간을 둔 다음에 하자.

──어쨌든, 말이야.

이런 사태가 된 이상은 어쩔 수 없다. 나는 이미 뜻을 다졌다. 전투 능력을 잃은 류가와 히로인즈를 내일 결전에 내보낼 수는 없다. 사도들에게 의지하는 것도 피하고 싶다. 상대는 아기토, 도철, 혼돈……. 자칫하면 사망자가 나온다.

'제대로 된 전력으로 기대할 수 있는 건 궁기와 톳코, 그리고 나뿐. 타개책을 찾을 시간도 없어. 그렇다면…… 아

기토의 시나리오에 어울릴 수밖에 없어.'

최고의 친구 캐릭터——류가가 그렇게 말해준 것만으로 이미 충분하다.

히노모리 류가의 이야기는, 역시 『나락의 사도편』으로 깔끔하게 끝내두자. 『72마리의 악마편』은 중지하자.

세컨드 시즌 따윈 처음부터 없었다. 류가는 결국에 『악마 빙의자』를 한 사람도 쓰러뜨리지 않았으니까. 이러쿵저러쿵해서 쿠로가메도 돌아왔고.

뒷일은 내가 한다.

아기토가 바라는 대로, 무대 위로 올라가주마.

"들어줘, 류가. 난 이번만 나와 너의 입장을 바꿀 생각이야."

결의를 담아서 내가 말하자 류가가 "어?"라며 곤혹스러워했다.

"입장을 바꿔? 무슨 말이야?"

"어디까지나 내일뿐이지만 메인은 내가 맡을게. 아기토는 내가 정리할게. 그러니까."

그때 나는 잠시 뜸을 들이고, 그리고 주인공에게 말했다. 아니, 전 주인공에게.

"너는 그런 나를 돕는——친구 캐릭터를 맡아줘."

갑작스러운 주문에, 아니나 다를까 고개를 갸웃하는 류가. 잠시 눈을 끔벅거린 뒤, 당황한 기색으로 물었다.

"저기, 기본적인 질문이지만…… 애당초 친구 캐릭터란

건 뭔데?"

"주로 일상 파트에서 주인공과 엮이는, 메인 파트에는 관여하지 않는 서브 캐릭터 이하의 존재야. 그런 성질상, 경박한 캐릭터에 코미디 담당인 경우가 많아."

"요컨대 이치로를 응원하면 되는 거지?"

"그래. 아무런 이능력도 없고, 주요 캐릭터나 적 캐릭터와 필요 이상으로 엮이지 않고, 노출은 최소한으로 그친다……. 이제까지의 나를 참고로 하면 돼."

"잘도 진지한 표정으로 말하는구나. 그거."

물론 나는 내일 하루만의 대리 주인공이다.

그의 친구 캐릭터가 히노모리 류가…… 이런 사치스러운 캐스팅은 없겠지. 디카프리오에게 점원 A를 맡기는 것이나 마찬가지다.

"좋아, 류가. 일단 시험 삼아서. 가볍게 실천해보지 않을래?"

"구체적으로 어떻게 하면……."

곤란하다는 표정인 류가에게 나는 적성 테스트를 부여하기로 했다. 우선은 가벼운 미션을.

"사신 히로인즈의 침실로 가서 하악하악대며 함께 잠을 자줘. 그리고 눈을 뜬 그녀들에게 마구 두들겨 맞아줘."

"어째서?!"

"그리고 가슴이나 팬티에 이상한 집착을 보여줘."

"싫어! 그보다도, 애인 캐릭터면 안 돼? 나, 여자라고?"

"그건 흔히 말하는 히로인이야. 내가 메인인 스핀오프에 그런 존재는——."

그렇게 말하려던 참에 나는 퍼뜩 말을 멈췄다. 갑자기 류가의 얼굴이 코앞으로 다가왔기 때문이었다.

그야말로 기습이었다. 어느샌가 그녀는 의자에서 몸을 내밀어 숨결이 닿을 정도의 거리까지 얼굴을 가져다댄 것이었다. 그리고——.

쪽.

내 입술에 류가의 입술이 닿았다.

무슨 일이 벌어졌는지 잠시 이해하지 못했다. 이윽고 그것이 키스임을 깨달았을 때, 나는 의자와 함께 뒤로 넘어져 바닥에 뒤통수를 부딪쳤다.

"뭐야?! 뭐야?!"

패닉에 빠진 나를 제쳐놓고 류가는 "에헤헤"라며 뺨을 물들이고는 수줍어했다. 에헤헤가 아니야! 당장 그 입술을 소독해! 코바야시균에 감염된다고!

"간신히 키스했네. 이걸로 비밀 건은 없는 일로 해줄게."

"너, 너, 무슨 짓을…… 친구 캐릭터한테 무슨 짓을……."

"지금 이치로는 주인공 캐릭터잖아? 그렇다고 할까, 소녀의 리액션은 하지 말라고."

여자처럼 다리를 옆으로 모으고 앉아서 어깨를 파르르 떨며 입술을 누르는 나를 보고 류가가 입술을 삐죽 내밀었다.

"친구 캐릭터 전에 살짝만 히로인 캐릭터를 맡게 해줘. 텟짱한테서 지켜주고 공주님처럼 안아 들어서…… 그때 내가 얼마나 두근두근했는지 알아?"

"…………."

"다시금 확신했어. 역시 이치로는 나의 왕자님이라고."

"…………칫."

"어째서 혀를 차는데?!"

화가 나서는 의자에서 일어선 류가에게 있는 힘껏 양쪽 뺨을 꼬집히던 참에.

갑자기 내 시야에 황금색 물체가 날아들었다. 놀랄 틈도 없이 안면에 날카로운 통증을 느꼈다. 그 녀석이 득득, 엄청난 기세로 할퀸 것이었다.

"아야야야야! 뭐야?"

"규삐! 규삐규삐!"

자그마한 동물처럼 울음소리를 터뜨리며 집요하게 공격하는 그것은——황금색 꼬마 용.

그렇다. 류가의 수호신 【황룡】이었다. 데포르메 형태가 된 론땅이었다. 설마 이 녀석, 류가랑 키스했다는 것에 화가 나서 나왔나!

"그만해, 이 녀석! 내 잘못이 아니야! 네 주인이 키스해서…… 응?"

끝내는 얼굴에 달라붙은 론땅에게 소리치며.

그때 나는 한 가지 큰 의문을 품었다.

류가도 같은 생각을 했는지 어리둥절한 표정으로 자신의 수호신을 응시했다. 그녀의 팔다리에는 여전히…… 검은 연기의 고리가 있었다.

그러니까 류가는 이능력과 수호신을 봉인 당한 상태 그대로. 그런데 어째서 론땅이 현현했지? 설정을 무시하지 마!

"이치로, 이건 어떻게 된 거야……?"

류가가 물었지만 나도 묻고 싶었다. 론땅 본인에게 물어보려고 해도, 이 녀석은 규삐규삐라는 용어(?)밖에 말하지 않는다.

예상치 못한 사태에 동요하는 가운데, 이번에는 방 밖에서 타다다닥 발소리가 다가오더니 문을 노크했다.

"아버님, 실례할게요."

그런 양해의 말과 함께 문을 열고서 들어온 것은 선명한 붉은 머리의 유아였다. 무척 똑똑해 보이는, 기품이 있는, 귀여우면서도 의젓한 미남 3세 아동…… 사랑하는 내 아들, 시즈마였다.

동시에 꼬마 용이 휘익 모습을 감추었다. 조금 당황했지만 일단 아들에게 대응하기로 했다.

"시즈마, 이계에 왔어?"

"예, 지금 막. 사츠키 님과 어머님도 함께 왔어요. 류가 씨,

이번에는 큰 재난을 당하셨다고 들어서…… 심정은 충분히 이해합니다."

걱정하는 시즈마의 말에 "아뇨, 괜찮아요"라며 등줄기를 펴는 류가.

어머니와 레이다까지 같이 왔나. 그들에게는 인간계에서 『악마 빙의자』가 남아 있을 때의 대처를 부탁했는데.

"물론 상황만 확인하고 바로 돌아갈 생각이었어요. 하지만 마중을 나온 누님한테, 이미 인간계에 『악마 빙의자』는 없다고 들어서."

이계에는 전파가 닿질 않으니까 직접 올 수밖에 없었을 테지. 결과적으로 잘 되었다고도 할 수 있었다. 더 이상 인간계에 예비 전력을 남겨둘 의미는 없으니까.

"사실 이곳에 온 목적은 또 하나 있어요. 아버님, 방으로 돌아가시지 않겠어요? 사츠키 님한테서 급한 보고가 있다고 해요."

"어머니한테서?"

"예. 오니와 관련된 이야기…… 그렇게 말씀하셨어요."

얼굴을 찌푸린 내 뒤에서 류가가 연신 당혹스럽다는 목소리를 던지고 있었다.

"오니? 오니라니 뭐야? 사츠키라면 팔걸 중 한 사람이지? 이치로, 지금 어머니라고 그랬어?"

그 순간, 시즈마가 퍼뜩 입을 막았다. 이 아이치고는 보기

드문 실수이지만 그것을 책망할 생각은 더더욱 없었다.

괜찮아, 아들. 더 이상 감출 생각은 없었으니까.

……그렇게 되어서 결국, 보류해두었던 깜짝 정보도 류가에게 이야기하게 되었다.

코바야시 이치로가 오니라는 사실을. 열장 사츠키가 내 어머니라는 사실을.

인간이 과열되어 머리에서 연기가 나오는 모습을, 나는 처음으로 봤다.

6

어머니한테서, 오니에 대해서 할 이야기가 있다고 해서 나는 곧바로 방을 나와서 얼른 알현실로 향했다.

그 내용이 무엇인지는 불명이지만 '급한 보고'라는 말에 가슴이 술렁이는 것을 느꼈다. 혹시 파워 업의 힌트라든지 그렇지는 않을까.

'지금의 나로서는 72 악마를 컴플리트한 아기토에게 이기는 건 어려워. 이럴 때 주인공이라면 숨겨진 새로운 힘이 판명된다든지 그럴 텐데.'

이 마당에 이제는 뭐든 상관없다. 무한의 검제든 물의 호흡이든 거인화든, 어쨌든 아기토와 맞설 수 있는 새로운 기술이 필요하다.

지금 나는 주인공……. 그 정도의 보정이 있어도 괜찮을 터. 이랬는데 '오니는 기본적으로 천연 파마라고 한다' 같은 잡지식뿐이라면 더 이상 방법은 없다.

참고로 잠정적인 친구 캐릭터인 류가는 방에 남았다.

내가 오니라고 자백했더니 예상대로 얼어붙어버린 것이었다. 그 사실은 그녀에게 다른 어떤 비밀보다도 충격적이었나 보다. 그 마음은 헤아릴 수 있다.

'뭐, 시즈마한테 케어를 부탁해뒀으니까 괜찮겠지. 론땅 문제도 아직 정리되지 않았지만……. 어쨌든 사안을 하나씩 처리할 수밖에 없어.'

그렇게 결론을 내리고, 이윽고 큰방에 도착했더니.

정말로 그곳에는 동료들에게 둘러싸인 어머니의 모습이 있었다.

"하항. 사츠키, 오늘까지 어디서 농땡이를 부리고 있었던 거야."

"오랜만이네, 시마. 너와의 대형 고양잇과 콤비, 그리워라."

"너하고는 수십 년 전에 프랑스에서 만난 뒤로 처음인가. 지금 와서 합류하다니, 태평하시군."

"시끄러워, 왕거미. 그때 셰프 복장, 엄청 안 어울렸어."

시마나 루니에와 환담을 하는 모습을 보고 새삼스럽게도 서글퍼지고 말았다. 아아, 역시 우리 어머니는 사도구나……라고.

동료들과의 인사를 서둘러 마무리한 뒤.

어머니는 총총히 옥좌 앞으로 가서는 한쪽 무릎을 꿇어 신하의 예를 갖추었다.

황금 의자에는 긴 머리카락의 사다코 같은 여성이 무릎에 하얀 여우를 얹어놓고서 자리 잡고 있었다. 굳이 말할 것까지도 없이 톳코와 궁기였다.

"도올 님, 궁기 님. 먼저 동료들에게 인사를 허락해주셔서 진심으로 감사드리는 바입니다. 열장 사츠키, 다시금 이렇게 찾아뵙습니다."

"오랜만임세, 사츠키. 이치로한테는 항상 신세를 지고 있구먼. 설마 사츠키가 어머니였다니, 깜짝 놀랐수다."

"황송합니다. 아, 이건 고베의 유명한 가게에서 가져온 치즈 케이크예요. 부디 받아주시길."

"좋우이! 마침 배가 고팠구먼!"

"나도 나도!"

역시나 장사의 프로. 요령 좋게 【마신】들의 비위를 맞추었다. 시녀처럼 앞으로 나온 레이다가 얼른 치즈 케이크를 잘랐다. 이쪽도 요령이 좋았다.

'팔걸과 삼 공주…… 장군 클래스가 한 곳에서 만나는 건 처음 봤어. 레이다는 병졸 클래스니까 불편하지는 않을까.'

여담이지만 부대장 이하의 사도들은 대부분이 안뜰에서

대기하고 있었다.

성채 안은 수용 인원이 백 명 남짓밖에 안 되니까 그들은 1층의 10인실에서 교대로 휴식하게 된 것이었다. 여하튼 천 명 이상이나 있으니까.

마지막으로 다시 한번 【마신】들에게 인사를 하고 어머니가 일어섰다. 이어서 발길을 돌리자마자.

"아, 이치로. 잠깐 이쪽으로 와보렴."

내가 입구에 서 있는 것을 간신히 깨닫고 까닥까닥 손짓했다. 모두가 주목하는 가운데, 재빨리 걸어갔다. 서두 따윈 필요 없다. 바로 물어보자.

"어머니. 오니에 대한 보고가 있다고 들었는데…… 어떤 정보야?"

"그러네. 한 시간 정도 전에 햐쿠타로 씨한테 전화가 왔거든."

코바야시 햐쿠타로는 내 친아버지다. 골동품상을 운영하느라 지금도 해외의 어딘가에서 진귀한 물건을 찾고 있을, 도저히 오니로는 보이지 않는 The 아저씨다.

"원래 용건은 일 이야기였는데 말이지. 겸사겸사 이야기했어.『코바야시 가문이 오니의 가문이라는 거, 이치로한테 가르쳐줬다』라고."

"……아버지는 어떤 분위기였어?"

"딱히.『아, 그래』라던데."

가볍구나, 아버지. 당신이 사도 따위와 결혼한 탓에 터무니없는 설정의 아들이 태어나버렸다고. 조금은 반성해줘.

"그래서,『그러면 이치로한테 전해줬으면 하는 게 있어』라고 그랬거든. 네 전투력이 비약적으로 뛰어오를지도 모르는, 솔깃한 정보야."

왔다. 역시 파워 업이었어! 아직 오니에게는 숨겨진 능력이 있었던 거야!

"가르쳐줘, 어머니! 나는 내일 아기토와 결판을 짓게 되었다고! 조금이라도, 어떤 형태라도 레벨이나 스테이터스를 올려놓고 싶어!"

잡아먹을 듯이 따져드는 나를 보고 어머니는 어흠 헛기침을 했다.

그리고 이야기를 시작했다. 코바야시 이치로가 텐료인 아기토에게 이기기 위한, 기사회생의 비책을.

"코바야시 동자의 자손에게는, 다른 오니에게는 없는 특수능력이 있다고 해."

"어떤 거야?"

"조건을 충족하면 특정한 상대한테서『어떤 것』을 빼앗을 수 있대. 이건 코바야시 가문의 장남만이 지닌, 오니 중에서도 희귀한 능력이라고 그래."

어떤 것을 빼앗는다……. 기술 복사 같은 걸까.

나쁘지 않다고 생각한다. 게다가 장남만이 지니게 된다

면 차남인 요시다 젠지로 씨는, 나아가서는 그의 아들 아기토는 쓸 수 없다는 의미다.

소년 만화에 나올 법한, 그야말로 혈통의 승리! 집안의 유복함으로는 참패했지만!

"그래서, 그 능력은 뭘 빼앗을 수 있는데! 어떤 조건을 충족하면 되냐고!"

콧김이 거칠어지는 나를 진정시키며 어머니는 만반의 준비를 하고서 대답했다.

그것은 나만이 아니라 【마신】이나 장군들조차 경악하게 만드는, 충격적인 내용이었다.

"빼앗는 것은 신위──그러니까 수호신이야."

"…………"

"그 조건이란 접문──그러니까 키스야."

"…………"

"이른바 『절문』이라는 능력명이라고 해. 굳이 말할 필요도 없겠지만, 신위란 우리의 숙적인 【백호】, 【청룡】, 【주작】, 【현무】의 사신. 그에 【황룡】을 더해서 오신이야. 녀석들을 억지로 숙주로부터 옮겨내서 자신의 수호신으로 삼을 수 있대."

실내에 있는 모두가 입을 반쯤 벌리고 있었다. 나도 궁기도 톳코도. 삼 공주도 팔걸도.

신위를 빼앗는 『절문』이라고? 혹시 론땅이 현현할 수 있었던 건…… 그게 이유인가? 류가와 키스를 했기에 나는 그녀로부터 수호신을 빼앗고 말았나?

그러니까 론땅은 지금 나를 숙주로 하게 되었다. 그러니까 그 꼬마 용은 아무렇지도 않게 나타난 것이다. 사라진 것은 류가에게 돌아간 게 아니라…… 내 안으로 들어온 건가!

말을 잃은 나를 보고 어머니가 어깨를 으쓱이며 쓴웃음 지었다.

"그렇다고는 해도 네가 『절문』을 쓸 수 있을지는 불명이지만. 자손 중에는 능력을 물려받지 않은 케이스도 있다고 해."

제대로 물려받았어! 이미 사용했다고!

"참고로 빼앗은 신위는 같은 방법으로 양도하는 것도 가능하대. 일찍이 코바야시 동자는 대륙으로 건너가서 『절문』으로 오신을 강탈하고 그대로 일본으로 돌아왔다고 해. 그리고 이 나라의 사람들에게 오신을 유출했다…… 그러니까 그것이 류가나 다른 아이들의 선조겠네."

오신이 일본에 있는 거, 코바야시 동자 탓이었나!

"어, 어째서 유출을 한 거야! 자기가 사역하면 그만이잖아!"

"집에 묵게 해줬다든지, 음식을 줬다든지. 그런 일에 대한 답례 대신에 줬다는 모양이야. 그리고 마을 스모 대회 경품으로도 걸었다던데."

빌어먹을 오니가!

"참고로 세츠분은 이『절문』이 유래라고 그래."

아무래도 상관없어!

……어머니가 이야기를 마친 뒤에도 실내는 적막했다.

일동의 시선이 마치 최종 보스를 보는 것처럼 내게 쏟아졌다. 사이힐의 경우에는 양손을 맞대고서 내게 빌고 있었다.

'맙소사……. 류가와 히로인즈가 숙명을 짊어지게 된 원인이 우리 선조한테 있었다니……. 코바야시 동자가 주모자였다니…….'

힘이 쫙 빠진 내 귀에 톳코와 궁기가 중얼거리는 말이 들렸다.

"모, 몰랐구먼……. 확실히 대륙에서 왔을 론땅이랑 수호신들이, 어째서 일본에 있는지 신기하기는 했수만……."

"틀림없이 오신의 후계자들이 우리를 쫓아왔다고 생각했어. 그리고 그대로 일본에 정착했다고만…….”

어쩐지 견딜 수가 없는 기분이었다. 새로운 능력을 실제로 얻을 수 있었다는 흥분과 고양감이 급속하게 시들었다.

그래서 뭔데? 코바야시 동자는 대륙에서 마구 저지르고 일본에서도 마구 저질러서 오신을 캐치 & 릴리스했다고? 우리 선조지만 이 무슨 플레이 오거냐!

지금 당장 방으로 돌아가서 류가에게 엎드려 빌어야 할지 생각하던 참에.

"——이치로. 지금은 멍하니 있을 때가 아니야. 이렇게 되었다면 그 능력을 이용해야 해."

입구에서 그런 늠름한 한 마디가 날아들었다. 돌아보니…… 당사자인 류가가 있었다.

어떻게든 충격에서 회복되었나 보다. 『절문』에 대한 이야기도 듣고 있던 모양이다.

"류가…… 그게, 뭐라고 하면 좋을지……."

"론땅은 이치로가 맡아줘. 지금의 나한테 깃든다고 해봐야 아무 방도도 없으니까."

저벅저벅 걸어오더니 내 어깨에 손을 툭 얹는 류가.

"이것으로 이치로가 텐료인에게 이기기 위한 광명이 보였어. 물론 계속 【황룡】을 맡길 생각은 없어. 결전 뒤에 돌려주면 되니까."

관대한 그 행동은 고맙지만, 나로서는 솔직히 기쁘지 않았다. 주인공 포지션만이 아니라 『용신의 후계자』까지 넘겨받고 말았다…….

떨떠름한 표정인 나를 향해 고개를 한 번 끄덕이고, 이어서 류가는 어머니를 빙글 돌아봤다. 살짝 긴장한 표정으로 예의 바르게 꾸벅 머리를 숙였다.

"처, 처음 뵙겠습니다, 히노모리 류가라고 합니다. 이런 시기라 그렇지만, 인사만큼은 해두자고 생각해서……."

"안녕, 류가. 네가 여자라는 이야기는 들었어. 힘들었겠구나."

어머니는 어머니대로 그린 류가의 손을 나정하게 붙잡
았다. 그야말로 어머니의 얼굴이었다.

"부족한 몸이지만 모쪼록 잘 부탁드려요⋯⋯."

"나야말로 이치로를 잘 부탁할게. 오니인데 괜찮아?"

"예. 이제는 이치로가 아닌 사람은 생각할 수 없으니까요.
다만 하나 논의드릴 게⋯⋯ 이치로가 데릴사위가 되어주
는 건⋯⋯ 가능할까요."

"상관없어. 코바야시 가문에는 시즈마가 있으니까."

"가, 감사합니다!"

이봐, 거기 두 사람. 혼담을 진행할 때가 아니잖아. 지금
상황을 이해하고는 있냐고.

딴죽을 걸기 직전. 나보다 빨리 이의를 제기한 사람이
있었다. 그것은 다름 아닌, 내 약혼자임을 어머니한테 인
정받았을 터인 백로 소녀였다.

"잠깐만 사츠키! 이치로 군의 정실은 나 아니야?!"

"그, 그랬지. 알고 있다니까. 이치로는 너한테 주겠다니까."

황급히 어머니가 고개를 끄덕이자 류가가 "어머님?!" 하
고 외쳤다. 그 호칭은 제발 그만해.

그러자 이번에는 루니에까지도 이의를 제기했다.

"기다려라, 사츠키. 코바야시 님은 시오리 아가씨도 바
라고 계신다. 유키미야 가문의 사위가 될 수 있다면 코바

야시 가문도 안녕할 거라고. 네 사업에도 큰 자금원조가 있겠지."

"정말?! 결정이야! 지금 당장 이치로를 유키미야 가문에——."

그러자 이번에는 시마까지도 참전했다.

"기다려, 사츠키! 코바이치는 텟짱 님의 그릇이니까 나한테 넘겨! 같은 고양잇과 동료잖아! 백 년 정도 콤비였잖아!"

"윽, 그런 말에는 약한데……. 시마한테는 몇 번이나 도움을 받았으니까."

끝내는 주리와 키키까지 이야기에 올라탔다.

"잠깐만, 사츠키. 이치로 님을 받을 권리는 우리한테도 있을 텐데."

"그렇슴다! 미온이 약혼자라면 우리도 약혼자임다!"

사방에서 따지고 들자 "어어~?"라며 곤란해하는 어머니. 내 의사가 전혀 고려되지 않는 것은 어째서일까.

잠시 생각에 잠긴 뒤. 어머니는 이제 귀찮아졌는지 머리를 긁적이며 일동에게 말했다.

"어쩔 수 없네……. 그럼 이렇게 하자. 몸통을 류가한테, 오른팔을 미온한테, 왼팔을 유키미야한테, 오른쪽 다리를……."

"부품처럼 나누지 말라고! 신화 같은 그 해결법은 대체 뭐야!"

"적이 나타났을 때는 합체시키자. 너는 오니니까 그 정도는 할 수 있겠지?"

"아들을 슈퍼로봇대전에 내보내고 싶냐!"

그 후. 이대로는 끝이 없겠다고 판단해서.

아기토와 결판을 낸 다음, 다시금 이 일도 결판을 내자고 결정했다.

확실히 인기 있는 것은 주인공의 숙명이다. 하지만 내 스핀오프에 러브코미디 따윈 필요 없다. 아기토와의 결전에 엔터테인먼트 요소를 풍성하게 만들 생각은 털끝만큼도 없다.

그저 엄숙하게, 담담하게 그 녀석을 쓰러뜨린다. 나 같은 수수하고 볼 맛도 없는 남자를 메인으로 둔다면 어떻게 될지…… 그것을 알게 해주마.

'그를 위해서라도 내일까지 론땅과 파트너십을 구축해야 해. 하지만 괜찮을까? 그 꼬마 용, 나를 그다지 좋게 생각하진 않는 느낌인데.'

그런 불안을 품은 사이, 문득 내 귓가에 "규삐"라는 울음소리가 들렸다. 살펴보니 론땅이 오도카니 내 어깨에 앉아 있었다.

있잖아, 론땅. 내일 하루만이면 돼. 내게 힘을 빌려줘.

너도 아기토 따위한테 주인인 류가를 넘기고 싶지는 않겠지? 지금은 공동전선을 펼치지 않겠나. 오니와 【황룡】의.

시선으로 그렇게 호소하며 고개를 힘껏 끄덕인 참에.

머리를 물렸다.

제3장 키스의 오니

1

손전등으로 발밑을 비추며 바엘은 어두운 통로를 나아가고 있었다.

서양의 고성과 닮은 『나락성』은 단 둘뿐인 주민에게는 너무나도 넓어서 남아돌았다. 정확하게는 혼돈 씨와 도철 씨도 있지만, 그들은 아기토의 지시가 없으면 석상이나 마찬가지였다.

'파이몬이랑 다른 『악마 빙의자』들은 코바야시 군이 보호해주는 모양이야. 틀림없이 무사히 인간계로 돌려보내주겠지. 이것으로 남은 『악마 빙의자』는…… 나뿐인가.'

최후의 악마 바엘을 회수했을 때.

아기토는 솔로몬과 동등한, 혹은 그것을 능가하는 존재가 된다.

그런 아기토와 싸워서 이기라고 그랬으니까…… 코바야시 군에게는 정말로 큰 역할을 떠맡겨버렸다고 생각했다. 이제는 사죄할 방법도 없지만.

'하지만 이제는 코바야시 군에 맡길 수밖에 없어. 그가 패배해버린다면…… 그것으로 끝이야.'

남의 힘을 빌릴 수밖에 없는 자신을 한탄하며, 이윽고 바엘은 알현실로 찾아왔다.

호화로운 카펫이 길게 깔린 그 너머에 거대한 황금 옥좌가 있었다. 그리고 그곳에 앉아 있는 것은 유치원 시절부터 어울린 소꿉친구──텐료인 아기토.

"아기토, 여기서 쉴 생각이야?"

옥좌 앞에 서서 그렇게 말을 건네자.

팔짱을 끼고 다리를 꼰 채로 고개를 숙이고 있던 아기토가 조용히 눈을 떴다. 마치 가면 같은 무표정으로. 마지막으로 그의 미소를 본 것이 언제였는지 이미 바엘은 떠올릴 수 없었다.

"……소환한 기억은 없는데."

"그런 소리 마. 바엘이 사라지기 전에 너랑 이야기를 나누어야겠다고 생각해서."

거절당할 것도 각오했지만 다행히도 아기토는 팔걸이에 한쪽 팔을 괸 채로 턱을 까딱거렸다. "받아주지"라는 의사 표시일 것이다.

"어째서 내 뿔을 안 부러뜨리지? 성으로 돌아오면 당장에라도 그럴 거라 생각했는데."

"바로 지금이 그 이유야. 아직 내일 밤까지 시간이 좀 있어. 대화 상대라도 두지 않으면 지루하니까……. 꼭두각시로 변한 혼돈과 도철이라면 그야말로 대화가 안 되고."

"그렇다면 남는 건 파이몬이라도 괜찮았잖아?"

"그 녀석하고는 대화가 맞물리지 않아. 게다가 나아마의 비밀을 입 밖으로 꺼냈다면 처벌하는 게 타당해. 역시 여자라는 건 신용할 수 없어."

"그만큼 널 좋아한 거야. 그건 이해해줘."

이렇게 대화를 나누자 서로의 입장을 잊어버릴 것만 같았다.

옛날에도 자주, 아기토가 여자를 찰 때마다 비슷한 말을 입에 담았다.

"72 악마를 얻고 코바야시 군의 【마신】을 빼앗는다. 게다가 히노모리 씨나 다른 사람들의 이능력과 수호신을 봉인한다……. 이 싸움은 처음부터 그를 위한 것이었나?"

"그래. 남은 도올도 수중에 넣고 싶었지만 애석하게도 조금 전의 유키미야 시오리는 【마신】이 깃들지 않았어. 아마도 별도로 행동하고 있었을 테지."

그것이 코바야시 군의 지시였다면 그는 대단한 사령관이다.

이계에서 【마신】은 숙주를 필요로 하지 않는다. 독자적으로 움직일 수 있는 것이다. 아기토가 이쪽에 계속 머무르는 것도 틀림없이 그것이 이유다.

혼돈 씨와 도철 씨의 그릇은 어디까지나 코바야시 이치로. 그들은 인간계에서는 숙주 곁으로 돌아가고 만다. 【마신】을 집어넣기라도 한다면 아기토의 세뇌도 허사가 되는 것이다.

"도올 씨까지 노리고 있었나……. 지금 너는 세 번째【마신】까지 세뇌할 힘을 지니고 있다는 거야? 아직 최후의 바엘을 거두어들이지도 않았는데."

"물론이야. 하지만 도철 세뇌가 불완전했다는 건 오산이야. 다시 걸기는 했지만 설마 제멋대로 날뛸 줄이야."

도철 씨가 날뛴 것은, 사실은 궁기 씨와 전투를 벌였기 때문이지만……. 그러니까 세뇌는 제대로 걸려 있는데……. 그렇게 생각했지만 물론 이야기하지는 않았다.

"역시【마신】은 만만치 않아. 세 번째를 세뇌할 기회가 있었을 때는 어느 정도 약하게 만든 다음에 시도해야 할지도 모르겠어."

무슨 포켓몬도 아닌데…… 그렇게 생각했지만 물론 이야기하지는 않았다.

"그건 그렇고 놀랐어. 설마 히노모리 류가가 여성이고 아기토가 그녀를 좋아했다니. 그보다도 네가 여자한테 반하다니."

"유감이네. 나는 훨씬 옛날부터 나아마 한 사람만을 계속 연모했어."

"…………."

"하지만 그녀는 그저 코바야시 이치로만을 계속 연모하고 있지. 그러니까 코바야시를 제거해야만 해. 내가 솔로몬이 된 이상 같은 전철은──.”

“너는 솔로몬이 아니라 텐료인 아기토잖아.”

바엘이 단호하게 말하자 아기토가 “뭐라고?”라며 싸늘하게 바라봤다.

그렇다. 자신은 이것을 이야기하기 위해서 온 것이다. 계속 말할 수 없었던, 본래라면 좀 더 빨리 말해야 했던, 친구로서의 참견을.

“아기토. 지금 너는 히노모리 씨를 보지 못해. 솔로몬의 반생을 꿈으로 계속 보면서 그녀에 대한 마음이 뒤틀려버렸어.”

“나아마에 대한 내 마음이 거짓이라는 거야?”

“좋아하는 상대의 이름조차 제대로 말을 못 하겠어?”

아기토의 눈빛이 명확한 노기를 머금었다. 하지만 바엘은 겁먹지 않았다.

뿔이 부러지기 전에, 기억을 잃기 전에 이야기해두고 싶었다. 이것이 마지막 찬스다.

“다시 한번 말하겠어. 너는 솔로몬이 아니야, 텐료인 아기토지. 그런 네가 정말로 시선을 돌려야 할 존재는, 코바야시 이치로도 히노모리 류가도 아니야.”

“그럼 누구라는 거야.”

“너희 아버지──요시다 젠지로 씨야. 나는 그렇게 생각해.”

그 순간. 가면 같은 아기토의 표정에서 분노와는 다른 감정이 엿보인 것 같았다.

"아버지, 라고."

"그래. 네가 변한 건 부모님의 이혼이 계기였어. 나는 그 때, 너를 도와줄 수 없었지⋯⋯. 그건 네게도, 그리고 쿠로세 씨한테도 미안하다고 생각해."

아기토를 위해서 스스로 『악마 빙의자』가 된 가프, 집사인 쿠로세 젠조 씨.

그는 쿠로가와 코지를 '아기토 도련님의 친구'라고 생각해주었다. 그렇기에 불충임을 알면서도 털어놓았을 것이다.

그 이혼은 아기토의 외할아버지가 강행한 일이라고.

원래 예능 프로덕션 사업을 꿈꾸던 젠지로 씨를 아마노가와 부동산의 사장인 할아버지는 달갑게 여기지 않았다. 그러니까 아기토라는 후계자가 태어나고 지극히 우수한 아이임을 알게 된 시점에서 필요가 없어졌다며 젠지로 씨를 추방했다고 한다.

안타깝게도 아기토의 할아버지는⋯⋯ 그런 사람이었다. 그리고 아기토의 어머니는 그런 그가 말하는 대로 따랐다.

"아기토가 아버지를 흠모했다는 걸 나는 잘 알고 있어. 그렇기에 자기 곁에서 사라진 사실에 강한 분노를 느꼈다는 것도."

"그만해. 시답잖은 옛날이야기야."

"하지만 정말로 그럴까? 젠지로 씨는 가정보다 꿈을 따랐을 뿐인 사람일까? 그 생각을 본인의 입으로 들었나?"

"이제 됐어. 물러나라, 바엘."

"너는 그 사실에서 계속 도망치고 있어. 그 분노를 코바야시 군에게 던져도, 그 외로움을 히노모리 씨한테 던져도 틀림없이 네 갈망은 풀리지 않아."

"물러나라고 했어."

"젠지로 씨는 오메이 고등학교 문화제에 왔다고 해. 물론 너랑 만나기 위해서 그랬을 테지. 그 사람과 이야기를 해보지 않겠어? 한 번이라도 만나보지 않겠어? 네가 아버지와의 결판을 내기 위해서라면 나는 뭐든 협력할게. 이번에야말로 힘이 되어──."

거기까지 말했을 때. 갑자기 아기토가 벌떡! 옥좌에서 일어섰다.

지금 그의 온몸에서는 일찍이 본 적이 없을 만큼 막대한 요기가 분출되고 있었다. 이 자리만이 아니라 『나락성』 전체를 집어삼킬 것만 같을 만큼.

"말 주제에 뭘 안다고 입을……."

"단순한 말이 될 생각은 없어. 나는 옛날부터 계속── 네 친구 캐릭터야."

아기토의 표정이 더욱 분노로 일그러졌다. 코바야시

161

군의 얼굴이 떠오른 것일지도 모른다.

"그 단어는 더없이 불쾌해. 애당초 친구 캐릭터란 게 대체 뭐야?"

"요컨대 무슨 일이 있어도 네 편이라는 이야기야. 그러니까 바라고 있어. 네가 내일, 코바야시 군에게 패배하기를."

친구 캐릭터라는 것이 무엇인지, 사실은 바엘로서도 잘 알 수 없었다.

딱 한 번 코바야시 군에게 물어본 적이 있고 그는 한 시간 정도 역설했지만 좀처럼 이해할 수가 없었다. 어째선지 가슴이라든지 팬티라는 단어가 이따금 튀어나온 것을 기억한다.

"내 패배를 바란다고? 그건 모순이야. 텐료인 아기토를 돕고 싶다──그것이 네 갈망일 터. 친구 캐릭터라니 어처구니가 없어."

"나는 친구 캐릭터라는 건 이렇게 정의하기로 했어. 자신이 정한 방식으로 타인을 위해 애쓰는 것을 신조로 하는 사람…… 그를 위해서 목숨조차 걸 수 있는 사람이라고."

"…………."

"코바야시 군은 어릴 적부터 그런 흔들림 없는 신념을 계속 지니고 있었어. 그것이 얼마나 굉장한 일인지 알겠어?"

"그러니까 이상한 사람이라는 건가."

"그렇게 잘라버리지는 마."

"그러니까 너는 그와 같은 부류라는 건가."

"뿔만이 아니라 내 마음까지 부러뜨리지는 마."

살짝 탈선하려던 이야기를 되돌리듯이 바엘이 헛기침했다.

전하고 싶은 것은 전할 수 있었다. 그것만으로도 행운이었다. 이것으로 더 이상…… 미련은 없다.

"어쨌든 말이야. 그런 코바야시 군을 몰아붙인 건 네 목숨을 끝장내는 일이 되겠지. 그의 끝 모를 강함을 인정하고 있다…… 너는 그렇게 말했지만, 틀림없이 아직도 코바야시 군을 얕보고 있어."

"…………"

"후회할 거야. 그를 조연 그대로 두었어야만 했다고. 이건 내 예감이지만."

"……이 이상의 대화는 시간 낭비야."

"그런가. 그렇다면 내 뿔을 부러뜨려."

문득 정신이 들자 어느샌가 옥좌 옆에 【마신】 도철이 서 있었다.

대화를 나누는 동안에 아기토가 불렀을 것이다. 더 이상 쓸모가 없어진, 불경한 말을 처리하기 위해서.

인제 와서 거부할 이유도 없었다. 바엘이든 쿠로가와 코지든──자신이 해야 할 일에 차이는 없으니까.

"그래그래. 있잖아, 아기토. 하나만 더 말하게 해주지 않겠어?"

"10초 이내로 마쳐."

"사실은 나, 기타 연습을 하고 있거든. 언젠가 네 밴드에 들어가고 싶어서."

고려해달라고, 마지막으로 부끄러운 것처럼 웃고.

바엘은 뺨 대신에 이마의 뿔을 긁적긁적 긁었다.

2

키스를 통해서 신위를 빼앗는,『절문』이라는 능력——.

아기토와의 결전을 내일로 앞둔 상황에서, 나는 편의주의적인 그 특수 스킬을 얻었다.

새로운 기술을 배운 것은 좋지만 도저히 무턱대고 기뻐할 능력이 아니었다. 요컨대 표절이다. 남의 훈도시로 스모를 하는 것이나 마찬가지다. 류가의 팬티,【황룡】으로.

'자이언츠 팬인 나는, 스타 선수를 빼오는 구단 방침에 계속 회의적이었어. 설마 그것을 나도 실천하게 될 줄이야……'

많이 부끄러워하는 나를 제쳐놓고 코바야시 이치로의 파워 업을 알게 된『나락의 사도』들은 벌써 승리 분위기였다.

"대단하시네요, 코바야시 님. 역시 당신은 시오리 아가씨에게 걸맞은 분입니다."

"하항. 뒷일은 코바이치가 어떻게든 해주겠지. 텟짱 님이 돌아오시는 것도 시간문제겠네."

"우꺄꺄! 그렇다면 우리는 예의 그 일을 결판내자고!"

"바라는 바다아아! 우리 중에서 사도의 정점에 설 리더······ 다시 말해『대장군』을 결정하는 것이다아아!"

"물론 그건 바로 나, 간장 바론이 어울리겠지."

"나로 정하지 않겠나! 최고참이라고!"

"그만해라, 다들. 눈에 띄겠다는 그 정신, 금할지어다."

장군보다 더 위의 포지션으로 새로운 직함인 대장군을 둔다······. 그들은 지금 그런 인사로 떠들썩했다.

궁기와 톳코가 그것을 인가했으니까 다들 빠짐없이 "나야말로"라며 손을 든 것이었다. 어머니랑 삼 공주까지.

"내가 대장군이 된다면 모두 한꺼번에 코바야시 상회에서 부려 먹겠어."

"내가 대장군이 된다면 백로를 국조로 삼을 테니까."

"내가 대장군이 된다면 군단명을『나락의 주리의 사도』로 바꿀까."

"키키가 대장군이 된다면『스펙터클 맨 랜드』를 건설하겠쮸니다!"

너희들. 좀 지나치게 성급한 거 아니냐.

앞으로의 체제를 논할 때가 아니잖아. 아무리【황룡】이 깃들었다고 해도 내가 반드시 이긴다는 보장은 없다고. 패배한다면 무의미하잖아, 이 인사.

그러니까 매번 인간계 침입에 실패하는 거 아니냐……. 그렇게 어이없어하며.

나는 류가와 함께 큰방을 떠나서 조금 전의 방으로 돌아왔다.

론땅을 잘 다루기 위해서는 류가의 조언이 반드시 필요하다. 시각은 이제 곧 밤 열두 시. 날짜가 바뀌려고 한다. 그러니까 결전 당일이다.

'오늘과 같은 시간이라면 결전은 월요일 밤 열 시인가. 우물쭈물할 때가 아니야, 빨리 론땅과 친해져야…… 그리고 또 하나, 해결해야 하는 문제는 남아 있어.'

──틀림없이 이윽고 사신 히로인즈도 깨어난다.

서로의 비밀을 알게 되어 아마도 메인 캐릭터들에게는 서로에 대한 의심이 생겼을 테지. 그에 대해서 다시금 설명, 사죄할 필요가 있었다.

그러지 않는다면 나는 싸움에 집중할 수 없다. 설령 아기토에게 승리할 수 있다고 해도 모두의 마음에 응어리가 남은 상태로는 도저히 대단원이라 부를 수 없는 것이다.

"……다들 깨어나면 우선 내가 시오리랑 엘한테 이야기할게. 여자아이라는 사실을."

다시 의자에 마주 앉은 참에 류가가 얌전히 그렇게 말했다.

참고로 시즈마는 이미 방을 뒤로했다. 우리를 배려해서 일부러 둘이서만 있도록 만들어준 모양이었다.

내 새로운 능력을 알아도 시즈마만큼은 결코 낙관시하지 않았다. "그래도 솔로몬은 강적이에요. 장군 여러분도 마음을 놓지 않도록 진언해둘게요"라고.

대장군, 그냥 저 아이면 되지 않을까.

"사실은 레이한테 들킨 타이밍에 모두에게 밝혀야 했을까…… 인제 와서 말해봐야 늦었지만."

"어쩔 수 없어. 히노모리 가문의 율법이었으니까. 틀림없이 아오가사키 선배나 쿠로가메도 거들어주겠지."

"응…… 어쨌든 이 일은 다들 깨어난 다음이겠네. 그보다도 지금은 이치로가 먼저야. 싸울 수가 없는 이상, 나는 다른 형태로 이치로의 힘이 되어야 해."

의외로 전향적으로 친구 캐릭터로서 노력하려 하고 있었다. 성실한 그녀답다.

"있잖아, 류가. 론땅을 제어하는 요령 같은 건 없을까?"

"이치로의 오라에 익숙해지면 조금은 차분해지겠지. 다만 설령 론땅의 협력이 있더라도…… 텐료인한테는 고전할 거야."

"……뭐, 그렇겠지."

내일의 아기토는 72 악마 전원의 마력을 수중에 넣은 완전체다.

막대한 마력을 이용하는 다채로운 초마법. 그 일환일, 히로인즈를 갓난아기처럼 다룬 엄청난 신체 능력. 솔직히 파고들 틈이 없다.

'궁기의 존재를 들키지 않은 건 이쪽의 어드밴티지이기는 하겠지만…….'

하지만 하얀 여우는 결정적인 수단이 될 수 없다. 【마신】들은 내일 【마신】들을 상대할 예정이다. 궁기와 톳코로 도철과 혼돈을 막는 것이다.

그렇게 해서 나와 아기토의 일대일 구도로 끌고 갈 수 있겠지. 거기까지는 괜찮은데…… 문제는 거기부터다.

'역시 키는 론땅인가. 그 녀석 덕분일까, 어쩐지 몸 안에서 힘이 샘솟는 것 같은데…… 아직 부족해. 이래서는 아슬아슬한 승부가 되겠어.'

뻔뻔스럽다는 건 알지만 한층 더 파워 업할 수는 없을까. 오니라는 특전, 하나 정도는 더 없을까……. 그렇게 한숨을 내쉬던 참에.

문득 류가가 바닥을 바라보며 툭하니 중얼거렸다.

"사실은 싸움을 유리하게 끌고 갈 수 있을지도 모르는 발상이 두 가지 있어. 들어줄래?"

"저, 정말이야? 꼭 듣고 싶어."

"우선 첫째. 『나락성』 뒷문에서 텟짱이랑 맞닥뜨렸을 때의 일인데…… 내가 불렀더니 조금이지만 텟짱이 반응했거든."

"불렀더니 반응했다고? 내가 호통을 쳐도 무반응이었는데?"

"착각은 아니라고 생각해. 그때, 확실히 텟짱은 파동포를 쏘는 걸 주저했어.『정신회로에서 이상을 검출』같은 소릴 하면서."

그건 요컨대 류가의 목소리라면 닿을 가능성이 있다는 의미인가?

'빠른 단계에서 텟짱을 되찾을 수 있다면 전황은 크게 변해. 급조 파트너 론땅과 다르게 그 녀석과 나는 척하면 척인 사이야.'

시험해볼 가치는 있을지도 모르겠지만 한편으로 불안하기도 했다. 지금의 류가가【마신】에게 접근하는 것은 너무나도 위험하다. 실패했다가는 크게 다치는 수준으로 그치지 않겠지.

나는 이번 싸움에 가능하다면 류가가 관여하지 않았으면 한다. 친구 캐릭터를 끌어들이는 주인공이라니 최악이다. 현장에서 부탁할 일이 있다면 그것은 배틀 해설 정도다.

"여차할 때는 비상 수단으로 머릿속에는 넣어둘게. 그리고, 또 하나의 발상은?"

물어보자 어째선지 류가가 입을 다물어버렸다.

미간에 주름을 만들고, 입을 ㅅ자로 만들고, 살짝 앞으로 숙인 자세에서 한쪽 뺨을 괴며 생각에 잠겨 있었다. 마치 『생각하는 사람』 동상 같았다. 내가 화장실에서도 이 포즈다.

"왜 그래? 그렇게나 위험한 발상이야?"

"응. 터무니없이 위험해. 이치로가 아니라 나한테 그렇겠지만."

　영문을 알 수가 없어 고개를 갸웃거리는 내 앞에서 류가는 연신 신음했다.

"하지만 이치로가 이기기 위해서는 이것밖에……. 하지만하지만, 이건 아무리 그래도……."

"이야기해줘. 친구 캐릭터는 때때로 고난을 타개할 힌트를 주는 법이야."

"아아, 어쩌지! 고민되네……."

　끝내는 머리를 쥐어뜯으며 고뇌하기 시작하는 친구 캐릭터. 아무래도 무척 반칙적인 책략인가보다. 하지만 그것이 승리로 이어진다면 선택지로 검토해야 한다. 아무리 위험할지라도.

　그런 주인공다운 사고인 자신에게 풀이 죽으면서도 나는 류가에게 애원했다.

"부탁이야, 류가. 이제 곧 결전 당일이야. 무리한 수단일 것 같다면 기각할 테니까 말이라도 해줘."

그리고도 1분 이상 더욱 꾸물거린 뒤. 간신히 류가는 체념하고는 떨떠름하게 입을 열었다. 더없이 불쾌하다는 분위기로.

　"론땅만이 아니라…… 다른 사신들의 신위도 빌리는 거야."

　"…………."

　"시오리, 레이, 엘, 리나도 지금은 수호신이 있어도 움직일 수 없어. 하지만 이치로한테 옮기면 그들은 현현할 수 있어. 그건 론땅으로 이미 실증을 마쳤으니까."

　"기각이네, 응."

　류가가 망설이던 이유를 잘 알 수 있었다. 과장 없는 반칙이었다.

　그건 다시 말해 사신 히로인즈에게도 『절문』을 행사한다는 것. 그녀들의 신위를 입술까지도 함께 빼앗는다는 귀신의 소행이다.

　아무리 그래도 그런 폭거는 용납할 수 없다. 아무리 보류 대상인 스핀오프일지라도, 해도 될 일과 안 되는 일이 있다. 나는 마음까지 주인공으로 전락한 게 아니야!

　"괜찮아, 류가. 론땅만으로 어떻게든 할 테니까."

　"그러다가 텐료인한테 지면 어쩌려고? 지금 그 녀석한테는 사신을 빌리더라도 이길 수 있다고 단정할 수는 없잖아? 다른 사람들도 이해해줄 거야!"

"아니, 하지만."

"그러니까…… 아아, 하지만 역시 안 돼! 이치로가 키스를 하다니 싫어—!"

끝내는 바닥을 데굴데굴 굴러다니는 류가. 이 어찌나 훌륭한 리액션인가. 내가 이상적으로 여기는 친구 캐릭터의 모습이 그곳에 있었다.

"어째서 신위를 빼앗는 수단이 키스인 거야?! 좀 더 그럴싸한 방법은 없었어?! 여자랑 키스로 강해진다니 무슨 하렘 주인공이냐고!"

"그 발상은 기각이라니까. 나도 좋아서 이런 능력을 가진 게 아니라고."

"뭐야, 점잔빼기나 하고! 나는 싸우고 싶어도 그 힘이 없어서 한탄하고 있는데!"

나도 데굴데굴 구르면서 한탄해보고 싶었어! 너무나도 부러워!

"그런 주인공, 싫어하는 사람도 많으니까! 반감을 사서 시청률이 떨어지면 이치로의 책임이니까!"

"시청률이라니……."

"누구야, 이런 진부한 설정을 생각한 녀석! 바보! 삼류 각본가!"

……처음으로 고충을 깨달았다. 주인공 캐릭터는 역시 어렵구나, 라고.

계속 난리를 치는 전 주인공을 필사적으로 달래는 사이. 조금 전의 재현처럼 방 밖에서 타다다닥 발소리가 다가오더니 문을 노크했다.

"아버님, 괜찮을까요."

역시 시즈마였다. 나는 이 아이라면 기척으로 알 수 있다. 아버지라면 당연하다.

"시즈마, 사양 말고 들어와. 그리고 너도 같이, 류가를 달래고──."

대답 도중에 문이 열리자마자, 사랑하는 아들이 곧바로 이야기했다.

"사신 여러분이 깨어나셨어요. 이쪽으로 오시도록 부탁을 드렸는데…… 괜찮을까요."

그 소식에 나와 류가는 잔뜩 긴장했다. 히로인즈가 마침내 깨어났나.

그렇다면 그녀들과 대화를 나누는 것이 우선이다. 그것은 어떤 의미로 내일의 결전에도 필적하는 중요한 사안이니까.

공중분해 되려고 하는, 메인 캐릭터들의 인연──그것을 수복하지 않고서는 승리해봐야 공평하지 못하다. 적어도 나는 그렇게 생각한다.

서둘러서 긴급회의를 열어야겠지. 모든 것을 밝히고 이해를 받아서 또다시 모두의 마음을 하나로 모으는 것이다.

이계로 뛰어든 뒤의 기나긴 밤은…… 아직 끝날 것 같지 않았다.

3

사신 히로인즈가 깨어났다는 보고를 받고 몇 분 뒤.

나와 류가가 있는 방으로 그녀들은 거의 동시에 찾아왔다.

시즈마가 다른 방에서 인원수만큼의 의자를 가져다주었기에 둘러앉기로 했다. 다들 얼굴에 기운이 없고 목소리를 내는 사람은 하나도 없었다.

상상 이상으로 거북한 분위기였다. 다들 조문객 같았다.

'시즈마한테 남아 있으라고 해야 했나. 그 아이라면 분위기를 파악하면서 이 자리를 제대로 풀어줬을지도……. 아니, 아들한테 의지해서 어쩌게. 이건 우리 문제라고!'

얼마나 침묵이 이어졌을 무렵일까.

뜻을 다지고 말을 시작한 것은 역시 류가였다.

"파이몬이 한 말은…… 사실이야."

파이타니 씨의 폭로를 인정하고서 류가는 더듬더듬 이야기를 시작했다.

적자가 여자일 경우, 남자로서 길러진다는 것. 그것이 히노모리 가문의 율법이라는 것. 여러 사정으로 나 & 아오가사키에게 성별을 들키고 말았다는 것. 모든 것을 감추지 않고.

"시오리, 엘. 이제까지 숨겨서 미안해……. 결과적으로 두 사람을 속이는 것 같은 모양새가 되어서."

류가가 깊이 머리를 숙이고 사죄하자 한동안 유키미야와 엘미라는 말이 없었다.

서로 양보하듯이 두 사람은 몇 번이나 시선을 나누었다. 그런 행위 끝에 간신히 각각 무거운 입을 열었다.

"……솔직히 말해서 그런 의문은 이전부터 가지고 있었어요."

"류가는 미남 배우를 좋아했고, 문화제에서 메이드 옷을 입었을 때도 기뻐했고, 내 팬티가 보이는데도 전혀 반응이 없었으니까……."

그때 곧바로 아오가사키 선배가 몸을 불쑥 내밀었다.

"이 일에 대해서는 나도 공범이야. 나도 계속 시오리와 엘미라에게 그것을 감추고 있었어. 정직하지 못했던 거, 사과하고 싶어……. 하지만 이것만큼은 말하게 해줘."

"…………."

"류가는 결코 시오리와 엘미라를 신용하지 않았던 게 아니야. 두 사람에 대한 죄책감으로 고뇌하는 류가를 나는 수도 없이 봤어. 밝혀야만 한다는 양심의 가책과 히노모리 가문의 율법…… 그 사이에 끼어서 갈등하는 모습을."

그런 류가에게 아오가사키 레이의 존재는 얼마나 구원

이 되었을까.

본인의 의사를 존중해서 아오가사키 선배는 오늘까지 비밀을 계속 지켜주었다. 여자로서의 히노모리 류가와 계속 함께해주었다. 나 같은 것보다도, 훨씬.

"진실을 안 두 사람이 거리를 두는 게 무섭다……. 류가한테는 그런 불안도 있었어. 소중한 동료이기 때문에, 말이지. 다시금 사죄할게. 정말로 미안해."

아오가사키 선배가 진지하게 호소하자 유키미야와 엘미라는 나란히 고개를 가로저었다.

"기다려주세요, 레이 씨. 저는 히노모리 군을 책망할 생각은 없어요. 그런 자격도 없어요. 코바야시 씨 댁에 머물렀다는 걸 저도 감추고 있었으니까요."

"저도 그래요. 삼 공주가 코바야시가에 산다는 사실도 보고하지 않았고……. 어쩔 수 없는 류가 씨의 사정과 비교하면 아득히 도리에 벗어난 일이겠죠."

그러면서 머리를 숙이는 두 사람을 보고 이번에는 류가와 아오가사키 선배가 고개를 가로저었다.

"그거야말로 어쩔 수 없어. 시오리는 톳코 일로, 엘은 시즈마 군 일로 이치로랑 삼 공주를 의지할 필요가 있었으니까."

"적어도 내게 그것을 비난할 권리는 없어."

……그때 나는 생각을 잘못했다는 것을 깨달았다.

다들 서로의 비밀에 화가 난 것이 아니었다. 문제는 그게 아닌 것이었다.

책망하는 것은 자기 자신. 뒤가 켕기는 그 심정이야말로 그녀들이 근심스러웠던 이유겠지. 게다가 그것이 적의 입으로 드러나다니 더더욱 부담스러웠을 테고.

——너희의 인연 따윈 어차피 그 정도야. 겉으로는 사이가 좋더라도 뒤로는 비밀만 가득…… 그러고도 잘도 동료라고 할 수 있구나.

파이몬의 그 말은 모두의 마음에 깊이 박혔음에 틀림없다.

그것을 부정할 수 있을까? 라고. 자신은 정말로 동료라고 말할 수 있는가? 라고.

또다시 침묵이 찾아왔다. 다들 거북하게 고개를 숙이고서 자책하는 심정으로 기운을 잃었다.

'지켜만 보고 있을 때가 아니야. 이 사태를 초래한 최대의 범인은 나야. 파이몬의 말은 다름 아닌 내게 와서 박혔어야만 하는 것이야.'

적어도 내게 증오를 모으는 것으로 모두의 마음을 단결하게 만들어야만 할까. 그런 생각에 잠겨 있던 그때.

갑자기 의자에서 기세 좋게 일어난 사람이 있었다.

세상에나 그것은——이제까지 멍하니 일동을 바라보던 쿠로가메였다. 이러쿵저러쿵해서 아군으로 복귀한, 전 푸르카스다.

"잘은 모르겠지만, 나도 말 좀 할게!"

당황한 모두를 내려다보며 흥흥, 거칠게 콧김을 내뿜는 쿠로가메.

아까는 갈망이 지나치게 폭주해서 나마하게 같은 모습이었지만, 히로인즈 & 삼 공주와 싸우면서 완전히 정화된 모양이었다. 혼자서만 얼굴이 반들반들했다.

"사실은 나, 류짱네 집에 갔을 때, 멋대로 냉장고에 구운 푸딩을 먹은 적이 있어!"

어? 그러면서 눈을 동그랗게 뜨는 류가는 신경도 안 쓰고 쿠로가메 리나는 계속 말했다.

"레이네 집에 갔을 때도, 멋대로 말차 푸딩을 먹은 적이 있어!"

뭐? 그러면서 깜짝 놀라는 아오가사키 선배는 신경도 안 쓰고 『성벽의 수호자』는 계속 말했다.

"엘짱네 집에 갔을 때도, 멋대로 망고 푸딩을 먹었어!"

그거 너였어?! 라며 외치는 엘미라는 신경도 안 쓰고 푸딩 도둑은 계속 말했다.

"시오짱네 집에 갔을 때도, 멋대로 초코 푸딩을 먹었어! 그리고 이세 새우랑, 캐비어랑, 유바리 멜론도 먹었어!"

우리 집만 피해가 크잖아요! 라고 딴죽을 거는 유키미야는 신경도 안 쓰고 메뚜기 거북은 계속 말했다.

"비밀 따윈 누구에게나 있어! 그런 거 보통이야! 다들 사정이 있으니까 어쩔 수 없이 말 못 했잖아?! 동료는 뭐든 모조리 털어놓는 사이가 아니라고 생각해!"

쿠로가메의 열변에 다들 깜짝 놀랐다.

……이건 좋은 이야기였을까. 단순히 도둑이 제 발 저려서 그러는 게 아닐까.

하지만 그녀의 말에는 따지는 것을 허락하지 않는 힘이 있었다. 그리고 그 방종함은 지금 얄궂게도 굉장한 플러스로 작용했다.

"들켰을 때는 이렇게 사정을 이해해주면 될 뿐이잖아! 우리는 지금 인연을 시험당하고 있어! 뛰어넘자고! 나는 모두와의 우정을 믿어! 계속 함께 싸웠던──같은 숙명을 가진 동료로서!"

너, 적으로 배신했는데.

"그러니까 나는 사과하지 않겠어!"

적어도 푸딩에 대해서는 사과해.

"그건 그렇다 치고 나, 어째서 이런 곳에 있는데?! 뒤풀이 파티는 어떻게 됐어?! 팔다리에 연기 수갑이 채워져 있는데 이건 뭐야?!"

하고 싶은 만큼 말하고, 이번에는 연이어서 질문하는 거북이. 그러고 보니 『악마 빙의자』였을 때의 기억, 사라져버리는 설정이었지.

그리고는 10초 정도, 조금 전과는 이유가 다른 침묵이 흘렀다.

말을 잃은 일동을 상대로 쿠로가메는 양손을 허리에 대고서 설명을 기다렸다. 이윽고 그녀의 배가 마치 마무리를 짓듯이 꼬르르륵, 울린 순간.

"……픕."

다들 동시에 웃음을 터뜨리는가 싶더니 방 안이 한꺼번에 웃음의 소용돌이로 뒤덮였다.

조금 전까지 어둡게 가라앉아 있던 것이 거짓말처럼. 그것 자체가 바보 같았다는 것처럼. 그곳에는 내가 잘 아는, 평소 그녀들의 모습이 있었다.

"정말이지…… 리나는 흔들리지 않는구나, 어떤 때라도."

"조금은 기특해졌다고 생각했는데 여전한 모양이네."

"그러고 보니 아직 리나 씨한테 말을 안 했네요. 잘 돌아왔다고."

"내 망고 푸딩, 변상해!"

다들 일어서서 쿠로가메 곁으로 모였다. 그녀의 뺨을 찌르고, 머리카락을 마구 쓰다듬고, 손을 붙잡고, 이마를 찰싹찰싹 때렸다.

"에헤헤. 일어났더니 갑자기 참회 대회가 시작되었으니까 깜짝 놀랐어! 이 흐름이라면 말해도 괜찮을까? 사실은 나, 전부터 너희랑 진심으로 대결해보고 싶었어! 다음에 하자!"

"그건 이미 알아!"

"그리고 이미 했어요!"

"이 멍이 안 보이나요?! 당신이 한 짓이에요!"

……예상 밖의 전개였다.

이렇게나 간단히 풀릴 문제였나? 하지만 비밀은커녕 아예 배신을 저지른 인간이 가장 당당하게 구는 것이다. 확실히 웃을 수밖에 없을지도 모르겠다.

'쿠로가메가 해줬어……. 모두의 인연을 계속 이어줬어.'

이제까지 잔뜩 트러블을 일으켰던 거북이가 여기 와서 천금의 값어치가 있는 역할을 했다. 타고난 억지스러움으로, 힘이야말로 파워라는 것처럼 모두의 응어리를 박살 냈다.

틀림없이 그것은 그녀이기에 가능한 일. 표리부동하지 않은, 마이페이스로 항상 미묘하게 외부인 취급이던 쿠로가메 리나이기에 해낼 수 있었던 역할.

이 타이밍에 쿠로가메가 돌아온 것은──실로 행운이었다.

완전히 풀린 분위기 가운데, 류가가 곱씹듯이 중얼거렸다.

"그러네, 리나의 말이 맞아. 우리의 문제는 사정을 이야기해서 이해를 받는다…… 사정을 듣고 이해한다……. 그것뿐인 일이었을지도 모르겠어."

그 말에 아오가사키 선배, 유키미야, 엘미라도 미소와

함께 고개를 끄덕였다.

"음. 그러고도 납득할 수 없다면, 끝까지 대화를 나누면 돼. 그를 위한 열의를 아낄 사이는 아니겠지. 이곳에 있는 동료들은."

"그러니까 리나 씨, 끝까지 이야기를 나눌까요."

"물론 푸딩 이야기에요!"

……그 후, 그녀들은 다시금 각자의 사정을 자세하게 이야기했다.

서로 사과하고, 서로 용서한다. 그럴 때마다 표정이 점점 환해진다. 푸딩만큼은 살짝 뒤틀리기는 했지만, 이번에는 너그러이 봐줬으면 좋겠다.

'설마 공중분해의 위기를 구해준 게 쿠로가메일 줄이야. 이 녀석한테 감사하는 날이 올 줄은 생각도 못 했어……'

감개에 잠긴 내 앞에서는 아직도 솔직 토크가 이어지고 있었다.

"사실은 나, 코스프레가 취미야. 이치로가 자주 어울려주고 있어."

"나는 사실 화장이나 패션에 무척 흥미가 있어. 그런 인연으로 코바야시한테는 『전속 코디네이터』를 부탁했지."

"사실은 저, 정기적으로 코바야시 이치로의 피를 빨고 있어요. 『전속 도너』라고 할까요."

"사실은 저도, 코바야시 씨한테 『전속 어드바이저』를 부탁해서 자주 인생 상담을 청하고 있어요. 집으로 불러서 손수 마든 요리를 대접한 적도 있어요."

솔직 토크가 이어지고 있었다. 살짝 위험한 방향으로.

저기, 이제 그 정도면 되지 않을까? 지금 그렇게까지 폭로하진 않아도…… 인연, 괜찮겠어?

"호오, 그렇구나……. 그러니까 이치로는 이곳에 있는 누구보다도 비밀을 가지고 있었다는 이야기구나. 굉장하네, 역시 주인공이네."

"정말 그래. 게다가 삼 공주까지 동거하고 있었지."

"더군다나 【마신】 궁기까지 깃들어 있었다니, 놀랐어요."

"바엘 씨와 내통까지 하고 있었죠. 때리면 때릴수록 먼지가 나오네요."

류가와 히로인즈가 동시에 이쪽을 돌아봤다. 그리고 동시에 바싹 다가왔다.

다행히도 그녀들의 인연은 흔들리지 않았다. 게다가 불행하게도 내게 증오가 모이고 있었다. 어, 이제 와서 나쁜 사람 취급이야? 재단결한 지금에서야?

"다, 다들 기다려! 우리의 문제는 사정을 듣고 이해한다…… 그것뿐인 일일 테지! 끝까지 이야기를 나누지 않겠어?!"

설득도 공허하게, 등 뒤로 돌아간 아오가사키 선배에게 양쪽 어깨를 덥석 붙잡혔다. 유키미야와 엘미라한테 양팔

183

을 붙잡혔다. 다리 사이에서 불쑥 머리를 내민 거북이에게 양다리를 붙잡혔다.

맞춘 것도 아닌데 이 무슨 팀워크…… 그리고 그 중심에 있는 것은, 굳이 말할 것까지도 없이 우리의 전 주인공.

"좋아, 그런 나부터 할게. 결전을 앞두고서 부상을 입힐 수야 없으니까 일단 딱밤으로 용서해줄게. 한 사람에 한 방씩."

내 눈앞에 선 류가가 싱긋 웃으며 말했다.

……어쩔 수 없다. 그 정도 페널티로 그친다면 오히려 기뻐해야 하겠지. 제대로 제재를 받은 뒤에, 상쾌하게 아기토에게 도전하기로 하자.

지금의 그녀들은 힘을 봉인 당했다. 평범한 여자아이의 딱밤 따윈 빤한 수준이겠지. 크게 아프지는 않을 테지.

"좋아, 와라! 한 사람에 한 방 정도가 아니라 마음이 풀릴 때까지 해!"

……결론부터 말하자면, 엄청 아팠다.

이능력을 봉인당했지만 매일 단련과 실전을 거듭한 소녀들의 딱밤은 일반인의 위력을 아득히 능가했다. 한 방씩 때리는 걸로 해두었어야 했다.

"저기, 이제 좀 봐주시지 않겠습니까…… 이 이상은 두개골이 함몰되어서……."

"잇 군! 아직 세 번째인데 우는소리를 하다니 한심해! 받아라! 쿠로가메류 아르켈론권 오의, 딱밤 연사!"

쿠로가메의 손가락이 머신건처럼 내 이마를 연속으로 튕겼다.

잠깐만. 잘 생각해보면 거북이한테 벌을 받는 이유는 모르겠다고! 이 녀석은 내 비밀이랑 관계없잖아?! 유일하게 플래그도 서지 않은 상대잖아?! 게다가 도둑이고!

여자들에게 둘러싸여서 시끌벅적…… 그야말로 하렘 주인공의 모습 그 자체다.

내게는 그것도 괴로웠다. 딱밤에 따른 육체적 고통과 주인공 포지션을 강요당하는 정신적 고통으로, 이제는 지옥이었다. 하지만.

이다음에 더더욱 벌칙 게임이 기다린다는 사실을, 나는 아직 알지 못했다.

4

코바야시 이치로가 동료들에게 한창 자그마한 벌을 받는 중에.

그 방 밖에서는 문에 달라붙어서 방 안의 상황을 살피는 백로 사도, 킹코브라 사도, 에조 늑대 사도의 모습이 있었다.

기척을 죽이고, 마른침을 삼키고, 가만히 계속 귀를 기울였다. 사신들이 방으로 들어간 직후부터 계속 이러고 있는데…… 이제는 그럴 필요도 없는 모양이었다.

"다행이야…… 어떻게든 원만하게 수습된 것 같네."

"안심했어. 이 문제, 우리도 관계가 없지는 않았으니까. 계속 이치로 님과 단란한 동거 생활을 보냈으니까."

"어쩐지 떠들썩하게 즐거워 보임미다. 키키도 끼고 싶슴미다."

히노모리 류가와 사신들이 저마다 감추었던 비밀. 그것이 드러났을 때는 삼 공주 역시도 동요했다. 그리고 아군의 분열을 걱정했다.

그런 그녀들이 코바야시 이치로의 방으로 집합했다……. 시즈마에게 그 이야기를 듣고 가만히 있을 수가 없었던 것이다. 그래서 이렇게 염탐하러 왔다.

'하지만 걱정할 것까지도 없었어. 잘 됐구나. 류가, 아오가사키.'

'성장했구나, 유키미야. 가슴 말고.'

'시쥬마네 어머니가 되어서 엘미라는 사람의 마음을 익히게 됐쭙니다.'

각자 안도하고 삼 공주가 살며시 떠나려던 참에.

또다시 방 안의 분위기가 잔뜩 긴장되는 것을 깨닫고 세 사람은 황급히 문에 달라붙었다.

다섯 번째로 간신히 딱밤 형벌은 끝나고 문제가 일단락

되었나 싶었을 순간.

"다들, 들어줘. 사실 우리는 지금…… 무척 심각한 상황에 놓여 있어."

의자에 다시 앉은 사신들을 향해서 류가가 긴장한 표정으로 그렇게 말했다.

이어서 이야기한 내용은 물론 자신들이 이능력 & 수호자를 봉인 당했다는 것. 그리고 내가 오니라는 것. 어머니가 팔걸 열장 사츠키라는 것.

그리고——코바야시 이치로가 가진『절문』의 능력에 대해서였다.

"미, 믿을 수 없어요……. 확실히 코바야시 씨는 무언가 범상치 않기는 했지만……."

"어쩌면 인간이 아닐지도 모른다는 의심은 이전부터 품고 있었지만……."

"오히려『이런 인간, 과연 존재해도 되는가요』라고 생각했지만요……."

"우리, 솔로몬한테 힘을 봉인 당했구나……. 그런데 솔로몬이 누구야?"

내 정체를 안 히로인즈는 역시나 깜짝 놀랐다. 거북이를 제외하고.

뭐, 그 리액션도 무리는 아니다. 지독한 소리를 들은 것 같아서 조금 상처받았지만 정말로 그러니까 반론의 여지도 없었다.

'이걸로 다른 사람들과 마찬가지로, 내 비밀도 거의 사라졌어. 가능하다면 『절문』만큼은 숨겨두고 싶었지만…….'

덕분에 그녀들에게는 새로운 의제가 발생하게 되었다. "당신은 승리를 위해서 코바야시 이치로와 키스할 수 있습니까?"라는 잔혹한 명제가. 기각하려고 생각했는데…….

'류가 녀석, 역시 다른 사람들의 수호신도 나한테 옮길 생각인가. 그만큼 싫어했으면서도 불구하고 사사로운 정을 버리면서까지.'

그만큼 내가 이기도록 만들고 싶은 거겠지. 그리고 걱정해주는 거겠지.

오신 모두가 깃든다면 아마도 아기토를 쓰러뜨리는 것은 가능하다. 이런 방법이 아니었다면 나도 희희낙락해서【백호】,【청룡】,【주작】,【현무】를 빌렸다.

하지만 그것은 성희롱의 면죄부가 되지 않는다.

이런 하루 주인공에게 그녀들이 그렇게까지 희생할 필요는 없다. 메인을 장식할 각오는 굳혔지만 나도 그렇게까지 주인공 특권을 행사할 생각은 없다.

"이치로한테 수호신을 옮기는 방법은 지금 이야기한 그대로야. 물론 강제할 수는 없어. 키스를 할지는──각자의 뜻으로 결정해줬으면 해."

류가가 그렇게 매듭짓자 히로인즈는 제각기 생각에 잠

졌다.

약 22시간 뒤에 벌어지는, 나와 아기토의 최종 결전. 그에 가담할 수 없는 그녀들이 할 수 있는 일은…… 수호신을 빌려주는 것뿐.

하지만 그 대가는 지극히 크다.

애인 사이도 아니고 하물며 인간도 아닌 남자와, 사랑의 증거도 아닌 접문을 나누는 것이다. 부조리한 것에도 정도가 있다고 생각한다. 망설이는 것도 당연하다.

'결전까지 조금 더 시일이 있다면 다른 작전을 생각할 수도 있었는데…… 가령 결국에 『절문』을 사용하게 되더라도, 적어도 내 얼굴을 톰 크루즈로 성형한다든지…….'

그것으로 키스에 대한 저항감이 줄어들지는 불명이지만. 애당초 여고생한테 톰 크루즈가 꽂힐지는 불명이지만…… 그런 생각을 하고 있었더니.

"코바야시와의 키스, 나는 전혀 상관없어."

"저도 괜찮아요."

"저도 그래요."

"으~응, 잇 군이랑 츄─인가……."

세상에나 히로인즈는 이 제안에 시원스럽게 응했다. 거북이를 제외하고.

이 사실에는 나도 깜짝 놀랐다. 톰 크루즈도 깜짝 놀라겠지. 절대적으로 임파서블한 미션이라고 생각했는데!

'거북이가 가장 제대로 된 리액션을 취하다니, 대체 어떻게…… 아.'

……그때 나는 또다시 생각을 잘못했다는 것을 깨달았다.

나는 이전에 아오가사키 선배의 가슴을 주물러댄 적이 있다. 그뿐만 아니라 크리스마스에는 '어떤 것'을 쥐도록 해주겠다는 약속까지 했다.

유키미야한테는 부모님을 소개받은 적이 있다. 루니에도 "코바야시 님은 시오리 아가씨께서도 바라십니다"라고 그랬다.

엘미라하고는 시즈마를 둘러싼 유사 부부의 관계였다. 언젠가 고향의 할머니와 만나줬으면 좋겠다고 그랬다.

그러니까 그녀들에게 나는 그런 존재인 것이다. 인제 와서 키스를 거부할 이유는 없는 것이다.

그만큼의 플래그를 나는 오늘까지 허다하게 세웠으니까. 거북이를 제외하고.

과거의 나쁜 행실이 다행인지 재난인지 모르겠지만 어쨌든 히로인즈는 키스 자체는 양해해주었다. 하지만.

여전히 그녀들은 떨떠름한 표정으로 생각에 잠겨 있었다. 이 제안에 난색을 표했다.

"하지만 모두 하게 된다면…… 아니, 그런 소리를 할 때가 아니라는 건 이해하지만……."

"저도 그렇지만 여러분도 첫 키스일 테고……."

"처녀의 입술은 귀중한 것이에요. 그걸 그냥 수많은 것 중 하나로 정리되어버리다니……."

"파파도『몸가짐은 등딱지처럼 굳건하게 지켜라』라고 그랬으니까……."

그 심정은 류가라도 알 수 있겠지. 그녀는 "그렇겠지……" 라며 혼잣말을 하고 복잡해 보이는 표정으로 나를 흘끗 봤다.

물론 그것은 류가도 마찬가지인 것이다. 모두와 키스를 한다면 류가와의 키스도 더는 특별한 것이 아니게 되어버린다. 정말로 절실하게, 이런 능력이라서 면목이 없다.

그 후로 약 1분, 히로인즈의 고민은 이어졌다.

서로 거북하고, 부끄럽기도 하겠지. 누군가 한 사람이라도 뜻을 다진다면 도미노처럼 모두가 그에 따르게 된다……. 그러니까 더더욱 결단하지를 못했다.

"……코바야시와 텐료인의 결전은 밤 10시였지."

이윽고 툭하니 중얼거리는 것은 아오가사키 선배였다.

"그렇다면 아직 약간의 여유가 있다는 의미야. 어떨까, 아침까지 시간을 주지 않겠어? 그때까지는 대답을——."

어울리지도 않게 연기하자는 제안을『참무의 검사』가 꺼낸 순간.

갑자기 방문이 벌컥! 열리고 여자 사도 세 사람이 와르르 밀려들었다. 미온, 주리, 키키…… 친숙한『나락의 삼 공주』

였다.

"너, 너희는 어쩐 일이야. 지금 이야기가 좀 복잡하니까 나중에 와주지 않을래?"

밖에서 훔쳐 듣는 건 알고 있었지만, 어째서 난입했을까. 그렇게까지 분위기를 못 읽는 녀석들이 아닐 터.

당황한 류가 & 히로인즈에게는 눈길도 주지 않고 내 앞에 나란히 서는 삼 공주.

어쩐지 몹시 험악한 모습이었다. 그 박력에 압도당해서 나는 의자를 물리며 살짝 뒤로 물러났다. 어, 이 상황은 뭐야. 혹시 얻어맞는 거야?

불온한 분위기에 방 안이 적막해졌다.

그런 가운데, 느닷없이 백로 소녀가 양팔을 뻗어서 내 옆머리를 양쪽으로 움켜쥐었다. 그 직후.

──키스했다.

그것은 그야말로 단숨에 벌어진 일. 앞니가 부러질 것만 같은 기세로. 눈을 부릅뜬 나와는 다르게 미온은 눈을 꽉 감고 있었다. 류가에게 지지 않는 부드러운 입술이었다.

그 상태가 10초 정도 이어지고 간신히 미온이 입술을 뗐다. 그 직후.

──또 키스했다.

이번에는 킹코브라 보건 교사였다. 한숨 돌릴 틈도 없이 또다시 입술을 빼앗겼다. 혼란과 질식으로 사고 능력까지 빼앗겼다.

미온과 비슷한 정도의 소요 시간을 거치고 간신히 주리 한테서 해방되었다. 그 직후.

──또또 키스했다.

마지막은 에조 늑대 꼬마였다. 내 무릎으로 폴짝 뛰어오른 그녀는, 역시나 숨 돌릴 틈도 주지 않고 입술을 덮었다. 이제는 뭐가 뭔지 알 수 없었다.

이윽고 키키가 내 무릎에서 폴짝 뛰어내리고 삼 공주는 원래 있던 장소에 다시 섰다.

……당연히 류가와 히로인즈도 멍한 모습이었다.

게릴라적으로 벌어진 삼 공주의 만행에 돌처럼 굳어 있었다. 방약무인한 거북이조차 깜짝 놀라서는 눈 한 번 깜박이지 않았다.

그런 일동에게 삼 공주는 기죽지도 않고 말했다.

"다들, 뭘 시답잖은 일로 고민하는 거야. 이치로 군이 져도 괜찮겠어?"

"키스 정도로 소란을 피우다니 터무니없는 겁쟁이네. 수호신도 울겠어."

"이치로 남작이라면 키키는 얼마든지 츄 할 수 있쮭니다!"

……요컨대 삼 공주는 독려하러 왔나?

아니, 그렇다고 해서 너희랑 키스해봐야 의미 없잖아! 적어도 대표 하나로 하라고! 게다가 킹코브라 사도! 있는 힘껏 혀를 집어넣지 말라고!

"나는 이치로 군을 위해서라면 몇 번이든…… 아니, 누구와도 키스할 수 있어. 설령 두꺼비든 기름매미든."

비교 대상이 지독해!

"설령 후쿠야마 마사하루*일지라도."

네가 하고 싶을 뿐이잖아!

"설령 눈알 아버지일지라도 할 수 있쥽니다."

그 녀석 입은 어디 있는데!

내 마음의 딴죽은 제쳐놓고 여전히 류가와 히로인즈는 얼어 있었다.

그런 상태가 한동안 이어진 뒤. 갑자기 의자에서 일어선 사람이 있었다. ——이번에도 쿠로가메 리나였다.

"야, 얕보지 마시오! 무슨 헛소리를 하는 거요, 멍청하긴! 이 몸 『성벽의 수인』이올시다!"

어째선지 사극 말투로 흥분해서는 이쪽으로 맹렬하게 돌진하는 거북이.

다른 사람들이 "앗!" 하고 외쳤을 때는, 쿠로가메는 내게 쪼옥 키스하고 있었다.

기세가 넘친 나머지 의자와 함께 뒤로 넘어져서 거북이에게 마운트 포지션을 잡힌 모양새가 되었다. 그러고서도 내 입술을 계속 빨아들이는 모습은 흡사 자라였다.

---

*일본의 인기 연예인. 남성 연예인 인기순위 1위 자리를 오랫동안 차지했다.

"……푸하아아아—! 어떠냐! 이걸로 겁쟁이라고는 못 하겠지! 잇 큐, 가메오 군을 잘 부탁해!"

참고로 가메오 군이란 그녀의 수호신인 【현무】를 가리키는 말이다. 꼬리가 뱀으로 되어 있어서 그쪽은 뇨로스케라고 한다.

'저질러버렸어……! 용서해줘, 나베리우스!'

쿠로가메 리나를 '대장'이라 따르며 몰래 연모하는 옛 친구에게 마음속으로 사죄하는 나를 제쳐놓고.

무너진 흐름은 더 이상 멈추지 않았다.

"괘, 괜찮겠지! 『참무의 검사』가 살아가는 모습, 보여주겠어! 받아라!"

아오가사키 선배가 내 멱살을 붙잡고 일으켜 세웠다. 그대로 그녀의 얼굴이 다가오고 입술에 입술을 들이밀었다. 받으라니 뭘 말입니까!

"생각해봤더니 키스도 흡혈도 큰 차이 없어요! 『상암의 혈족』의 첫 키스, 감사히 받으세요!"

여운에 잠기는 것도 허락받지 못하고 연이어서 키스가 찾아왔다. 이번에는 엘미라였다. 도와줘, 시즈마! 어머니가 아버지를 덮쳐!

"저, 저도 『축명의 무녀』예요! 승리를 위해서라면 혼전 교섭도 꺼리지 않겠어요! 코바야시 씨, 이러쿵저러쿵하지 말고 입술을 내미세요!"

유키미야도 없는 용기를 짜내어서 나와의 키스를 감행했다. 발언이 무슨 사나이라고! 가끔 나오는 와일드 유키미야가 됐어!

……이리하여 나는 히로인즈 전원과의 『절문』을 이루었다.

산소결핍으로 머리가 어질어질하는 한편, 몸이 타는 것처럼 뜨거웠다. 론땅이 깃들었을 때의 몇 배, 아니, 다섯 배 정도의 힘이 솟구치고 있었다. 틀림없이 【현무】, 【청룡】, 【주작】, 【백호】는 내 쪽으로 이동했다.

'대신에 소중한 무언가를 잃은 느낌이지만……. 아니, 그건 다른 사람들이 할 말인가.'

실제로 내 첫 키스는 류가가 아니다. 한 살 때, 이미 할아버지인 코바야시 키하치로에게 빼앗겼다고 어머니가 그랬다. 바츠와나도 그렇고, 제대로 된 영감이 없잖아.

영혼의 빈껍데기처럼 변한 나를 히로인즈가 내려다봤다.

허억허억 거친 호흡으로 얼굴을 새빨갛게 물들이며. 마치 격렬한 전투가 벌어진 다음처럼. 틀림없이 다소의 후회는 있을 테지. 하지만 더 이상 뒤로 물릴 수는 없겠지.

그때 갑자기 그녀들이 일제히 빙글 돌아섰다.

그 앞에는——홀로 멍하니 넋이 나간 친구 캐릭터가 있었다. 너무도 갑작스러운 일에 나와 마찬가지로 빈껍데기가 된 히노모리 류가가.

"자, 류가. 남은 건 너뿐이야."

"부탁해요, 히노모리 군!"

"화려하게 마무리하세요, 류가!"

"해버려, 류짱! 고고!"

그런가. 히로인즈는 모르는 것이다. 이미 류가와는 키스를 마쳤다는 사실을.

하지만 류가는 굳이 이 흐름을 탔다. 동료와의 연대를 우선했다. 잠시 있다가 어흠 헛기침을 하더니 내 앞에 오도카니 정좌했다.

나만 두 번째인데…… 이 징도 부수입은 괜찮겠지? 그녀의 눈빛이 그렇게 호소했다.

"그럼, 실례할게."

모두에게 양해를 구한 다음, 류가는 내게 키스를 했다. 두 번째라서 그럴까, 비교적 매끄러웠다. 역시 전 주인공, 순응성이 높다. 뭐, 그건 그렇다 치고 말이다.

"…………"

"…………"

…………길다. 20초는 가뿐히 지나갔다.

지켜보는 히로인즈 & 삼 공주가 점점 표정을 찡그렸다. 이봐, 류가. 이제 이 정도면 충분하지 않아? 인연, 괜찮아?

그리고 10초 정도 더 지났을 무렵. 마침내 미온이 기다리다 지쳐서는 외쳤다.

"잠깐만, 류가! 언제까지 할 거야!"

그 항의를 신호로 전원이 류가를 떼어내려 나섰다.

그래도 류가는 멈추지 않았다. 한순간 입술이 떨어졌지만 굴하지 않고 다시 달라붙었다. 덕분에 한 번은 류가에게 돌아가고 만 론땅이 다시 내게 돌아왔다.

"그만해, 용! 그 이상은 지연 행위로 간주하겠어!"

"브레이크! 브레이크야, 류짱!"

"큭, 떨어지지 않아······. 굉장한 근성이에요!"

"이게 BL이라면 최고였을 텐데!"

"공평을 기해서 두 번째로 들어가지 않을래? 아직 이치로 님과의 키스, 부족해."

"그렇다면 공평을 기해서 다른 희망자를 모으는 검미다."

······이 다음 마구 키스했다.

두 번째로 들어서며 수호신을 모두에게 반납해버리는 모양새가 되었으니까 그대로 세 번째 『절문』으로 돌입하는 처지가 되었다.

"나까지 불러도 되는 건가요~? 그럼 사양 않고 받아버릴게요~."

게다가 세 번째에는 키키의 소환에 응한 부대장 트리오 중 하나, 야구자의 모습도 있었다.

결과적으로 오카마 말벌 사도와도 키스하는 처지가 되었다.

끝났더니 입술이 부어서 나는 근육맨 같은 모습이 되어

있었다.

5

"호오, 그런 일이 있었수까? 내도 참가하고 싶었구먼, 그 키스 축제."

코바야시 이치로와의『절문』을 마친 뒤.

류가, 레이, 시오리, 엘미라, 리나. 다섯 사람은 성채 지하에 있는 샘에서 땀과 더러운 것을 씻어내고 있었다. 마침 먼저 목욕하던 도올과 함께.

깨끗한 물이 끊임없이 솟아 나오는 광대한 샘은 지저호수를 방불케 했다.

수온이 낮아서 온천보다는 수영장에 가깝지만 이계는 인간계와 비교해서 무척 따뜻하다. 그래도 심야에는 서늘하지만 못 들어갈 정도는 아니었다.

'달아오른 지금의 몸에는 딱 적당한 정도일지도…….'

다들 방에서 벌어진 소동을 도올에게 이야기하는 중. 류가는 조금 떨어진 장소에 쪼그려 앉으며 작게 숨을 내쉬었다. 턱까지 물에 담근 상태로.

……솔직히 말해서 아직도 묘한 심정이었다.

이렇게 동료 전원과 목욕을 하고 있다니. 알몸으로 어울리고 있다니.

조금 전까지 시오리와 엘은 더없이 온몸을 관찰했다. 가슴을 찰딱찰딱 만지고, 끝내는 사타구니를 들여다봤다. 스리 사이즈까지 말하는 신세가 되자 기가 죽고 말았다.

'율법, 끝내는 스스로 깨버렸어. 아버지랑 어머니…… 뭐라고 그럴까.'

하지만 이것으로 잘 됐다고 생각했다.

이제까지 필사적으로 감추던 비밀을 털어놓았더니 놀랄 만큼 마음이 가벼워졌다. 설령 부모님한테 혼이 나더라도 후회하지 않는다.

후회가 있다면 텐료인 아기토라는 무시무시한 위협을 앞에 두고 싸울 힘을 잃어버린 것. 그 남자를 쓰러뜨리는 어려운 역할을 이치로에게 떠넘기고 말았다는 것.

'이런 중요한 국면에서 싸움에 나설 수 없다니…… 그것이야말로 히노모리 가문의 적자로서 면목이 서지 않아. 지금의 나는──너무나도 무력해.'

물속에서도 팔다리에 휘감긴 검은 연기의 고리는 사라지지 않았다. 바엘 군이 말했던 것처럼 역시나 이 족쇄는 텐료인을 쓰러뜨리지 않는 한 사라지지 않는 것일까.

그렇다면 그녀들이 할 수 있는 일은 아무것도 없다.

수호신까지 맡긴 이상, 이제는 이치로의 승리를 기도할 수밖에 없다.

'아니…… 아직 할 수 있는 일은 남아 있어. 적어도 나한

테는. 우리한테는.'

그런 류가의 사고는 별것 아닌 톳코의 말에 날아갔다.

"그건 그렇고, 이치로 나리는 행운아구먼. 이런 미소녀들한테 인기가 있다니."

리나를 제외한 세 사람이 그 순간에 침묵했다.

……그렇다. 이치로한테 말은 안 했지만, 여전히 큰 문제가 남아 있었다.

틀림없이 우리는, 리나를 제외한 모두가──코바야시 이치로라는 소년에게 반했다. 누구 하나 톳코의 발언을 부정하지 않기도 했으니까 그것은 명백했다.

'라이벌이 너무 많고 강력해. 나, 겨룰 수 있을까…….'

생각해보면 류가는 명확하게 이치로한테서 '좋아해'라는 말을 들은 적은 없었다. 특별하게 본다는 자각은 있지만, 그것은 자신이 그에게 '주인공'이기 때문이다.

'나 말고 다른 아이랑 있을 때 이치로는…… 어떤 느낌일까.'

레이, 시오리, 엘. 그녀들은 류가가 봐도 매력적이고 멋진 여자들이다. 이치로가 연심을 품더라도 전혀 신기하지 않다고 생각했다.

조금 더 말한다면 후보는 이곳에 있는 멤버만으로 그치지 않는다. 삼 공주도 무시할 수 없는 존재다. 아무리 그래도 키키는 너무 어릴지도 모르겠지만, 주리는 월등하게 섹시하고 미오는 아이돌 수준의 외모에 더해서 가정적이라는 실력파.

그녀들과 비교해서 나는 어떨까? 여자로서 평가할 때, 다른 사람들에게 이길 요소가 하나라도 있을까?

'나는 거의 이치로랑 코스프레 놀이만 한 것 같은……. 게다가 필요 이상으로 끈적끈적하게 달라붙고 싶어 하는 성가신 여자 같은데…….'

점점 자신감이 사라졌다. 혹시 이치로가 다른 사람을 선택한다면…… 나는 살아갈 수 있을까. 삭발하고 출가할 수밖에 없을지도 모른다.

그런 류가의 불안과 초조함을 차단한 것은 이번에도 톳코였다.

"개인적인 생각으로는, 시오리를 응원하고 싶지만…… 이것만큼은 그럴 수도 없구먼. 아무리 동료라고 해도 조심할 건 없수다. 정정당당하게 승부해야 하는구먼."

태평한 격려에 모두가 고개를 숙인 채로 탄식했다.

승부라고 그래도 그 다음에 어색해지는 건 싫고……. 기껏 여자로서 막 진정한 동료가 된 참인데…….

망연자실한 일동을 향해서 【마신】은 천진난만하게 계속 말했다. 촉촉하게 젖은 흑발이 얼굴에 들러붙어서 귀신 같았다.

"사실은 이번에 『나락의 사도』들도 정정당당하게 승부하기로 했수이다. 대장군의 자리를 걸고, 사도 전원의 『제1회 대장군 결정 토너먼트』를 개최하는 겨!"

그러고 보니 팔걸들이 그런 이야기로 들떠 있었던가.

'그거 진심이었구나…… 그보다도 규모가 커졌는데.'

어떻게 리액션할지 당황한 그녀들을 제쳐놓고 톳코는 흥분한 기색으로 마구 떠들었다.

"지금 현재 큐짱이 대진표를 만들고 있수다. 생존해 있는 사도들은 장군부터 병졸까지 모두 참가하는 것이구먼. 전적에 따라서 클래스 승격, 강등도 있습메!"

그런 천하제일 무도회를 벌일 상황이 아니라고 생각하는데…….

"혼면전에서 자는 사도들은 아쉽지만 제2회 대회까지 기다려야 하우다. 앞으로는 백 년 단위로 벌일 예정이구먼."

그러자 떨어진 곳에서 첨벙첨벙 자유형 중이던 리나가, 이쪽으로 첨벙첨벙 접영으로 돌아왔다.

"뭐야 그거 재밌을 것 같아! 나도 참가하고 싶어!"

그녀의 눈빛이 어린아이처럼 반짝반짝 빛났다. 정말로 일관성 있는 소꿉친구다.

"있지, 다들 참가하자! 그러면 류짱, 사신, 삼 공주, 팔걸…… 강한 사람이랑 잔뜩 싸울 수 있어! 으으, 생각하는 것만으로도 두근두근해—!"

말하는 내용이 『악마 빙의자』였을 때와 똑같다는 것이

슬프다. 결국 이 아이는 어쩐 위치에서도 자신의 갈망에 충실한 것이다. 색기보다 혈기인 것이다.

그렇게나 걱정시켜놓고…… 이것 참, 알몸으로 까부는 거 그만둬. 여고생이잖아?

류가가 기막혀하던 참에. 문득 레이가 자신의 턱에 손가락을 대며 중얼거렸다.

"그 토너먼트는 모르겠지만, 확실히 톳코의 말이 옳을지도 모르겠어. 코바야시와 관련해서는 서로가 조심스럽게 굴 일도, 서로가 양보할 일도 아니니까."

시오리도 동조하듯이 수긍했다. 손가락으로 톳코의 앞머리를 갈라주면서.

"그러네요. 정정당당하게, 전력으로, 자기 나름대로 분투한다……. 결국 이 문제도 그저 그것뿐인 심플한 이야기일지도 모르겠네요."

마지막으로 엘도 싱긋 웃었다. 리나의 머리를 눌러서 물에 잠그며.

"누가 이겨도 원한은 없이, 그런 이야기군요. 물론 이것들도 코바야시 이치로가 다가오는 결전에서 승리하는 게 전제지만요……. 뭐, 그라면 어떻게든 하겠죠."

다들 그렇게 말한다면 류가도 각오를 다질 수밖에 없었다.

자신은 없지만, 이치로에 대한 마음만큼은 누구에게도

지지 않는다고 생각한다. 이건 처음으로 자신을 위해서 도전하는 싸움…… 설령 소중한 동료들일지라도 이치로만큼은 넘겨줄 수 없어!

모두의 결의가 【마신】에게도 전해진 듯했다.

톳코는 음음, 만족스럽게 고개를 끄덕이며 그녀들을 향해 엄지를 척 세웠다.

"다들, 건투를 기도하겠구먼! 다만 이치로 나리의 정실이 못 되더라도 낙담할 일은 아니우다! 가장 먼저 자식을 회임하면 아직은 정실이 될 찬스는 있는겨!"

곧바로 일동이 "허?"라며 나란히 목소리가 뒤집어졌다.

으음, 그건 무슨 소리지? 모두 결혼은 한다는 거야? 이치로랑.

"몰랐수까? 오니는 일부다처제이구먼. 게다가 남아 있는 혈족은 코바야시 가문뿐이니까, 이치로 나리는 자손을 잔뜩 남겨야만 하는겨."

뭐야, 그 현대판 오오쿠*! 우리 승부는 정실을 결정하는 것이었어?!

'못 들었다고, 이치로! 시즈마 군이랑 가족이 될 각오는 했지만 레이짱이랑 시오리랑 엘이랑 삼 공주까지 가족이 될 각오는 안 했어!'

아무리 그래도 이건 미풍양속에 어긋난다고 생각한다.

---

*일본 에도 시대 쇼군의 궁정. 첩실과 시녀를 포함하여 천 명 이상의 여성들이 있었다고 한다.

애당초 중혼죄는 2년 이하의 징역이다.

하지만 당황하는 한편으로…… 어쩐지 안도하는 나도 있었다.

그러니까 그건 일단 이치로의 아내가 될 수는 있다는 이야기인가. 오니에게는 인간의 법률 따윈 적용되지 않는다면 확실히 그럴 수 있을지도. 그럴 수, 있을까?

'뭐, 이치로가 어떻게 생각할지는 모르겠지만. 모두와 승부한다는 것에는 변함이 없고……. 우선 당면의 목표는 역시 크리스마스 데이트를 쟁취하는 걸까. 절대로 안 질 거야!'

다만 이치로의 결전이 끝날 때까지는, 이 투지는 넣어두자.

그가 희망하다시피 지금은 친구 캐릭터에 집중해야지. 그것이 요구되는 역할이라면 응해주어야 한다.

사실은 애인 캐릭터가 좋은데. 친구만으로는 싫은데.

6

길었던 하룻밤이 지나고 마침내 결전 당일 아침이 되었다.

그래봐야 개시 시각은 밤 열 시. 게다가 이계에 태양은 없으니까 밖은 여전히 캄캄했다. 솔직히 아직 승부의 순간을 맞이했다는 실감은 없었다.

'시간은 충분히 있어. 밤이 될 때까지 조금이라도 오신과 마음을 터놓고 신뢰 관계를 구축해서 제어할 수 있게 되어야만 해.'

그래서 나는 새벽부터 빈방 중 하나에 틀어박혀서 정신 통일에 애를 쓰고 있었다.

현재 이미 오전 아홉 시. 바닥에 좌선하고, 눈을 감고, 심호흡을 되풀이한다. 왠지 모르게 반야심경도 영창해봤다. 겸사겸사 구구단도 외워봤다.

'오늘의 일전만큼은 어떻게든 이겨야만 해. 류가, 사신 히로인즈, 게다가 삼 공주까지도 키스했으니까…… 이러고도 진다면 웃어넘길 수가 없어.'

오늘의 나는 진심이다. 나라를 등에 업을 기개로 싸울 생각이다. 압박이 장난 아니었다.

태곳적부터 인류를 지킨, 위대한 신수들이여. 어떤 대가라도 치르겠다. 내게 그 신위를 내려다오. 어둠을 떨쳐낸 빛을, 마를 무찌를 성스러운 권능을 내게 보여다오.

눈을 감은 채, 몇 번이고 마음속으로 말을 건넸다. 그런 나는 현재——.

얼굴을 【황룡】이 북북 할퀴고 있었다.

뒤통수를 【주작】이 푹푹 찌르고 있었다.

팔을 【백호】가 아작아작 깨물고 있었다.

목에 【청룡】이 으득으득 휘감겨 있었다.

등에 【현무】가 묵직하게 올라타고 있었다.

"······슬슬 좀 친해지자고, 너희들! 아파! 힘들어! 성가셔!"

어젯밤부터 계속 이런 상태였다.

론땅 이외의 녀석들도 데포르메 형태가 되어서는 멋대로 나와서 내게 괜히 투정을 부리는 것이었다. 밤에도 갸갸삐삐 시끄러워서 제대로 못 잤다.

덕분에 컨디션에 크나큰 불안이 있었다. 떠맡은 애완동물이라도 조금 더 예의가 바르겠지. 이래서야 【마신】들이 차라리 낫다고.

"배틀이 끝나면 제대로 원래 주인님한테 돌려줄 테니까! 그렇지, 뒤풀이는 캠핑을 가자! 다 같이 카레를 먹지 않겠어?!"

그 말을 듣고 서로 얼굴을 마주 보는 신수들. 말 없는 심의 결과, 하지만 금세 공격을 재개했다. 마음에 안 들었나 보다.

'이 녀석들, 멋대로 나와서 까불어대기는······!'

이제 슬슬 인내의 한계다. 이렇게 됐다면 마음을 독하게 먹을 수밖에 없다.

어디까지나 받은 녀석들이니까 조심스럽게 굴 건 없다. 아기토와의 대결 워밍업으로 때려눕혀주마! 모조리 머리만 벽에 장식해주마!

"얕보지 말라고, 이 자식들! 규삐규삐이이이—!"

론땅처럼 괴성을 내지르고 나는 오신들에게 달려들었다. 엎치락뒤치락하며 밀치락달치락 난투를 벌이는데.

"이치로, 잠깐 괜찮아?"

문을 노크하는 것과 동시에 류가가 방을 빼꼼 들여다 봤다.

곧바로 론땅이 "규삐!"라고 기쁜 듯이 울며 원래 숙주에 게 날아갔다. 그녀의 가슴에 얼굴을 묻고 목에서 고롱고롱 소리를 냈다.

이 무슨 태도 돌변…… 용도 고롱고롱 소리를 내는 거 냐…….

"아하하. 또 장난을 치고 있었어? 완전히 친해졌네."

"뭐, 뭐어. 코바야시 동물원에 무슨 용건이야?"

류가의 용건은 아침 식사 이야기였다. 안뜰에서 사도들 이 식사 준비를 시작했다는 것이었다.

"부대장 클래스가 인간계에 가서 재료를 조달해왔대. 냄 비를 잔뜩 걸고서 대량의 카레를 만들고 있어. 여하튼 천 명 이상이니까."

다 같이 카레 캠핑…… 선수를 빼앗기고 말았다. 듣자 하니 지휘를 맡은 것은 미온이라고. 그 백로 주부, 메뉴가 곤란하면 일단 카레를 만드는 나쁜 버릇이 있다.

"이치로도 오지 않을래? 혹시 손을 뗄 수 없다면 내가 받아줄까?"

딱히 배는 고프지 않았으니까 점심때까지 미뤄두겠다는 취지를 류가에게 전했다.

그렇다고는 해도 잠시 쉬고 싶었던 참이다. 그러니 마침 잘 되었으니까 친구 캐릭터에게 이야기 상대를 부탁하기로 했다.

"잡담을 나눌 거라면 다른 사람도 불러오는 편이 나을까. 지금 마침 식사 준비를 돕고 있는데……."

"그럴 것까지는 없어. 방해하는 것도 미안하고, 사도들과 교류하는 건 좋은 일이야."

"그런가, 그렇구나."

우격다짐으로 오신을 집어넣고는 여느 때처럼 나무 의자에 마주 앉았다.

여자라고 커밍아웃한 이후로도 류가는 여전히 남자 교복 그대로였다. 역시 그녀에게는 남장이 잘 어울린다. 유감스럽게도 더 이상 무명천을 감지는 않았지만.

"실은 말이지, 이치로. 나…… 다시금 사과하고 싶은 일이 있어."

"사과? 내가 너한테 하는 게 아니라 네가 나한테?"

"응. 그게 말이지, 전에 『이번 싸움, 이치로는 엮이지 않아도 돼』라고 그랬잖아? 그랬는데 이런 일이 되어버렸으니까……."

아, 그런 이야기인가.

류가가 사죄할 필요 따위 없다. 여하튼 세컨드 시즌은 이미 중지되었으니까.

"신경 쓰지 마. 애당초 책임은 나한테 있으니까. 말하자면 아기토와의 결판은 내 개인적인 사정 같은 거야."

"미안해, 힘든 일을 떠넘겨서……. 이길 자신은 있어? 아, 이건 물어보는 게 촌스러운 짓인가."

"뭐, 글쎄. 내가 메인을 장식하는 건 처음이자 마지막일 테니까 열심히 뛰어볼게."

그렇지만 주인공다운 배틀을 벌일 생각은 없다. 일부러 핀치에 빠지거나 시간을 고려하지도 않을 것이다. 쓸데없는 회상신도 끼워 넣지 않는다.

아마도 무척 멋없는, 재미 요소가 부족한 라스트 배틀이 되겠지. 하지만 그걸로 충분하다. 어차피 보류 대상이니까.

"걱정하지 마, 류가. 모두의 염원과 숙명은 내가 전장으로 가져갈게. 그리고 반드시 네가 있는 일상으로 돌아오겠어."

다부진 표정으로 나는 굳이 주인공다운 대사를 꺼냈다. 겸사겸사 "이것 참" 하고 덧붙여뒀다. 분위기는 진즉에 다 잡았다.

하지만 류가는 그런 나를 보고 어째선지 미간을 찌푸렸다.

그녀니까 두근두근하지는 않을까 생각했더니 팔짱을 낀

채로 연신 고개를 갸웃거렸다. 배우의 연기가 마음에 들지 않는 감독 같았다.

"으~음…… 그렇게 싸울 생각이 가득한 이치로라니, 역시 뭔가 아니야. 허둥지둥 당황하는 쪽이 이치로답다고 할까."

이봐, 친구 캐릭터. 무슨 소릴 하는 거야. 애써 주인공답게 굴고 있는데.

"인제 와서 깨닫고 말았어. 내가 좋아하는 건 코미컬한 이치로라는 걸."

"…………."

나도 자각은 하고 있다. 이런 나는 내가 아니다. 최종 보스와의 일대일이라니, 코바야시 이치로가 할 일이 아니다.

막상 주인공다운 역할을 맡아보고 절실하게 통감했다. 역시 내게는——이런 포지션은 성미가 맞지 않는다고.

이제까지의 나는 결과와 같은 수준으로 과정을 중시했다. 주인공의 승리는 대전제로 두고, 그곳에 이르는 전개나 연출에도 고심해야 한다는 제작론을 지니고 있었다.

그런 일체의 사항을 이번에는 고려하지 않아도 된다.

그저 적을 쓰러뜨리는 것을, 이기는 것만을 추구하면 된다. 준비된 무대에서 단순노동에 매진하면 되는 것이다. 사실 주인공은…… 상상 이상으로 지루한 역할일지도.

"류가. 너는 이제까지 이런 일을 묵묵히 해왔구나…….

존경해."

"나야말로 이치로를 존경해. 친구 캐릭터라 뭘 하면 좋을지 알 수가 없어서…… 생각했던 것보다 어려운걸."

"비교적 실수 없이 소화하고 있는 것 같아."

"전혀. 이래서야 주인공 쪽이 훨씬 마음 편해."

그런 법인가. 역시 사람에게는 저마다 맞는 게 있는 모양이다. 타고난 천성이.

"그런가. ……친구 캐릭터는 어렵습니까?"

무심코 입 밖으로 그런 말이 나왔다.

류가가 "어째서 갑자기 존댓말?"이라고 물었지만 설명할 수 없었다. 깊은 의미는 없다. 어째선지 말하고 싶어진 것이었다.

"아마도 바엘 군도 친구 캐릭터였지? 같은 편이라는 사실을 좀 더 빨리 알았다면 여러모로 가르침을 받을 수 있었을 텐데."

그런 바엘은, 지금이면 이미 바엘이 아닌 존재가 되었을 테지.

뿔이 부러지고 악마에서 해방되어 원래의 쿠로가와 코지로 돌아갔을 터. 그러니까 나와의 관계도 백지로 돌아가게 되고…… 아까운 악마를 잃고 말았다.

"그 녀석은 나랑 다르게 진지한 쪽인 친구 캐릭터였지만."

"다시 생각해보면 바엘 군은 어쩐지 이치로와 같은 냄새가 났어. 몸에 두른 분위기라고 할까, 오라라고 할까……. 그러니까 사실은 살짝 『좋구나』라고 생각했어."

"……어?"

"텐료인 따위보다 훨씬 멋진 사람이었지. 혹시 데이트하자고 그랬다면 오케이해버려도 괜찮을 만큼."

흘려들을 수 없는 코멘트였다.

정신이 들자 나는 일어서서 류가에게 불쑥 다가간 모습이었다. 알 수 없는 패배감이었다.

"기, 기다려봐 류가! 확실히 바엘은 좋은 녀석이지만, 나한테 뒤지지 않을 만큼 수수한 남자라고! 재롱잔치에서도 아기토랑 묶어서 꿩 역할을 감수한 남자라고!"

"나, 수수한 남자가 타입인걸. 재롱잔치라고 그러면, 이치로는 목도리도마뱀 역할이었잖아? 꿩 쪽이 그래도 더 멋있어. 참모 느낌이고."

"꿩을 높이 사지 마! 주인공이 아닌 사람한테 정신이 팔리다니, 그러고도 친구 캐릭터냐!"

"이치로한테만큼은 듣고 싶지 않은 말인데."

지당하신 반론에 나는 "윽" 하고 신음했다. 이제껏 주인공이 아닌 사람한테 잔뜩 정신이 팔렸던 몸으로서는 끽소리도 할 수 없는 부메랑이었다.

맥없이 다시 의자에 앉은 내게 히죽대는 얼굴로 추가타를 날리는 류가.

"있지, 혹시 질투했어? 지금 질투해준 거지?"

"으, 윽…….."

"내가 바엘 군이랑 데이트하는 거, 그렇게나 싫었구나. 호오, 흐응."

……울컥하는 이 심정은 뭐지. 일찍이 이만큼 얄미운 히노모리 류가를 본 적이 있었던가? 그야말로 오니의 수급을 얻는 것처럼 의기양양해서는!

"마, 말해두겠는데 바엘은 미온한테 마음이 있으니까! 너한테 데이트하자고 그럴 일은 없으니까!"

"어, 그래?"

"그래! 참고로 나베리우스는 쿠로가메한테 마음이──."

기세가 넘친 나머지 옛 친구가 사랑하는 사람까지 폭로하려던 순간.

그때 갑자기 복도를 후다닥 달려오는 발소리가 다가왔다.

이 기척은 시즈마가 아니었다. 그 아이라면 좀 더 품위 있게 달린다. 이윽고 문밖에서 얼굴을 내민 것은, 역시나 단발머리 자그마한 소녀…… 바로 쿠로가메였다.

"카레 먹었어! 맛있었어!"

아무래도 상관없는 보고를 하면서 저벅저벅 들어와서는 멋대로 의자에 앉는 거북이. 코바야시 동물원에 신기한 동물이 한 마리 더 늘어나버렸다.

"잇 군, 가메오 군은 착하게 굴고 있어? 제대로 커뮤니

케이션 취했어? 하나 조언하자면, 반응은 꼬리의 뇨로스케 쪽이 빨라!"

이 또한 아무래도 상관없는 보고를 하는 거북이를 보고 류가가 어렴풋이 입술을 삐죽였다. "정말이지, 기껏 호감이 느껴지는 전개였는데……"라며 중얼거렸다.

그러고 보니 쿠로가메는 나중에 모두에게 케이크 뷔페를 쏘겠다고 약속을 했다나. 각자의 집에 있는 냉장고를 뒤져서 푸딩을 먹어치운 벌이라고.

"그래그래, 잇 군. 류짱한테 들었어? 『나락의 사도』가 대장군을 결정하려고 전원이 참가하는 토너먼트를 개최한대! 물론 나는 나갈 생각이야! 같이 나가자!"

이 거북이, 아무래도 상관없는 보고만 하잖아.

아직도 안 질렸냐. 『악마 빙의자』 다음은 대장군이 될 생각이냐. 그보다도 키스한 상대한테 수줍지도 않은 걸까. 그런 갭은 가지고 있지 않은 걸까.

"저기, 쿠로가메. 토너먼트도 좋지만, 그 전에 성가신 이벤트가 있다는 걸 잊진 않았지? 수요일부터 기말고사라고?"

오늘은 월요일. 당연하지만 학교에 갈 여유도, 시험공부를 할 여유도 없다. 그러니까 유예는 내일밖에 남지 않은 것이다.

고언을 드리고서 이러기는 그렇지만, 시험에 대해서는

나 역시도 위험했다.

쿠로가메는 싫어하는 과목인 영어를, 명문 진학교인 하쿠보기주쿠의 바엘이 잔뜩 봐줬다고 한다. 나와 비교하면 아득히 승산이 있을 터……라고 생각하자마자.

"아, 그런가. 큰일났네……. 영어 공부, 전혀 못 했어."

쿠로가메는 얼굴을 찡그리며 머리를 마구 휘저었다.

……그랬다. 그녀는 푸르카스였을 때의 기억을 깨끗이 잊었다.

그러니까 바엘이 가르쳐준 것도 전혀 기억을 못 하는 것이다. 설마 거북이가 시험 전에 『악마 빙의자』를 퇴직해버릴 줄은, 그 역시도 생각하지 않았을 것이다.

'바엘. 너의 호의, 헛수고가 되어버렸어…….'

지금은 떠난 동지에게 내가 비보를 전하는 사이, 전 푸르카스가 의자와 함께 바싹 다가왔다.

"잇 군! 영어 가르쳐줘! 지금부터 공부 모임을 개최하자!"

"지금이 그럴 때냐! 나는 오늘 밤에 일생일대의 중요한 일이 있다고!"

"차가워! 나도 여자친구인데! 『잇 군의 여덟 신부』 중 하나인데!"

"그 새 유닛은 또 뭐야!"

아마도 류가, 사신, 삼 공주의 여덟 명이겠지. 참고로 문화제에서 그녀들이 결성한 『화이토라 이그리트』라는 밴드와 멤버는 같았다.

"뭐, 어때! 아내의 공부 정도는 봐줘도 되잖아! 나랑 일, 어느 쪽이 더 중요해?!"

"귀찮게 트집 잡지 마! 당연히 일이지!"

"시험은 기다려주지 않는다고?!"

"아기토도 기다려주지 않는다고!"

"너무해! 키스했으면서! 오니! 악마! 푸르카스!"

끝내는 내 뒤로 돌아가서 등에 올라타는 거북이. 아까 【현무】한테도 같은 짓을 당했다. 이봐, 류가. 이 녀석, 어떻게 좀 해줘!

시선을 도움을 청하자 류가는 조용히 앉아 있을 뿐이었다.

여봐란듯이 입술을 내밀고서 기분 나쁘게 나를 노려보고 있었다. 마치 복어처럼.

……혹시 질투해?

제4장 그래도 코바야시 이치로는 친구 캐릭터이고 싶다

1

순식간에 시간이 흘러 마침내 결전까지 두 시간이 남았을 무렵.

나는 어떻게든 오신과 마음을 터놓고 그들을 한데 묶는 것에 성공했다. 류가가 거들어줘서 론땅의 태도가 유연해진 것이 컸다.

"규삐! 규삐삐!"라며【황룡】이 권족들에게 절절이 이야기를 건네자 나머지 사신은 떨떠름하게 "크엑" "가그그" "퓨이" "거북"이라며 따라주었다. "거북"이라니…….

'한 시간 전에는 이 성채를 출발해야겠지. 시간이 있을 때 돌아다니면서 인사를 해둘까.'

어젯밤의 '키스 소동' 이후, 결국 히로인즈하고는 한 번도 얼굴을 마주하지 못했다. 오신 제어에 애쓰는 나를 배려해서 방으로 찾아오는 것을 사양해준 거겠지.

류가 역시도 인사를 다니라고 조언했다.

──나랑 리나와 이야기를 나눴으니까 시오리, 레이짱, 엘하고도 대화를 해줘. 스포츠맨십에 따라서 승부는 정정

당당해야 해.

무슨 스포츠를 하는지는 불명이지만 히로인즈한테는 신세를 졌다. 전장을 방문하기 전에 확실히 만나두어야 한다고 생각한다.

'배틀이 시작되어버리면 이야기를 나눌 기회도 없을 테니까.'

그래서 나는 내 방을 나와서 그녀들에게 주어진 방을 돌기로 했다.

시각은 오후 여덟 시. 배틀 채비는 완료되었다. 할 수 있는 일은 전부 했을 터.

시험공부는 안 했지만.

"……아, 코바야시 씨인가요? 드, 들어오세요."

우선 처음으로 찾은 곳은 유키미야의 방.

문을 노크하자 안에서 그녀의 그런 응답이 있었다. 어쩐지 목소리가 긴장한 듯이 느껴지는 것은 역시나 키스 때문일까.

"여, 유키미야. 출발 전에 인사를 좀 할까 해서……."

그러면서 문을 열었더니. 방에는 선객이 두 사람 있었다.

"어머, 이치로 님. 이제 오신의 조교는 괜찮을까요?"

"아, 코바야시 님. 마침내 결전이 다가왔군요."

나한테 '님'을 붙여서 부르는 두 사람은 주리와 루니에.

무척 옛날부터 견원지간이라는 환장과 륙장이었다. 함께 있다니 별일이다.

그래도 그만큼 신기하게 생각할 일도 아닌가. 주리와 유키미야는 이전부터 인연이 많았고, 루니에는 유키미야 가문의 집사 세바스찬이니까.

"코바야시 씨, 무운을 빌겠어요. 하지만 여차할 때는 승리보다 부디 살아서 돌아오는 걸 우선해주세요."

내 앞까지 다가와 숙연한 표정으로 인사하는 유키미야. 하지만 시선은 이리저리 헤매고 귀까지 새빨갰다. 벌써 와일드 유키미야에서 내추럴 유키미야로 돌아왔다.

"괜찮아, 유키미야. 마음 편하게 가져줘. 완전히 【백호】하고도 친해졌으니까."

"방에 얼굴을 비추지 않아서 미안해요……. 저희가 밀려들어서는 방해가 된다고 생각해서, 상황을 보러 가는 건 류가 씨한테 맡기자고 결정해서요……."

류가 씨, 인가.

이제까지의 '히노모리 군'이라는 호칭이 바뀌었다. 그건 다시 말해서 류가와의 관계성이 변했다는 것이다. 신경이 쓰이는 이성에서 절친한 동성으로.

"유키미야. 너는 톳코의 그릇이기에 사신 중에서도 한층 더 힘들었을 거야. 너는 정말로 심지가 강한, 존경해야 하는 사람이야. 전사로서도 여성으로서도."

솔직한 심정을 전하자 그녀는 더욱 두근두근해서는 "아, 아니요"라며 황송해했다.

하지만 말해두고 싶었다. 나는 이제 두 번 다시는 등장인물들을 '이야기의 말'로만 보지는 않는다. 원래의 친구 캐릭터로 돌아갈지라도.

"코바야시 씨. 이 싸움이 끝나면 저도 당신에게 전하고 싶은 게 있어요. 그때는 제대로 용기를 낼게요. 그러니까⋯⋯ 반드시 무사히 돌아오세요."

유키미야가 내 손을 꼭 붙잡은 순간.

루니에가 두 눈을 번쩍 빛내며 나를 날카롭게 응시했다.

"걱정하실 필요는 없지 않겠습니까. 시오리 아가씨의 입술을 빼앗았으면서 온전한 완승 이외의 결과 따윈 있을 수 없습니다. 그렇게 믿고 있기에 저 륙장 루니에도 참고 있는 것입니다."

음색은 담담하지만, 대사는 험악했다.

무섭다고, 세바스찬! 뭘 참고 있는데?! 완승이 아니라면 뭘 할 생각이야?! 부탁이니까 그 사기를 거둬!

그런 왕거미 집사를 킹코브라 보건 교사가 시원스러운 얼굴로 나무랐다.

"그만해, 루니에. 애당초 지금 이치로 님한테 당신 따위가 대적할 수 있을 것 같아? 덤벼봐야 헛수고야, 틀림없이 손가락 하나에 쓰러질걸. 거품을 뿜으면서."

평소답지 않게 주리가 진지했다. 역시 삼 공주 장녀, TPO를 분별하고 있었다.

"그러는 나도 틀림없이 손가락 하나면 가겠지. 물을 뿜으면서."

전언 철회. 안정적인 에로 캐릭터였다.

뭐, 그것이 장기인걸······. 그렇게 포기한 참에, 주리가 의자에서 일어섰다.

"이치로 님. 미온을 비롯해서 다들 당신의 정실 자리를 노린다는 건 주지의 사실. 물론 저 주리도 그 승부에 참가한 존재입니다. 저도 입술을 바쳤으니까요."

매력 있는 미소를 머금고서 유키미야를 밀어내고 나를 끌어안는 헤비즈카 선생님.

그녀의 폭유에 내 얼굴이 완전히 매몰되었다. 이 어찌나 기분 좋은지······ 그만 목에서 고롱고롱 소리가 나올 뻔했다. 괴롭지만 괴롭지 않았다.

"어때요, 저를 정실로 삼지 않겠어요? 그러면 이 I컵을 마음대로 빨 수──."

"주리! 가슴을 악용하는 건 그만둬요!"

곧바로 유키미야가 눈을 치켜뜨고는 킹코브라 사도한테서 나를 다시 빼앗았다. 그리고 지지 않겠다며 내 얼굴을 가슴으로 꽉 끌어안았다.

"코바야시 씨는 장래에 유키미야 그룹을 이끌 사람이에

223

요! 누구에게도 양보할 생각은 없어요! 빠는 것 정도는 저라도 가능해요!"

안 이끄니까! 안 빠니까!

더더욱 세바스찬의 눈빛이 날카로워졌기에 나는 도망치듯이 방을 나섰다.

의외로 유키미야 씨의 가슴에도 탄력이 있음을 안 것이 작은 수확이었다.

"여, 코바야시. 그, 그게…… 컨디션은 어때?"

이어서 아오가사키 선배의 방을 찾았더니 그녀 역시도 얼굴과 표정이 굳어 있었다.

평소의 위풍당당한 분위기는 어디로 갔는지 뺨이 상기되어서는 머뭇머뭇했다. 나를 흘끗흘끗 살피고는 눈이 마주치자 금세 시선을 피해버렸다.

'거시기를 잡게 해달라는 요구까지 해놓고 새삼스럽게 뭘 그러냐는 느낌인데…….'

적극적인지 고지식한지, 나는 최근에 이 사람을 영 이해할 수가 없게 되었다.

"문제없어요. 완전히 【청룡】하고도 친해졌어요. 그런데…… 너희도 와 있었나."

조금 전과 마찬가지로 방에는 또 선객이 두 사람 있었다.

나를 보자마자 겸연쩍은 듯이 아래를 보는 사이드 테일

여고생과 침대 위에서 예의 바르지 못하게 양반다리로 앉아 있는 은발 갈색 메이드…… 남장 미온 & 만장 시마였다.

'미온은 그렇고 시마까지 있는 건 의외네.'

그러고 보니 그녀는 아오가사키 선배하고는 기타 동료였던가. 과거에는 아기토의 밴드 『아포스톨루』의 기타리스트였다는 모양이고.

"하항. 차분한 모습이잖아, 코바이치. 텟짱 님 탈환, 잘 부탁한다고. 겸사겸사 아기토 녀석도 혼쭐을 내줘."

치타 사도가 씨익 웃더니 옆에서 침묵하고 있는 백로 사도의 어깨를 찰싹 때렸다.

"자, 미온도 격려해. 그럴 생각이었잖아?"

재촉하자 미온은 어흠, 헛기침을 한 번 하고는 어색한 미소를 건넸다.

"이, 이치로 군. 저기…… 날씨가 좋네. 구름 한 점 없어."

말투는 밝지만, 굉장히 수상쩍은 거동이었다. 갑자기 날씨 타령이냐.

너까지 키스를 질질 끄는 거냐. 그러고 보니 이 녀석, 키스 소동 이후에는 방에 틀어박혀서 아침까지 안 나왔다나. 터무니없는 숙맥 백로였다.

"전승 축하는 맡겨둬. 이치로 군이 좋아하는 거, 전부 만들 테니까."

말하면서 어째선지 시마의 머리카락을 사이드 테일로

묶기 시작하는 미온. 지나치게 동요했다.

그런 그녀를 제쳐놓고 아오가사키 선배가 뜻을 다진 듯이 내 손을 꽉 움켜쥐었다. 이제까지와는 돌변, 진지한 표정으로.

"코바야시. 옆에서 검을 휘두르지 못하는 한심한 나를 용서해다오. 하지만 내 마음은 언제나 너와 함께 있어. 이렇게 된 이상, 너와 텐료인의 결정을 마지막까지 지켜보겠다……. 그것이 내 의무야."

"알겠어요. 아오가사키 선배, 류가의 비밀에 대해 도와줘서 정말로 고마워요. 한심한 이야기인데, 저는 그 자리에서 아무것도 못 했어요……."

히노모리 류가가 여자라는 사실을 한발 앞서서 안 동료 ──그것이 이 사람이라서 진심으로 다행이라고 생각한다. 틀림없이 류가 이상으로 나는 아오가사키 선배에게 계속 매달렸다. 그 은혜를 헤아릴 수가 없다.

"오, 오늘 코바야시는 몹시 기특하구나. 전장으로 향하는 내게 무언가 해줄 수 있는 건 있을까? 다정하게 가슴으로 포옹해야 할까, 아니면…… 역시 키스인가."

"마음만 받아둘게요."

키스라면 어젯밤, 평생치를 했다. 가슴을 이용한 포옹이라면 조금 전, 큰 것과 작은 것을 각각 체험했다. 이제 충분합니다.

"사양할 건 없어. 남편이 분투할 수 있도록 해주는 건 배웅하는 아내의 책무라는 것. 자, 눈을 감아줘. 이 입술을 다시금 내게 바치겠어."

"아니, 【청룡】이 돌아가 버리니까요."

"……아앗, 안 돼! 몇 번이나 했을 텐데 어째서 이렇게나 부끄러운 것이냐! 한 잔 걸친 다음에 해도 될까?!"

"술의 힘을 빌리지 말아요! 여고생인데!"

내 딴죽을 무시하고 양손으로 얼굴을 덮으며 고개를 도리질하는 아오가사키 선배.

그것을 바라보던 시마가 어이없다는 듯이 어깨를 으쓱이고 일어섰다.

"정말이지, 레이도 미온도 한심하네. 고작 키스 정도로…… 나는 텟짱 님이랑 열 번 정도 한 적 있다고?"

"다, 당신이랑 같이 취급하지 말아요!"

금세 미온이 눈을 추켜세우고는 날라리 메이드에게 항의했다. 마찬가지로 『참무의 검사』도 반박했다.

"그래! 애당초 너는 여기서 뭘 하는 거야? 루니에가 시오리 시중을 들라고 그랬잖아!"

"뭐, 어때. 아가씨를 지키는 건 주리한테 부탁해뒀으니까. 그보다도 너희, 잘 봐둬. 내가 남자를 기쁘게 만드는 방법이란 걸 가르쳐주지."

아오가사키 선배를 밀어내고 내 앞에 서는 시마. 그대로 자기 블라우스 단추를 하나씩 풀었다.

예상 밖에도 핑크색 브래지어였다. 틀림없이 표범 무늬라고 생각했는데.

"그릇과 【마신】님은 일심동체니까. 그러니까 코바이치와의 야한 일은 바람이 아니라 이거야. 자, 얼른 바지를 내려."

이번에는 내 허리띠를 척척 푸는 시마. 그만해! 내 미니에르는 낮을 가린다고! 텟짱의 엑스칼리버와 다르게 단검이라고!

"저기, 코바이치. 아내는 나로 해줘. 걱정하지 마, 사이는 신경 쓰지 않──."

다음 순간, 갑자기 치타 사도가 "갸앙!" 하고 비명을 지르며 내게 부딪쳤다. 아오가사키 선배와 미온이 동시에 엉덩이를 걷어찬 것이었다.

"우, 우, 웃기지 마라, 시마! 코바야시는 장래에 아오가사키 도장을 물려받을 남자라고! 누구일지라도 빼앗길 생각은 없어! 하물며 거시기는 더더욱!"

거시기에 대해서 이렇게나 정색하고서 아웅다웅하는 일은 아마도 처음이겠지.

"이치로 군의 정실은 나니까! 우리가 얼마나 오래 동거했다고 생각하는 거야! 너 따위한테 이치로 군의 거시기는 안 주니까! 그거 내 거시기니까!"

거시기가 게슈탈트 붕괴를 시작했다.

"아야야…… 이 자식들, 처녀의 엉덩이를 두 번이나 걷어차다니……."

엉덩이를 문지르며 시마가 눈물이 글썽이는 눈으로 두 사람을 노려본 참에.

아오가사키 선배와 미온이 이번에는 서로에게 날카로운 눈빛을 날려대고 있었다. 쌍방의 말을 흘려들을 수가 없었는지 일촉즉발의 상황이었다.

"코바야시의 정실은 나야. 너는 측실로 만족해."

"남자를 함락시키려면 위장을 사로잡는 게 최고야. 네가 나보다 더 요리를 잘 만들 수 있겠어?"

"동거 중에 딱히 아무 일도 없었다고 들었어! 그와 다르게 코바야시는 내 가슴을 잔뜩 주무른 적이 있어!"

"허어?! 몰래 무슨 짓을 하는 거야!"

"너야말로 몰래 코바야시네 집에서 살고 있었잖아!"

"그래! 이치로 군의 팬티, 매일 세탁했으니까! 매일 아침 된장국을 만들었으니까! 이것이 정실이 아니고 뭐겠어! 가슴이라면 비행 중에 내 것도 주물렀어!"

마침내 드잡이를 시작하고 마는 『참무의 검사』와 남장. 어째선지 그것을 중재하는 신세가 된, 원흉일 터인 만장.

……그런 현장을 방치하고 나는 총총히 방을 뒤로했다.

이제 곧 결전이 벌어지는데 벌써 지쳐버렸다.

"어머, 코바야시 이치로. 정실의 얼굴을 보러왔군요."

마지막으로 엘미라의 방을 방문했더니 그녀는 비교적 자연스러운 태도로 맞이해주었다.

아무래도 뱀파이어 소녀만큼은 키스의 영향이 길지 않은 모양이었다. 그러기는커녕 당연하다는 듯이 정실을 자칭했다. 뭐, 유사 부부였으니까 말이지…….

"텐료인 아기토를 칠 준비는 이제 만전인가요?"

"응. 완전히【주작】하고도 친해졌어. 그보다도 내가 방해했나?"

이곳에도 역시나 선객이 있었다. 세 사람이나.

지저괴수 벨베론 소프비로 놀고 있는 바가지 머리 꼬마랑, 그런 그녀에게 어울려주고 있는 모자. 물론 키키, 시즈마, 레이다였다.

"이치로 남작. 힘내서 이기는 검미다. 가족 모두 응원하겠쭙니다."

"저도 동행할게요. 위대하신 아버지의 모습, 이 눈에 단단히 새겨두겠어요."

"시즈마. 만에 하나의 순간에는 그 목숨을 걸고서 이치로 씨를 지키세요. 그것이 아들인 당신의 사명이에요."

……이미 들었는데, 결전에는 류가, 사신 히로인즈, 삼공주, 그리고 시즈마가 따라올 예정이다.

아기토가 지명한 것은 류가뿐이지만 다른 사람들도 배

231

틀을 지켜보고 싶다며 강하게 희망한 것이었다. 그래서 성채는 팔걸에게 맡겨서 사도군과 함께 지키도록 했다.

'물론 싸우는 건 나랑 궁기와 톳코뿐이야. 메인 캐릭터 여러분의 주목을 받으면서 싸우는 건 조금 긴장되지만⋯⋯.'

뭐, 어머니가 안 오는 것만으로 다행이라고 생각하자. 그런 수업 참관은 사양이다.

"괜찮아요. 지금의 코바야시 이치로라면 솔로몬 따윈 두려워할 상대가 아니에요. 절대적인 그 힘, 시즈마에게 보여주세요."

"엘미라, 새삼스럽지만 말할게. 시즈마가 이만큼 착한 아이로 자란 건 틀림없이 네 덕분이야. 변덕스러운 소악마 캐릭터이면서도 너는 최고의 어머니라고 생각해."

그녀에게도 기탄없이 내 생각을 전해뒀다.

휘둘린 적도 많았지만, 시즈마 육아는 내게도 소중한 추억이다. 엘미라가 없었다면 시즈마에게 "아버님"이라고 불리는 일도 없었을 테지.

"뭐, 뭔가요? 아닌 밤중에 홍두께⋯⋯. 어쨌든 당신에게는 저라는 승리의 여신이 붙어 있어요. 최고의 어머니이자 지고의 신부가."

"키키도 신부 후보 중 하나임미다."

경쟁하듯 손을 드는 에조 늑대 사도. 엘미라가 "예예, 당신은 측실이죠"라며 적당히 넘기자 투덜거리지 않고 의외로 선선히 물러났다.

그러는가 싶었더니 키키는 레이다를 빙글 돌아보고 정말 진지한 표정으로 말했다.

"키키는 여러분과 가족으로 있을 수 있다면 측실이라도 상관없슴미다. 어떠쪠요, 레이다. 이참에 레이다도 이치로 남작과 결혼하는 검미다."

귀찮아질 것 같은 소리를 하시는 폭장에게 레이다가 황급히 고개와 양손을 내저었다.

"키, 키키 님, 그런 농담을. 저 같은 사람의 이치로 씨의 측실이 되다니…… 너무도 황송한 일이에요."

"이건 장군으로서의 충고임미다. 시쥬마를 위해서라도 재혼을 생각해야 함미다. 그리고 그 상대는 이치로 남작뿐임미다."

"어, 예……."

그때 나와 레이다의 시선이 마주쳤다. 그러자 그녀는 곧바로 눈을 홱 피하고 거북하게 고개를 숙여버렸다. 이봐, 키키. 너무 곤란하게 만들지 마.

'하지만 레이다는 솔직히 무척 미인이야. 도저히 한 아이의 어머니라고는 여겨지지 않을 만큼 비주얼도 젊고…….'

미인형 얼굴, 이라고 할까.

희고 단정한 눈코입에 늘씬한 체형. 얼굴 오른쪽 반을 가린 장발이 공허하고 기구해 보이는 분위기에 박차를 가했다. 눈매도 굉장히 요염했다.

"저는 이미 출산을 경험한 아줌마예요. 고등학생 남자의 에너지 가득한 공세는, 그게…… 미처 받아낼 수 없을 거예요."

이런. 이 미망인 사도, 내추럴하게 야하다. 주리와는 다른 어른의 색기가 있다.

"하지만 어머님, 이건 영광스러운 이야기가 아닐까요. 혹시 동생이 생긴다면 저는 무척 기쁠 거예요. 아버님 같은 희대의 영웅은 틀림없이 이 세상에 둘도 없을 테니까요."

아들이여, 너까지 무슨 소릴 하는 거야. 아버지의 본래 역할은 친구 캐릭터라고. 지금은 실업 상태지만.

"아무리 시즈마의 의견이라도 기각이에요! 시즈마의 동생을 낳는 건 바로 저! 누구에게도 양보할 생각은 없어요!"

곧바로 이의를 제기하는 『상암의 혈족』을 보고 에조 늑대 사도가 으~응 하고 신음했다.

"그렇다고 해도 곤란함미다. 키키가 이치로 남작에게 시집간다면 시쥬마의 누나이자 어머니가 되어버림미다. 그러니까 시쥬마는 동생이자 아들이라는 이야기임미다."

어? 그러면서 서로 얼굴을 마주 보는 우리.

"드, 듣고 보니 그러네요. 지금의 키키는 레이다의 딸이기도 하니까……."

"혹시 아버님이 다른 모두하고도 결혼한다면 제 어머니

는 얼마나 늘어나는 걸까요."

복잡한 표정으로 생각에 잠겨버린 일동을 남겨두고 나는 살며시 방을 뒤로했다.

……코바야시 가문의 가계도, 내 대에서 엉망진창이 될지도 모르겠다.

아니, 하렘 따윈 만들 생각 없지만. 주인공인 건 오늘까지지만.

2

그리고 마침내 결전의 시각이 되었다.

──내일 같은 시간, 나아마를 데리고 다시 이곳으로 와라

──아기토가 그렇게 말했던 오후 10시. 장소는 『나락성』 아래에 뻗은 대로의 한 구역.

나는 그곳으로 다시 돌아왔다. 류가를 포함한 메인 캐릭터와 함께.

'여기까지 왔다면 이제는 실행뿐이야. 해프닝이 둘 정도 벌어졌지만……'

그 해프닝은 제쳐두고. 현장에는 이미 아기토가 먼저 와서는 이쪽을 기다리고 있었다. 도철과 혼돈을 인왕상처럼 좌우에 거느리고.

녀석과의 거리는 대략 20m. 하지만 여기서도 굉장한 요

기가 찌릿찌릿 느껴졌다. 이것이 72 악마를 컴플리트한 솔로몬…… 그야말로 제왕의 풍격이었다.

"여, 아기토. 기다렸나?"

다른 사람들을 자리에 세워두고 나는 혼자 천천히 걸어갔다.

다들 말은 없었지만, 마음은 등으로, 두 어깨로 확실하게 전해졌다. 내 승리를 믿는, 말 없는 응원이.

이윽고 아기토의 눈앞까지 다가가자 얼음장 같은 두 눈이 나를 꿰뚫어 봤다.

"코바야시. 결판의 순간이다. 각오는 되었겠지."

"그래, 됐어. 주인공답게 완승할 각오잖아?"

"히노모리만이 아니라 다른 동료까지 데려왔나. 『나락의 삼 공주』는 몰라도 무력화된 사신들이 전력이 될 것 같지는 않다만?"

"신경 쓰지 마. 그냥 관람 희망자야. 쓸데없는 이야기를 나눌 생각은 없으니까 냉큼 시작하자고."

내 재촉을 달래듯이 아기토는 발길을 빙글 돌렸다.

그와 동시에 【마신】 둘이 내 앞에 버티고 섰다. 여전히 로봇 같은 무표정, 무기질적인 움직임으로. 뭐, 예상할 수 있었던 흐름이다.

"코바야시. 우선은 네 실력을 테스트하겠어. 도철과 혼돈을 물리쳐봐. 하나라도 세계를 멸망시키는 힘을 가진,

너의【마신】들을."

테스트…… 싫은 일을 떠오르게 만들기는.

"사전 경기에서 결판이 나지 않기를 기도한다고──쳐라."

아기토의 지령에 응하여 나를 향해 한손을 뻗는 도철 &
혼돈. 그들의 손바닥에 역시나 시커먼 사기가 점점 응축되
었다.

갑자기 파동포냐. 게다가 이런, 3m 정도 간격에서.

'텟짱, 아저씨. 지금 와서 악역 행세라니, 안 어울린다
고. 언제까지고 로봇 노릇이나 하지 말고 진짜 그릇으로
돌아와.'

파동포가 발사될 때까지 대략 10초 남짓.

그럼 나도 부르기로 할까. 하나라도 세계를 멸망시키는
힘을 가진, 나의【마신】들을.

"이봐, 아기토. 착각하지 말라고."

뒤로 물러나서 구경만 하려던 남자에게 내가 경고를
줬다.

"뭐라고?"

"사전 경기 따윈 없어! 이제까지라면 어울려줬을 테지만!"

포대 두 문이 발사 준비를 완료하기 직전.

"와라, 궁기! 톳코!"

내 소환 요청에 "예──"라며 대답하고 거대한 괴물 & 사
다코 같은 여자 유령이 연이어서 현현. 금세 꼬리 & 장발

을 흔들었다.

그것이 도철과 혼돈에게 휘감기자마자 그들의 팔이 한꺼번에 위로 비틀렸다.

결과적으로 파동포는 축포처럼 하늘 높이 발사되었다. 항상 밤인 이계가 한순간 대낮처럼 환해졌다. 달에 맞지 않아서 다행이다.

"궁기?!"

노 리액션인 【로봇 마신】들과는 대조적으로 아기토는 경악해서 눈을 부라렸다. 일찍이 자신에게 깃들어 있던 【마신】의 재등장…… 그것이 어지간히도 의외였나 보다.

이쪽 입장에서는 서프라이즈도 뭣도 아니다. 메인 캐릭터 중에서 몰랐던 건 너뿐이다. 바엘마저 알고 있었다고. 정보 약자 녀석!

"여, 아기토. 공교롭지만 이쪽도 【마신】은 둘이 있다고."

"내고 이 일전에 한해서 이치로 나리 쪽으로 옮겼수다!"

……결전 직전에 벌어진 해프닝 둘.

그중 하나가 이것이었다. 톳코가 일시적으로, 내 쪽으로 옮긴 것이었다.

바라던 바는 아니지만 지금의 내게는 유키미야보다 훨씬 더 막대한 생명력이 매장되어 있다. 그럼 나를 그릇으로 삼는다면 톳코를 강화할 수 있는 게…… 그래서 시험해 본 것이었다.

결과적으로 그 생각은 적중해서 톳코는 컨디션이 좋아진 것 같았다. 피부에 윤기가 도는 것 같았다. 다리에 붓기도 가신 것 같았다.

'우선은 하나, 동요시키는 데 성공했나. 마지막에 와서 마침내【마신】사관왕이 될 줄은 몰랐지만.'

하지만 안타깝게도 아기토의 동요는 불과 몇 초뿐이었다.

"모든 사흉이 몸에 깃들었다는 건가. 그렇군, 그 녀석의 말대로…… 나는 아직 널 얕보고 있던 모양이군."

녀석은 금세 평정을 되찾더니 괴물 여우에게 싸늘한 시선을 보냈다. 그리고 역시 싸늘한 말투로 말했다.

"봉인을 면하다니 정말로 허투루 볼 수 없는【마신】이야. 하지만 궁기, 동시에 깊이 실망했다. 설마 인간의 휘하로 전락할 줄이야."

"재미있으면 된다고. 겸사겸사 너한테 썬 걸 떼어내 주마. 다만 그건 72 악마가 아니라──솔로몬의 망령이지만."

여우 가면을 뒤집어쓴 궁기의 얼굴이 씨익 웃는 것처럼 느껴졌다.

아기토에게 썬 것을 떼어낸다, 인가……. 궁기가 얌전히 잠들지 않았던 것은 그것도 이유였을 테지. 이러니저러니 해도 하얀 여우는 전 숙주를 걱정했던 것이다.

──【마신】에게 숙주는 반신 같은 존재다. 정도 생기는 법이지──그렇게 말한 것은 혼돈이었지만. 뭐, 그건 그릇

도 똑같겠지만.

"웃기지 마라, 궁기. 지금 와서 정의의 아군 행세를 할 생각이냐? 너 같은 간사한 자가."

"아니지. 정의가 아니라 시청자와 독자의 아군이야. 특히 미야모토 씨의 아군이지."

아기토의 노기에 반응하듯이 【로봇 마신】들이 힘으로 구속을 풀어냈다.

하지만 다행히도 그들은 내가 아니라 눈앞의 동포들을 덮쳤다. 그대로 사흉끼리 공전절후의 동료 대결이 시작되었다.

대전 카드는 궁기 VS 혼돈, 톳코 VS 도철.

앞의 두 사람은 본래의 힘을 아직 되찾지 못했다. 한편으로 뒤의 두 사람은 팔팔한 풀 파워 상태. 계획대로의 매치 업이었다.

"명령에 따라 적을 배제하겠다."

"톤짱, 힘만으로 나한테 이길 거라 생각하지 말라고."

"기기, 가가…… 레이디 기기."

"그건 가가여! 들은 것처럼 고물 로봇이우다!"

그런 대사를 교환하며 【마신】 넷이 정면으로 격돌했다.

번쩍이는 짐승의 발톱. 으르렁거리는 거친 팔. 마구 흩날리는 머리카락 창. 허공을 가르는 발차기. 그리고 터지는 사기.

그야말로 괴수대전쟁……. 하지만 진짜 괴수 대전쟁은 지금부터다. 앞으로 다섯 마리 더 있으니까.

'자. 먼저 출전도 시켰으니까 나도 할까.'

【마신】들의 배틀을 제쳐놓고 나는 단숨에 아기토를 향해 돌진했다.

앞서도 한 이야기지만 이번 결전에 사전 경기는 없다. 냉큼 아기토를 쓰러뜨리면 도철과 혼돈의 세뇌도 풀릴 터. 맥 빠지는 라스트 배틀 완료──였는데.

"멍청한 녀석. 이 정도로 나를 앞질렀다고 생각했나."

내가 눈앞까지 들이닥쳐도 동요하지 않고 손끝으로 무언가 인(印)을 그리는 아기토. 그러자 원형 마법진이 출현해서 녀석 앞에 방어벽을 만들었다.

마력을 이용한 방패. 역시 순식간에 처리하게 해주지는 않나. 정말로 뜻이 맞지 않는 녀석.

"이 장벽은 미사일로도 부수지 못해. 아무리 너라도──."

"시끄러워! 신위 해방이다, 인마!"

다음 순간. 오색의 오라가 용솟음치는 내 철권이 그 방벽을 박살냈다.

"!"

유리처럼 산산이 부서진 배리어를 보고 아기토의 안색이 돌변했다. 그 순간에 뒤로 뛰어서 거리를 벌린 것은 역시나 대단한 판단력이다.

"그, 그 수호신들은, 설마⋯⋯!"

추가 공격을 가하는 내 머리 위에는 오신이 모두 현현된 상태였다. 각각 포효를 터뜨리고, 각각이 아기토에게 엄니를 드러냈다. 내게 엄니를 드러내지 않아서 다행이다.

"류가의, 그녀들의 오신이라고?! 어째서 그것들이 네게 깃들어 있지?!"

"빌렸다고! 당일 반납으로!"

두 번째 동요도 제대로 성공했다. 멋들어지게 당황했구나, 아기토. 그 얼굴을 볼 수 있다는 것만으로도 준비한 보람이 있어!

"마력 장벽을 주먹으로 부수다니⋯⋯ 이미 신위를 제대로 사용하고 있다는 건가⋯⋯!"

"감탄할 때가 아니야! 이쪽은 한 사람이랑 다섯 마리야! 나쁘게 생각하지 말라고!"

마음을 다잡을 틈 따위, 더 이상 주지 않겠다.

새로이 펼친 배리어를 부수며 나는 아기토를 강습했다. 오신도 하나가 되어.

전격, 폭풍, 빙설, 화염, 초음파 등등⋯⋯ 각양각색의 브레스를 이용하는 반칙적인 파상 공격에 아기토는 방어 일변도. 새로이 방어벽을 전개하는 것이 고작이었다.

"믿을 수 없어⋯⋯. 사흉과 오신을 모두 수호신으로⋯⋯ 너는 정말로 인간이냐!"

오답. 인간이 아니라 오니다. 조금 더 말하자면 우리는 사촌지간이다.

지금 그것을 폭로한다면 틀림없이 드라마틱하겠지. 하지만 세 번째 동요는 필요 없다.

'아기토. 네 덕분에 나는 호된 꼴을 당했다고. 친구 캐릭터 자리를 잃고 끝내는 주인공이 되어버렸어……. 나를 무대 위로 올려놓고는 그냥 넘어갈 생각은 말라고!'

뼈에 사무치는 원한을 풀듯이 나는 방어벽을 모조리 파괴했다.

아기토가 틈을 찔러서 마법진 같은 것을 날렸지만 대수롭지 않게 피할 수 있었다. 모두를 희롱하던 순간이동 같은 움직임도 지금의 내게는 통하지 않는다. 보인다고.

"괴물 자식……."

이마에 땀이 배어서는 으드득 이를 가는 아기토. 이런 그는 처음이다.

"그 괴물을 지명한 건 너야! 책임져! 내 직업을 돌려줘!"

"그만한 힘이 있는데도 어째서 친구 캐릭터 같은 입장에 만족하나! 어째서 철저히 조연만 맡으려는 거냐!"

"그게 내가 살아가는 방식이니까!"

오신들의 브레스가 직격해서 사방의 배리어가 일제히 박살 났다.

충격으로 휘청거리는 아기토를 그냥 보고만 있을 만큼

나는 다정하지 않았다.

"배꼽! 배꼽! 얼굴! 얼굴! 급소!"

내 주먹이 차례차례 명중했다. 급소만큼은 막아냈지만 굴하지 않고 계속 노렸다.

지긋지긋하게도 모두 유효타에 미치지는 못했다. 아기토는 거의 직감만으로 가드를 해내고, 동시에 성가신 배리어를 연이어 펼쳤다. 너도 괴물이잖아.

이렇게나 방어에 전념해서야 조기 결판은 어렵다. 그렇다면…… 뒤의 사흉 배틀 쪽이 빨리 끝나버릴지도 모른다.

'궁기와 톳코만으로 끝이 난다면 괜찮아. 하지만…….'

결전 직전에 벌어진 또 하나의 해프닝. 혹시 싸움이 길어질 것 같을 때는 그것이 작전으로 발동되어버린다.

가능하다면 그건 피하고 싶다. 나는 그녀들이 위험한 다리를 건너지 않았으면 한다.

'그를 위해서라도, 1초라도 빨리 아기토를 쓰러뜨리는 거야!'

배틀로 의식을 되돌렸다. 지금은 일에 집중하자. 주인공으로서. 클린 파이트로.

젠장, 또 급소를 막았다.

3

네 사람의 왕들이 둘로 갈려서 벌이는 투쟁은 상상한 것 이상으로 치열했다.

파동포가 오가며 근처의 건물을 공터로 만들었다. 사기가 뒤얽히고, 소용돌이를 만들고, 일대가 미증유의 폭풍 지대로 변했다. 지면이 끊임없이 흔들리고 무수한 번개가 하늘을 가로질렀다.

그런 천재지변을 삼 공주는 건물 잔해에 숨어서 지켜볼 수밖에 없었다.

"알고는 있었지만 역시 【마신】들은 무시무시하네……."

"아까 날아간 거, 히가이아의 저택 아냐?"

"도철 남작이 돌아오면 복구 작업을 명령하는 겜미다."

전율하는 삼 공주 옆에서 류가도 새파랗게 질려서는 흔들리고 있었다. 무리도 아니었다.

밀려든 풍압의 여파에 미온은 황급히 치마를 붙잡았다. 류가도 똑같이 했다. 바지인데.

'이대로는 장기전이 되겠어……. 그렇게 되면 이쪽에 불리해.'

순수한 전투력이라면 도철 님은 사흉 중에서도 톱클래스(지력은 꼴찌지만). 아무리 톳코 님이라도 버거운 상대다.

궁기 님도 혼돈 님만큼 힘이 되돌아오지는 않았다. 그 차이는 서서히, 하지만 확실하게 드러나고 말 것이다.

"……서치 완료. 3D 사다코로 확인."

"누가 사다코여! 공통점은 원피스가 어울린다는 것뿐이우다!"

"그러고 보니 사다코, 시구식 했지."

"평범하게 잡담할 때가 아니구먼! 정말로 세뇌 당했수까?!"

전방 20m 정도 앞에서 일진일퇴의 공방을 펼치는 것은 톳코 님과 도철 님. 대화 내용은 몰라도 싸움 자체는 무척 시리어스했다.

떨어진 장소에서는 다른 사람들이 궁기 님과 혼돈 님의 사투를 바라보고 있었다. 배틀에 참가하려는 쿠로가메를 유키미야가 필사적으로 말리고 있었다.

"……미오. 역시 작전을 실행하자."

3분 정도 배틀을 지켜봤을 무렵, 문득 류가가 그렇게 속삭였다. 결연한 표정으로.

"기, 기다려, 류가. 조금 더 상황을……."

"미오도 알잖아? 장기전은 불리하다는 거. 혹시 도철과 혼돈에게 여유가 생긴다면 이치로한테 파동포를 쏠 위험도 있어."

"지금의 이치로 군에게는 그런 기습 따윈 통하지 않아. 봐, 움직임이 빠릿빠릿해."

"그렇다고 해도, 그런 반격의 계기를 텐료인이 놓치진 않겠지. 후수로 움직이는 건 상책이 아니야. 게다가……."

역시 나는 그저 보고만 있는 '친구 캐릭터' 따윈 무리인가

봐──그러면서 히노모리 류가는 희미하게 쓴웃음 지었다.

"미오도 마찬가지잖아? 나도 안다고? 비교적 성격이 거칠다는 거."

"……사람을 히스테릭한 여자처럼 말하지 말라고."

주리와 키키를 봤더니 두 사람 역시도 결연하게 고개를 끄덕였다. 이치로 군을 위해서 조금이라고 힘이 되고 싶다……. 그 마음은 모두 같은 것이다. 류가도 우리 삼 공주도, 틀림없이 다른 사람들도.

'정말이지, 이치로 군은 어째서 이렇게나 인기 있을까. 나 정도뿐이라고 생각했는데.'

깊이 탄식한 뒤, 미온은 뜻을 다지고서 류가를 돌아봤다.

"알았어. 이치로 군은 『아슬아슬할 때까지 미뤄』라고 그랬지만, 지금은 네 의지를 존중해줄게."

"그런 소리를 했어?"

"뭐, 그렇지. 작전을 실행할지는 내 판단에 맡기겠대."

"좋겠네, 신뢰받아서……. 하지만 나, 지지 않아. 이치로의 정실은 나니까."

일부다처제에는 의문을 가지지 않는구나, 그런 생각은 제쳐두고.

미온은 자신을 백로 형태로 바꾸고 전방을 찌릿 노려봤다. 좌우로 나란히 선 장녀 & 삼녀도 이미 킹코브라 형태 & 에조 늑대 형태로 변한 상태였다.

저곳으로 뛰어드는 것은 무섭지만 지금이야말로 근성을 보여줄 때다. 이치로 군을 위해서라면 목숨 정도는 얼마든지 던지겠다. 키스의 감촉은⋯⋯ 아직 입술에 남아 있었다.

"류가, 타이밍은 신중하게 계산해. 어떻게든 찬스를 만들 테니까."

"그럼 일을 하러 갈까."

"설마 도철 남작과 싸우게 된다니, 생각해본 적도 없습미다!"

각자 기합을 넣고 드디어 【마신】님들이 날뛰는 위험지대로.

삼 공주는 거의 동시에, 결사의 각오로 돌입했다. 이렇게나 간담이 서늘해지는 것은 미오의 인생에서 처음이었다.

'우선은 교란해서 톳코 님을 돕는다! 그로서도 도철 님을 부른다! 영혼에 호소하는 외침을!'

들은 바에 따르면 저 【로봇 마신】은 류가의 목소리에 반응했다고 한다.

그렇다면 시험해볼 가치는 있다. 류가의 목소리가 닿았다면 우리의 목소리도 닿을 터. 아니라면 납득 안 할 테니까요! 도철 님!

두 날개를 펼치고 미온은 최고속으로 도철의 코앞에서 스쳐 지나갔다. 지상에서는 주리와 키키가 둘로 나뉘어서 교묘한 미끼 행동을 취하고 있었다.

연계라면 특기. 주리와 키키가 어떻게 움직일지 미온은 눈을 감아도 알 수 있었다.

노렸다시피 【로봇 마신】은 삼 공주의 갑작스러운 개입으로 두리번거렸다. 의식이 분산되어서 그만큼 【사다코 마신】에 대한 주의가 소홀해졌다.

"톳코 님! 예의 작전을 결행할게요! 그러니까 도철 님을 다시 구속해주시지 않겠어요?!"

"알겠다! 삼 공주, 무리하면 안 되는구먼!"

미온의 요청에 곧바로 고개를 끄덕이고 장발을 더욱 길게 뻗는 톳코.

그런 그녀에 대한 경계를 강화한 【로봇 마신】에게 삼 공주들은 집요하게 들러붙었다. 키키가 엉덩이를 때리며 "여—, 바보"라고 도발하자 단순한 【마신】님은 그쪽을 쫓아갔다.

'지금 도철 님은 몸이 5m 정도로 거대화되어 있어. 하지만 그만큼 스피드가 떨어진 건 아니야.'

한순간의 판단 미스가 죽음으로 직결된다. 하지만 할 수밖에 없다.

손이 많이 가지만, 무척 바보지만, 정말 좋아하는 주군을 되찾기 위해서.

"기기, 가가, 위—잉…… 새로운 적, 서치 완료. 삼인조라는 것을 바탕으로 사카자키, 사쿠라이, 타카미자와로 확인."

누가 알피*인가요! 그렇게 딴죽을 걸고 싶은 기분을 억누르며.

지금이라는 것처럼 그녀들은 목청껏 외쳤다.

"도철 님! 안 깨어나면 다음 달부터 용돈, 엄청 줄일 거예요!"

미온의 말에 로봇이 움찔 반응했다.

"도철 님! 모레는 주간 소년 선데이 발매일이에요!"

주리의 말에 또다시 로봇이 움찔했다.

"도철 남작! 내일 밥은 햄버그임다!"

키키의 말에 로봇의 배가 꼬르륵~ 울렸다.

……역시 목소리는 닿고 있다. 이것으로 확신했다. 【마신】님을 완전히 세뇌하다니, 아무리 솔로몬이라도 가능할 리가 없었다!

"빈틈이구먼!"

움직임을 멈춘 도철을 향해서 톳코가 머리카락 몇 다발을 날렸다. 순식간에 팔다리의 자유를 빼앗고는 더욱 추가 공격을 가했다.

"받으시우다, 텟짱! 전기충격 요법인겨!"

말을 던지자마자 그녀의 머리카락이 파직파직! 전기를 뿜었다.

전류를 온몸으로 받고 로봇이 이상한 춤을 췄다. 뼈가

---

*일본의 삼인조 록 밴드.

비쳐 보였다. 참으로 어설픈 【마신】님이다.

하지만 그것도 잠시. 도철은 억지로 머리카락 다발을 뜯어내고 목을 으득으득 울렸다. 믿을 수 없게도 평온했다. 그렇다고 할까, 조금 전보다 건강해진 것 같았다.

"어, 어이없는 내구력이구먼! 내 전격은 낙뢰보다 몇백 배의 위력이 있는데!"

그렇다면, 그러듯이 더더욱 머리카락 다발을 날려서 전류를 보내는 톳코.

하지만 역시나 춤을 춘 뒤, 구속을 뜯어내는 도철. 그런 끈기 대결이 한동안 되풀이되었다.

정말로 굉장한 분이다. 운석과 충돌하고도 혹만으로 그친 튼튼함은 장난이 아니었다. 동서고금의 어떤 무기로도 쓰러뜨리는 것은 불가능하지 않을까.

"큭, 이대로는 완전히 단발이 되어버립메⋯⋯!"

톳코 님이 울음을 터뜨릴 것만 같았다. 하지만──이것으로 준비는 갖추어졌다.

도철이 정신을 팔고 있는 사이, 그의 발밑으로는 한 소녀가 달려온 것이었다. 공격 대상이 되지 않아서 무사한 상태 그대로.

"텟짱! 내 목소리가 들려?!"

머리 위를 향해서 외친 그 소녀는 물론 히노모리 류가.

【마신】 도철에게 가장 유효한 것은 틀림없이 그녀의 목

소리다. 조금 분하지만.

"기기, 가가…… 새로운 적을 발견……."

"적이 아니야! 류가야! 있지, 텟짱! 돌아오면 데이트할게! 제대로 여자아이 모습으로, 미니스커트로 가줄게!"

류가가 내민 손길이 로봇의 무릎에 살며시 닿은 순간. 그는 일체의 움직임을 정지하고 양팔을 축 내렸다.

"같이 영화라도 보지 않을래?! 그동안 손을 잡아도 돼!"

"손을 잡고서, 영화……."

도철이 낮게 신음했다. 좀 더 절실한 말을 건네야 하는 게…….

"그 다음에 카페에서 차를 마시자! 초코 와플을 『아~앙』 해서 먹여줄게! 그리고, 으음…… 입에 묻은 초콜릿도 손가락으로 닦아줄게!"

이 설득은 과연 정답이었을까? 미온이 그런 걱정을 했을 때.

"이이얏호오오오오—!"

로봇이 펄쩍 뛰어올라서는 승리의 포즈를 취했다. 한심스럽게도 정답이었다.

그 모습은 틀림없는, 평소의 도철 님. 그러니까…… 작전은 성공한 것이다!

"만세! 마침내 여자 류가땅이랑 데이트할 수 있어! 이봐, 미온. 데이트하게 돈 줘!"

류가 옆에 착륙한 미온에게 도철 님이 희희낙락해서는 용돈을 조른 순간.

또다시 파직파직! 소리가 들리고 전직 로봇이 이상한 춤을 췄다.

"베베베베베! 뭐야?! 무슨 일이 벌어진 거야?!"

"제정신으로 돌아왔수까?! 텟짱 로봇!"

"누가 로봇이야! 이 자식, 갑자기 무슨 짓──베베베베!"

또다시 전류를 보내고 도철의 뼈가 비쳤다.

"제정신으로 돌아왔수까?! 텟짱 초호기!"

"웃기지 마라, 톳코! 나한테 원한이라도──베베베베!"

"제정신으로 돌아왔수까?! 스트라이크 프리덤 텟짱!"

"너야말로 제정신이냐!"

마구 소리치며 몸을 인간 사이즈로 줄이고, 게다가 이치로 버전이 된 도철을 삼 공주는 거의 동시에 꽉 끌어안았다.

……이렇게까지 잘 풀릴 거라고는 생각하지 않았지만, 이것도 이제껏 쌓은 나날의 선물이겠지.

그야말로 인연의 승리. 우리의 기도가──솔로몬의 마법을 이겨낸 것이다!

"돌아오셨군요, 도철 님!"

"아아, 우리의 【마신】님…… 계속 걱정했어요!"

"역시 도철 남작은 평소의 도철 남작이 최고임다! 좋아함미다!"

무척 감격한 삼 공주와 상황을 받아들이지 못하고 곤혹스러워하는 도철 님. 잠시 있다가 새끼손가락으로 코를 파면서 무뚝뚝하게 말했다.

"너희들, 짜증 나니까 떨어져. 짐승 취미는 없다고."

"…………."

우리의 인연…….

연거푸 날아오는 메가톤급 주먹을 궁기는 아홉 개의 꼬리로 차례차례 떨어뜨려서 어떻게든 견뎌내고 있었다.

"위험한데…… 상정한 것보다 톤짱이 강해. 그리고 내 파워가 약해."

저도 모르게 여우 가면 안쪽에서 그런 불평이 새어 나왔다.

조금 더 대등하게 맞설 수 있을 거라 생각했지만 힘의 차이는 예상하던 것보다 현저했다.

함께 약체화된 몸이지만 혼돈은 이미 반 이상의 힘을 되찾았다. 반면에 궁기는 아직 2할 정도…… 이대로는 점점 밀릴 뿐이다.

'하지만 싸움의 분수령은 이미 넘었어. 텟짱의 세뇌가 풀렸으니까.'

고전을 강요당하면서도 궁기는 또 하나의 사흉 배틀에 끊임없이 주의를 기울이고 있었다.

예정보다 무척 이르지만, 저쪽은 '설득 작전'을 결행해서 성공적으로 텟짱을 되돌린 모양이었다. 그렇다면——이쪽도 계속하자.

'텟짱에게 통한다면 틀림없이 같은 방법이 톤짱한테도 통할 터. 내가 찬스만 만들면, 시즈마라면 절대로 그걸 놓치지 않아.'

그런 사고를 찢어발기며 또다시 팔이 날아왔다. 보아하니 그것은 주먹이 아니라 손바닥이었다.

"날아가라, 여우."

혼돈이 중얼거린 직후, 그 손바닥에서 엄청난 사기의 격류가 방출되었다. 펀치인 척하면서 파동포…… 완전히 방심했다!

황급히 이쪽도 "와왓!" 하며 한 손을 내밀어서 파동포로 맞섰다.

간발의 차로 상쇄할 수 있었지만, 그러나 위력의 차이는 역력. 궁기는 충격으로 휘청거리며 혼돈의 접근을 허락하게 되었다.

금세 가차 없는 주먹 연타를 맞았다. 로봇 주제에 페인트라니 치사하다!

"나는, 【마신】이다. 사람은, 나를 부른다——혼돈, 이라고."

"이쪽도 【마신】이라니까……."

꼬리 하나를 혼돈의 발목에 감고서 있는 힘껏 들어 올렸다. 상대가 균형을 잃은 틈을 노려서 거리를 벌려 간신히 궁지에서 탈출한 궁기.

지금 그것은 위험했다. 다름 아닌 『지혜의 궁기』가 이런 추태를 보이다니…….

"궁기 씨! 힘내세요!"

"지금은 네가 희망이야! 분투를 부탁해!"

"사신이 전원이서 응원하는 거야! 확실하게 해!"

"파이팅이야, 큐짱! 봄바예야!"

멀리 떨어진 장소에서 유키미야, 아오가사키, 엘미라, 쿠로가메가 응원을 보냈다. 사신들에게 응원을 받는 날이 올 줄은 생각도 하지 않았다.

"설마 내가 인류 측, 톤짱이 적이 되어서 싸우다니……."

하지만 나쁜 기분은 아니었다. 이건 이것대로 재미있다.

코바야시 소년으로 옮기고 아직 열흘 남짓. 하지만 덕분에 무척 밀도가 짙은 매일을 보내고 있다. 이렇다면 앞으로도 지루하지는 않겠지.

'얼른 끝내고 돌아가야지. 이래 봬도 나는 바쁘거든. 『제1회 대장군 결정 토너먼트』 개최도 있으니까.'

자세를 바로잡은 혼돈이 다시 돌진하기 전에.

궁기는 양쪽 손끝에서 확산 빔처럼 사기를 발사했다. 열 줄기가 각기 다른 궤도를 그리고 전방위로 혼돈을 덮쳤다.

"시시한 재주다."

회피조차 귀찮다는 듯이 그것을 팔로 뿌리치는 혼돈. 파동포 하나를 열 줄기로 나누었으니까 통하지 않는 것도 어쩔 수 없었다.

"그렇다면 비장의 수단이다!"

최저한의 여력만은 남기고 궁기는 추가로 사기를 연사했다. 이번에는 아홉 꼬리도 포대로 삼은, 도합 열아홉 줄기의 확산 빔. 한 발이라도 급소에 맞으면 감지덕지……라고 생각했지만.

"으음!"

혼돈은 기합 한 번, 그것들 모두를 튕겨내고 말았다.

순간적으로 사기를 높이고 온몸에서 일제히 방출한 것이었다. 역시나 『힘의 혼돈』…… 파워 플레이라면 사흉 제일이다.

"이것이 비장의 수단이라고? 가소롭다."

"아니지. 비장의 수단은 이제부터야."

그때는 이미, 궁기는 혼돈의 등 뒤로 이동한 뒤였다. 곧바로 양팔과 꼬리를 뻗어서, 남겨둔 약간의 여력으로 혼돈의 거구를 칭칭 얽어매어서 구속했다.

확산 빔은 포석에 불과했다. 안 그래도 부족한 사기를 대거 사용한다면 혼돈은 한동안 출력이 크게 떨어질 터. 그것이 진정한 노림수였다.

그렇지만 오래 버티지는 못한다. 움직임을 봉인할 수 있는 것은 고작해야 수십 초인가.

"이것이 비장의 수단이라고? 가소롭다."

"내 목적은 톤짱한테 이기는 게 아니거든. 그보다도 앞을 보라고?"

그들 앞에서는 사신들이 전황을 지켜보고 있었다.

그런 가운데…… 이쪽을 향해 일직선으로 달려오는 작은 그림자가 있었다. 인마일체가 된 독특한 모습의, 얼룩말형 사도였다.

"시즈마! 가능한 한 서둘러!"

"예! 궁기 님!"

돌진하는 시즈마의 등에는 한 소녀가 타고 있었다. 떨어지지 않고자 필사적으로 매달린, 트윈테일의 여자아이가.

히노모리 쿄카──히노모리 류가의 동생이자 특별한 이능력을 지니지 않은 평범한 여중생.

성채를 떠나기 두 시간 정도 전. 히노모리 류가는 인간계로 돌아가서 그녀를 데려온 것이었다. 이유는 심플. 히노모리 쿄카는 일찍이 【마신】 혼돈의 그릇이자 지금도 이상하게 사랑을 받는 존재이니까.

──혼돈에게 말을 건네는 건 틀림없이 쿄카가 가장 유효하다고 생각해. 위험하다는 건 알고서 흔쾌히 협력을 허락해줬어──

히노모리 류가가 그렇게 이야기하자 코바야시 소년은 "안 돼! 절대로!"라며 맹렬히 반대했다.

하지만 쿄카 본인의 "나도 히노모리 가문의 인간이에요. 언니에게, 여러분에게 도움이 될 수 있다면 부디 하게 해 주세요"라는 열의에 뜻을 굽힐 수밖에 없었다.

'과연 교섭 시간을 얼마나 벌어줄 수 있을지······.'

만전을 기해서 궁기가 더욱 구속을 강화한 참에.

갑자기 혼돈이 입을 떡 벌렸다. 그곳에서 막대한 사기가 흘러나왔다. 설마 입에서도 파동포를 쏠 수 있나?!

"시즈마! 파동포다!"

궁기의 긴급경고에 시즈마가 오른쪽으로 진로를 틀었다. 후방의 사신들이 말려들지 않도록 혼돈의 조준을 움직인 것이었다.

이윽고 혼돈이 뿜어낸 사기의 흉탄을, 시즈마는 속도를 떨어뜨리지 않고 훌쩍 회피했다. 놀라운 반사 신경과 몸놀림······ 그리고 배짱이었다.

'뭐, 풀 파워인 나를 상대로도 살아서 돌아간 아이니까. 엄청난 루키 사도야.'

일찍이 시즈마를 납치하려다가 실패했던 기억을 떠올리는 사이.

시즈마는 곧 눈앞까지 다가왔다. 동시에 그의 등에 있는 소녀가 크게 숨을 들이마신 뒤에 소리를 내질렀다.

"혼돈 씨! 나야! 쿄카야!"

언니처럼 제대로 설득할 수 있을지는 도박이다. 시간이

걸리는 사이에 또다시 사기를 뽑는다면──.

"돌아와, 혼돈 씨! 그러면 뺨에 키스해줄게!"

"이이얏호오오오오─!"

그 직후, 혼돈이 펄쩍 뛰어올라서는 승리의 포즈를 취했다. 궁기의 구속을 너무도 간단히 풀어버리고서.

도박이라고 할 것까지도 없이 순식간에 끝났다. 굉장하다고, 쿄카! 너는 장래에 남자를 마음대로 움직이는 플레이걸이 될 것 같구나!

'이래서야 군이 위험을 무릅쓰면서 접근할 필요도 없었을지도⋯⋯.'

쿄카에게 확성기라도 들려주고 멀리서 소리쳐도 되지 않았을까⋯⋯. 그래도 결과는 같지 않았을까⋯⋯. 궁기는 그렇게 자신의 계획 미스에 억울해했다.

일단 저전력 모드가 되자며 작은 여우의 모습으로 돌아갔다.

마찬가지로 혼돈 역시도 축소 & 산적 같은 아저씨의 모습으로 돌아가서는 주위를 둘러보며 산발이 된 머리를 벅벅 긁적였다.

"어라? 여긴 어디냐? 여, 궁기. 어째서 자빠져 있냐."

이쪽의 수고도 모르고서⋯⋯ 원망스러워하는 궁기를 제쳐놓고.

큰 역할을 완수한 시즈마와 쿄카는 양손을 짝, 하이파이브했다.

"해냈어요, 쿄카 씨! 대성공이에요!"

"해냈어, 시즈마 군! 정말 고마워!"

"아뇨, 저야말로⋯⋯. 위험한 역할을 부탁해서 죄송해요."

"이 정도는 괜찮아! 누나한테 맡겨."

득의양양하게 가슴을 턱 두드리는 쿄카. 그리고 보니 들은 적이 있다. 막내는 자기보다 연하를 상대로 몹시 어른스럽게 굴고 싶어 한다고.

⋯⋯여하튼 이것으로 텟짱과 톤짱은 탈환했다.

남은 건 코바야시 소년이 아기토를 쓰러뜨리는 것뿐. 이제는 외톨이가 되어버린, 솔로몬의 망령에 씐, 가련한 궁기의 전 숙주를.

잠시 후에 혼돈이 멀리서 날뛰는 코바야시 소년을 뒤늦게야 알아차렸다.

"어? 뭔지 모르겠지만 도령이 맞짱을 뜨고 있는데."

"그래. 지금은 코바야시 소년과 아기토의 최종 배틀이 한창 진행 중이야."

"호오, 도령도 간신히 무대 위에 설 생각이 들었나. 자, 쿄카땅. 목말을 태워주마. 특등석에서 보도록 해주겠어!"

무릎을 구부린 혼돈에게 쿄카는 "어린애 취급하지 마!"라며 통통 화를 냈다.

4

우물쭈물하는 사이에 후방의 사흉 배틀이 결판나고 말았다──.

아기토에게 계속 맹공을 가하면서도 나는 피부의 감각으로 그것을 탐지했다.

그보다도 【마신】들의 "이이얏호오오오오─!"라는 맥스 텐션 환호성만으로도 사태를 파악하기에는 충분했다. 로봇이 저렇게 환호성을 터뜨릴 수는 없다.

'텟짱이랑 아저씨가 돌아왔나……. 결국에 류가랑 쿄카가 위험한 다리를 건너게 만들어버렸어.'

결전 직전에 벌어진 두 가지 해프닝.

그것은 톳코가 내 쪽으로 옮긴 것과 류가가 동생을 데려온 것이었다.

첫 번째는 몰라도 두 번째는 기획이 실행되기 전에 끝내고 싶었다. 전투력이 없는 히노모리 자매가 이렇게나 무리하게 만들고 말다니…… 정말로 엉망인 주인공이다.

'하지만 결과가 좋았다는 걸로 결론지을 수밖에 없겠네. 남은 건 내가 아기토를 박살 내는 것뿐!'

여전히 전황은 우세. 나와 오신의 집단 폭행에 아기토는 그저 방어와 회피에 전념하고 있었다. 꿍꿍이가 있는 것처럼 보이지는 않았다. 녀석은 정말로 압도당하고 있는 것이었다.

……본래라면 초반부터 주인공 페이스일 때에는 자칫하면 함정이 기다리고 있다.

적의 책략에 고스란히 걸려들어서는 갑작스러운 핀치에 빠지는 것이 기본이다. "그런가, 녀석은 처음부터 이걸 노리고……!" 같은 소리를 하면서.

혹은 오신이라는 지나치게 강력한 힘을 얻은 것이 도리어 화근이 되어 자아를 잃고 폭주해버리는 케이스도 있다. "햐아아아! 죽여주마! 죽여주겠다고, 아기토오오!" 같은 소리를 하면서.

하지만 이 결전에 그런 약속은 없다.

아무런 굴곡도 없이 평범하게 이기고 평범하게 돌아간다. 엔드 롤도 C 파트도 없다.

"왜 그래, 아기토! 72 악마의 마력을 컴플리트했잖아! 솔로몬의 힘이란 건 그런 수준이냐!"

"빌린 힘으로 잘도 뻔뻔스럽게……."

"그건 너도 마찬가지일 텐데!"

더 이상 사소한 다툼은 필요 없다는 듯, 나는 오신을 변화시켰다. 팔과 다리의 갑주로.

오른손에 【황룡】, 왼손에 【청룡】, 오른발에 【주작】, 왼발에 【백호】…… 남은 【현무】는 멋대로 등딱지로 변해서는 내 몸통에 장착되었다.

거북이다보니 겉모습은 멋이 없지만, 딱히 상관없다. 어차피 공개되지 않을 배틀이니까.

"으랴아아─! 용! 용! 새! 호랑이! 용! 새! 가끔 거북이!"

펼쳐지는 내 연격은 진공이랑 불꽃이랑 냉기 등의 속성 대미지가 부여된 상태였다.

그 신위 앞에서는 방어벽 따윈 종잇장이나 마찬가지. 어렵지 않게 돌파해서 아기토에게 유효타를 가했다. 물론 반격도 있었지만 나는 그것들을 모두 흘려 넘겼다.

이 녀석에게는 이능력 봉인의 마법이 있다. 공격을 받아내는 것은 위험하다. 목표는 온전한 완승. 지금의 나라면 ──그것이 가능하다!

"코바야시, 너는 대체…… 뭐냐!"

"친구 캐릭터야! 나를 무대 위로 끌어내더라도 재미있는 일 따윈 아무것도 없어! 너는 지나치게 제멋대로야! 뭐가 솔로몬이야, 멍청이!"

"나는 텐료인 아기토다! 지지 않아! 너 같이 웃기지도 않은 남자한테!"

뒤로 한층 더 크게 도약하며 아기토가 질리지도 않고 마법진을 그렸다.

하지만 그것은 방어벽이 아니었다. 빛의 원은 점점 변형되며 아기토의 전신에 달라붙어서 경화. 이쪽을 베낀 것처럼 갑옷이 되었다.

게다가 손에는 검은색 큰 칼이 한 자루——기묘하게도 노신이 꺼림칙한 원한의 신음을 흘리고 있었다. 제물이 된 72 악마의 귀곡성일까.

'젠장, 나보다 멋있는 갑옷이나 입고…… 게다가 저거, 그냥 검이 아니겠지.'

그렇다고 해서 특수효과의 해설을 들을 생각은 없다. 매너 따위 알 게 뭐냐.

그런 나를 대신해서, 뒤쪽에서 "저 검은 뭐야? 설마 텐료인이 이치로와 마찬가지로 장갑을 두르다니!"라는 류가의 목소리가 들렸다.

배틀 중계를 해주고 있었다. 역시 너, 친구 캐릭터의 소질이 있다고.

"죽어라, 코바야시!"

아기토가 지면을 박차고 맹렬한 특공을 가했다. 이제까지와는 차원이 다른 스피드와 기백이었다. 72 악마를 총동원한 마력으로 승부를 걸었나.

'간신히 뜻이 맞았잖아. 바라던 바야, 아기토!'

이런 시시한 배틀은 얼른 마무리하자. 미안하지만 나는 냉큼 주인공을 벗어버리겠다. 이런 역할은 이미 충분하다. 내 인생의 오점이라도 해도 될 정도다.

코바야시 이치로는 친구 캐릭터이고 싶은 것이다.

자신이 아닌, 누군가를 위해서 살고 싶은 것이다!

"코바야시이이이이이!"

"아기토오오오!"

포효를 맞부딪치고 교차하는 검과 주먹. 격돌 순간에 서로의 오라가 터지고 빛과 굉음과 폭풍이 우리를 집어삼켰다. 흡사 천지개벽처럼.

……이윽고 그것들이 서서히 가라앉고 전장에 적막이 돌아왔을 때.

나와 아기토는 서로 위치를 맞바꾸어서 등을 맞댄 모양새가 되어 있었다. 나는 주먹을 내지른 상태, 아기토는 검을 휘두른 상태로.

"코바야시. 다시 한번 묻겠어."

잠시 틈을 두고, 문득 아기토가 툭하니 중얼거렸다.

"친구 캐릭터란——대체 뭐지."

"단순히 이상한 사람이라고 생각해둬."

그렇게 말하자 아기토가 웃는 것 같았다. 얼굴을 보지는 않았으니까 확실하진 않지만.

"코지 녀석…… 결국에는 내 견해가 옳았잖아."

다음 순간, 지면으로 쓰러지는 아기토. 나는 몸을 빙글 돌려서 그 모습을 내려다봤다.

흔해빠진 전개라면 여기서 나 역시도 쓰러지는 패턴이 일반적이다. 그리고 아기토가 일어서고, 먼저 쓰러진 쪽이 사실은 승리했다……가 될 참이다. 답습하지 않겠지만.

"이걸로 질렀다면 친구 캐릭터가 진심이 되게 만드는 건 그만둬. 진신이 되는 거 주인공만으로 해둬."

갑옷으로 변한 오신을 집어넣고 나는 그렇게 마무리했다. 그리고 오른손으로 브이를 그렸다.

승리의 V 사인이라는 게 아니다. 지독한 일을 당하게 만들어준 답례로, 두 손가락을 아기토의 콧구멍에 집어넣겠다는 생각이었다.

'그 얼굴을 사진으로 찍어서 마무리해주겠어. 주인공이 해서는 안 될 시체 훼손이지만 이미 결전은 끝났어. 나는 더 이상 주인공이 아니야.'

그렇게 정당화하며 땅에 쓰러진 아기토에게 다가가려던 그때.

"──코바야시 군, 훌륭했어."

대로 앞쪽, 『나락성』 방향에서 갑자기 익숙한 목소리가 날아왔다.

퍼뜩 시선을 돌리자 한 소년이 이쪽으로 다가오고 있었다. 하쿠보기주쿠의 순백색 교복을 입은, 얼굴도 헤어스타일도 굉장히 수수한 남자가.

"바, 바엘?!"

그것은 바엘이었다. 내가 동지라고 부른, 몰래 내통하던, 72 악마의 리더격인 존재였다.

"역시 너는 굉장하네. 설마 그녀들의 수호신을 거느리고 오다니…… 나 역시도 예상하지 못했어."

"어, 어떻게 된 거야? 너, 어째서 무사한 건데?"

무엇보다도 당황한 것은 바엘의 이마에는 여전히 뿔이 우뚝 솟아 있다는 사실.

그는 아직도 『악마 빙의자』인 것이었다. 쿠로가와 코지로 돌아가지 않은 것이었다.

상황을 미처 받아들일 수 없었다. 설마 진정한 흑막은 바엘이었나? 예를 들면 자신이 솔로몬으로 변하기 위해서, 내가 아기토를 치도록 하는 게 목적이었다든지……?

"미안하지만 그런 반전은 없어."

내 표정에서 속마음을 파악했는지 바엘이 쓴웃음 섞어 고개를 가로저었다.

뭐야, 아닌가. 확실히 네 비주얼, 최종 보스에는 어울리지 않는걸. 나랑 네가 최종 배틀을 벌이다니, 볼거리가 전혀 없는걸.

"아기토는 결국…… 내 뿔을 부러뜨리지 않았어."

내 앞을 통과해서 아기토 곁으로 향하는 바엘. 그를 조심스럽게 안더니 왼쪽 손등을 확인했다.

살펴보니 그곳에 새겨져 있던 문장은 거의 사라진 상태였다.

"뿌, 뿔을 부러뜨리지 않았어? 어째서…….."

"아기토는 최후의 순간에 깨달았어. 솔로몬과 자신은 다른 인물이라고."

"…………."

"그래서 코바야시 군과의 결전에 텐료인 아기토로서 임할 것을 선택했지. 바엘을 거두어들이고 만다면 그야말로 정말로 솔로몬과 동화되어버릴 우려가 있었으니까."

그러니까 아기토는 72 악마의 힘을 컴플리트하지 않았다는 건가? 솔로몬으로서 불완전한 상태 그대로 나와 싸웠다는 건가?

'어쩐지 영 반응이 없더라니…….'

그러고 보니 이전에 아기토는 류가를 나아마라고 불렀다. 하지만 오늘은 제대로 '히노모리'라고 불렀다. 바엘도 '코지'라고 불렀다.

승부를 걸기 직전에도 그랬다. 녀석은 "나는 텐료인 아기토다!"라고 했다. 그건 내가 아니라 스스로에게 하는 말이었나? 병행해서 솔로몬의 사념과도 싸우고 있었나?

'아기토는 솔로몬의 망령에 씌었다고 궁기가 걱정했는데…….'

설마 우리가 모르는 곳에서 그것을 멋대로 극복했다는 건가. 이 무슨 허탕이냐. 이게 본편이었다면 나는 격노했을 테지.

그리고 장본인인 아기토가 가볍게 신음을 흘리며 어렴풋이 눈을 떴다. 정신이 든 모양이다.

"……비켜. 돌봐줄 필요 없어."

그러면서 바엘을 밀어내더니 벌러덩 드러눕는 아기토. 잠시 검은 하늘을 공허하게 바라본 뒤, 크게 숨을 내쉬었다.

"코지. 네 말, 참으로 통렬했어. 나 자신조차 깨닫지 못했던 내 마음을…… 간파당했다고 생각했어."

"나는 그저 네게 전하고 싶었을 뿐이야. 너는 고독하지 않다고. 이 세계를 포기할 필요 따윈 없다고."

"…………."

"나만이 아니야. 파이몬이 된 쿠로타니, 가프가 된 집사 쿠로세 씨, 궁기 씨도 그래. 너와 함께하는 존재는 네 주위에 확실하게 있었어. 너는 계속, 혼자가 아니었던 거야."

"…………."

"그것을 자각하고서 히노모리 씨한테 어택하겠다면 나는 전력으로 서포트할게. 그녀는 상당히 버거운 상대일 테지만."

"……참견쟁이."

"새삼스러운 이야기잖아? 나는 코바야시 군과 같은── 친구 캐릭터니까."

두 사람의 대화를 들으며 나는 살짝 불편한 심정을 느끼고 있었다.

대화에 낄 수도 없고, 그렇다고 떠날 수도 없고. V를 그린 손가락의 거스러미를 바라볼 수밖에 없었다.

'뭐라고 할까…… 역시 바엘은 우수한 친구 캐릭터야.'

——이 싸움에 패배했을 때야말로 난 아기토를 지탱해 줘야만 해. 너는 혼자가 아니라고…… 이번에야말로 그 녀석의 손을 붙잡고 어둠에서 끌어내야만 해——

일찍이 바엘은 그렇게 말했다. 그리고 결국에 그것을 해 냈다.

세컨드 시즌(보류)의 진정한 승자는 틀림없이 그겠지. 내가 온전한 완승을 장식한 것도 어떤 의미로 바엘의 공적 이라 할 수 있다.

그의 말이 전해졌기에, 아기토는 결전 전에 솔로몬과 결 별했으니까.

궁기가 주시했던 것처럼 역시 바엘은 이번 일의 키 퍼슨 이었나.

"코바야시 군, 여기까지 정말 고마워. 덕분에 돌아왔어. 내가 지탱해야 할 주인공이."

바엘이 일어서서 간신히 내게 이야기를 건네주었다. 그 대로 이쪽으로 다가오더니 천천히 한쪽 무릎을 꿇었다.

"미안하지만 하나만 더 부탁해도 될까? 내 뿔을——부 숴줘."

"바엘……."

"솔로몬의 문장은 곧 사라지겠지. 해방된 바엘은 얌전히 지옥으로 돌아갈 거라 생각해. 그러니까 막을 내려주지 않겠어?"

목과 함께 이마의 뿔을 내미는 그 모습이 참수형 같아서 주눅이 들고 말았다.

하지만 그를 악마 그대로 둘 수는 없다. 아기토가 바엘을 거두어들인다고 해도 이미 싸울 힘은 변변히 남아 있지 않을 터. 나는 이제 사흉까지 모두 갖추었고.

"알았어, 바엘. 이번에야말로 정말로 작별이야."

기억을 없애버리기 전에 다시 한번 이야기를 나눌 수 있어서 다행이었다. 그렇게 생각하기로 하고.

나는 오신의 오라를 오른손에 모으고 천천히 들어 올렸다. 바엘을 쿠로가와 코지로 되돌리고자.

"좋은 친구 캐릭터의 모습이었다고. 아무리 나라도 너한테는 졌어."

"네가 그렇게 말해준다니 영광이네."

"나는 마지막에 친구 캐릭터를 내려놓고 말았으니까……. 솔직히 네가 부러워. 남으로 돌아가는 건 쓸쓸하지만, 잘 지내."

"괜찮아. 틀림없이 우리는 또 만날 수 있어. 그날을 위해서, 안녕이라 말하지는 않을게."

"……너, J-POP 작사 능력까지 있었네."

건물이 모조리 날아가서 제대로 전망이 좋아진 도시의 한 구역에서.

총총히 달려오는 류가와 메인 캐릭터들을 기다리지 않고.

나는 약간의 아쉬움과 함께, 세컨드 시즌(보류)의 종지부를 찍고자, 단숨에 바엘의 뿔을 부러뜨렸다. ──그 직후.

"!"

갑자기 왼손에 타는 듯한 통증을 느끼고 나는 무심코 손등을 눌렀다. 그러자 데운 프라이팬처럼 뜨거웠기에 허둥지둥 오른손을 뗐다.

"아얏! 뜨거워! 뭐, 뭐야?!"

지면에 쓰러진 바엘과 대조적으로 나는 뛰어올랐다. 이변을 알아차리고 안색이 바뀐 사람들이 흘끗 보였지만 그것을 신경 쓸 때가 아니었다.

그러는 사이, 왼손이 눈 부신 빛을 발하기 시작했다.

그 광원은 손등에 떠오른 각인. 조금 전까지 아기토에게 새겨져 있었을 터인 솔로몬의 문장──그것이 나한테로 옮겨와 있었다.

'우, 웃기지 마……!'

식은땀을 흘리며 신음하는 사이, 점점 왼손의 통증과 열기가 가셨다.

아니, 그게 아니었다. 온몸의 감각이 희미해지는 것이었다. 동시에 의식까지도 급속히 멀어졌다.

'이번에는 나한테 씌려는 거냐! 그것도 바엘의 뿔을 부러뜨린, 모든 72 악마가 해방되어버린…… 이 타이밍에…….'

점점 희미해지는 시야 가운데.

모르는 남자의 목소리가 머릿속에 메아리처럼 울려 퍼졌다.

——짐은 솔로몬. 아득히 과거에 존재한, 위대한 왕이자 마법사이도다——

솔로몬. 72 악마를 통솔하는 전설의 영걸. 소환 의식을 통해 아기토에게 강령한, 기원전에서 현대에 되살아난, 위대한 영혼.

진정한 흑막은 바엘이 아니라 너였다는 거냐.

엄청난 높으신 분 출근이잖아, 왕이여.

5

몽롱하던 의식이 돌아오자 나는 어둠 속에 있었다.

손을 뻗어봤지만, 주위에는 아무것도 없었다. 광대한 공간이 끝없이 계속되는 것 같았다. 다리에 힘을 실어봤지만 내디딜 지면조차 없었다.

"여긴…… 내 정신세계, 인가?"

그렇게 추측한 순간, 어둠 속에 조금 전과 같은 목소리가 울렸다. 더욱 깨끗해져서.

"짐은 솔로몬——아득히 과거에 존재한, 위대한 왕이자 마법사이도다."

무척 위엄이 느껴지는, 남성미 있는 저음 보이스였다. 자기소개는 이미 들었다고.

"이봐, 임금님. 멋대로 넘어오지 말라고. 내 스핀오프는 끝났어."

"듣도록 해라. 오신, 사흉, 그리고 72 악마를 거느린 오니여."

"남이 신경 쓰는 걸 풀 콤보로 말하지 말라고!"

어둠을 향해서 호통을 쳤다.

그렇다. 솔로몬까지 깃들어버렸다는 것은, 현재의 나는 72 악마를 사역하는 힘도 얻었다는 의미다.

'농담이 아니라고! 나를 어디까지 최강으로 만들 셈이냐!'

존재하지 않는 지면에 발을 동동 구르는 나를 무시하고 솔로몬은 계속 말했다.

"이제 그대는 신과도 대등한 자. 그리고 나아마의 사랑조차도 손에 넣을 수 있는 완벽한 존재. 바로 그대야말로 내 후계자에 걸맞도다."

"나아마는 또 누군데!"

"내 아내이자 그대의 아내. 이것으로 드디어 나아마의 사랑을 얻을 수 있다……. 짐이 바라는 그릇은 그대였다. 짐은 그대가 되고 싶었다."

왕이 친구 캐릭터가 되고 싶어 하면 안 되잖아! 국민들이 곤란해 하겠지!

아무래도 아내에게 무척 집착하는 모양인데, 쫓겨나기라도 했을까. 게다가 그 나아마 씨와 류가를 혼동하는 구석이 있고.

설마 아기토에게 강림한 것도 그것이 이유였다든지?

솔로몬은 현대에서 아내와 다시 화해하려는 거 아냐?

"이봐, 임금님. 나아마 씨는 그렇게나 류가랑 닮았어?"

"음. 그야말로 쏙 빼닮았다. 하지만 나아마에게는 이미 마음에 정한 남자가 있었다. 짐의 아내가 된 뒤에도 그 남자만을 계속 그리워했다. 이 굴욕을 그대가 알겠는가."

"뭐, 남편으로서는 괴로웠을지도……."

"음. 온갖 성의를 다했지만, 손조차 잡게 해주지 않았다. 침대로 파고들려고 했더니 배대되치기를 당했다. 팬티를 달라고 그랬더니 펀치를 날렸다. 이 절망을 그대가 알겠는가."

"당신 대체 뭘 한 거야……."

"그 펀치로 앞니가 부러졌다."

"알 게 뭐야! 이봐, 훌쩍대지 마. 떠올리고서 울지 말고. 기운 내."

어쩐지 술집에서 푸념을 듣는 기분이 들었다.

확실히 왕이라면 정략결혼 같은 경우도 평범하게 있었을 테고, 상대가 떨떠름하게 시집을 오는 일도 드물지 않았을 테지. 솔로몬은 아내에게 진심이었던 모양이지만.

"처음에는 그 남자를 미워했다. 하지만 어느샌가 짐은——그 남자가 되고 싶다며 비라게 되었다. 나아마의 사랑을 한 몸에 받는, 그 남자가."

"그러니까 아기토에서 나로 옮겨왔나."

"음. 짐은 깃들 그릇을 그르쳤다. 처음부터 그대에게 깃들었어야 했다. 전의 소년은 유감이지만 현대의 나아마에게 사랑을 받지 못했다. 그보다도 뭣같이 미움을 받았다."

이봐, 국왕. 말을 좀 골라.

"이윽고 깨달았다. 현대의 나아마는 그대를 사랑한다고. 하지만 그것은 우연이 아니다. 왜냐면 얄궂게도——그대 역시도 나아마가 사랑하던 남자와 쏙 빼닮았으니까."

"어, 나랑 닮았다고?"

"음. 그러니까 짐은——그대가 되고 싶은 것이다."

류가와 닮은 나아마 씨. 그런 그녀는 나와 닮은 남자를 사랑했다.

어쩌면 그 두 사람은 우리의 먼 선조일까? 아니면 전생이라든지? 아니, 아무리 그래도 그런 싸구려 설정…….

"임금님은 그 남자를 본 적이 있어?"

"음. 딱 한 번. 밭일과 낮잠이 취미라는, 보잘것없는 평민이다. 하지만 우정이 두터운 젊은이로, 항상 타인을 위해서 뛰어다녔다. 이치로데스라는 이름이었다."

역시 선조나 전생일지도. 친근감밖에 안 들어.

"그런 이유다. 자, 내 후계자가 되도록 해라."

즉답으로 "거절한다!"라며 내가 거부하자 솔로몬이 불만스럽게 신음했다.

"이건 왕의 명령이다. 오신, 사흉, 그리고 72 악마를 거느린 오니여."

"그 호칭 좀 그만해! 나는 코바야시 이치로야!"

"짐과 동화된 이후에는 『솔로바야시 몬로』라고 칭하도록 해라."

"완전히 개그 만화의 네이밍이잖아!"

"솔로몬 학원을 열도록 해라."

"소로반* 학원처럼 말하지 마!"

"잠깐만, 한 마디 떠올랐다. 솔로몬이 솔로로 몬데루** 오십견."

"넌 대체 뭐야! 빵점이라고!"

안 돼. 이 임금님은 위험하다. 나와 동화되려고 꾸미는 것도 그렇지만 생각했던 것보다 개그를 치는 것이 한층 더 곤란했다.

이 녀석을 받아들인다면 나는 딴죽으로 과로사하고 말겠지. 어떻게든 성불을 시켜야 해! 성불이라는 개념이 있는지 불명이지만!

"솔로바야시여. 짐은 딱히 아무런 보답도 없이 동화하려

---

*일본어로 주판.

**일본어로 주무르다.

는 것이 아니다."

"큭, 솔로바야시로 밀 생각인가……."

"짐을 받아들인다면 어떤 비술을 그대에게 전수하겠다. 생전의 짐이 고안해낸, 최대이자 궁극의 금기를. 모든 72 악마가 모인 지금이라면 그것을 구사할 수 있겠지."

"구, 궁극의 금기?"

"그러니까 시간을 거슬러서——과거를 수정하는 마법이다. 완성된 직후에 수명이 다하는 바람에 짐은 사용할 수 없었지만."

"…………."

"그대이기에 가르칠 수 있는 것이다. 짐이 후계자로 인정한 그대이기에."

과거를 수정하는 마법이라고? 이 녀석은 시간마저 조작할 수 있다는 건가? 혹시 그런 일이 정말로 가능하다면 역시 솔로몬은 인간의 지혜를 초월한 천재다.

"그렇다고는 해도 거스를 수 있는 것은 2년이 한계…… 그 기간에 큰 후회는 없나? 있다면 바로잡아라. 그대는 그럴 자격이 있다."

어느샌가 나는 호흡조차 잊고서 침묵하고 있었다.

과거의 후회. 그것이 있다면…… 틀림없이 '그때'다.

류가의 친구 캐릭터로서 순조롭게 활동하던 무렵. 배틀을 엿보다가 류가 일행에게 들켜버린 것이다.

그 후로 나는 내리막길을 굴러떨어지듯이 추락해서 이야기에 크게 얽히는 꼴이 되었다. 그리고 현재, 마침내 주인공이 되어버렸다.

그때, 혹시 엿보지 않았다면…… 그렇게 후회한 적이 한두 번이 아니다.

"떠오르는 것이 있는 모양이군. 그렇다면 과거로 돌아가도록 해라. 그대의 이야기를——바로잡아라."

그야말로 악마의 속삭임이다. 72 악마보다 질이 나쁘다.

내 탓에 엉망진창이 된 '히노모리 류가의 배틀 스토리'. 그것을 그 부분부터 올바르게 리메이크할 수 있다면…… 나는 내가 바라는 친구 캐릭터가 될 수 있겠지.

솔직히 매력적인 이야기다. 하지만.

"미안하네, 임금님. 그 제안에는 응할 수 없어. 물론 당신과 동화될 생각도 없고."

"어째서냐? 동화하고 해도 그대가 더 이상 그대가 아니게 되는 것은 아니다. 의식과 육체를 공유하는 것뿐. 그러고서 후회까지 되돌릴 수 있는 것이다."

"이미 식객은 정원 초과야. 게다가 이야기를 되돌리다니 언어도단이야."

그렇다. 그것만큼은 결코 해서는 안 되는 일.

설령 어떤 이유가 있더라도, 아무리 후회하더라도.

나는 이제까지 이 세계를 '이야기'로서 받아들였다. 하지만 한편으로 이것이 틀림없는 현실이라는 것도 이해한다.

그리고 현재 상황이…… 모두에게 최선의 결과라는 사실도 이해하는 것이다.

──과거를 바로잡는다고 인류와 『나락의 사도』는 또다시 화해할 수 있을까?

──궁기도 아군이 되어 미래에 대한 우려를 완전히 끊을 수 있을까?

──류가는 여자라는 사실을 동료에게 커밍아웃할 수 있을까?

──나는 또다시 삼 공주와 가족이 되고 시즈마의 아버지가 될 수 있을까?

──내가 지탱해야 할 메인 캐릭터들은 지금처럼…… 싸움의 숙명에서 해방될 수 있을까?

그것들이 와해할 위험성과 비교하면 내 후회 따윈 방귀 같은 것이다. 그렇다고 할까, 어느 세계에 시간을 조작하는 친구 캐릭터가 있겠냐!

내가 바라지 않는 형태가 되었다고 해서 '없었던 일'로 만드는 건 잘못이다. 모두는 날 위해서 존재하는 것이 아니다. 모두를 위해서 내가 있는 것이다.

오늘까지 엮은 에피소드를 거짓으로 만들 수는 없다.

트러블이 연속되는 이 스토리야말로──유일무이한 '진짜 루트'니까.

"임금님, 당신의 아내와 류가는 달라. 나랑 동화해도 무의미해."

"그건 짐이 확인하겠다. 오신, 사흉, 그리고 72 악마를 거느린 오니…… 솔로바야시 몬로여."

"그리고, 그것도 아니야. 오신은 이미 내게 깃들어 있지 않아."

솔로몬은 알아차리지 못했나보다.

정신세계에서 대화를 나누는 동안, 현실의 내게 '어떤 문제'가 벌어졌다는 사실을.

——눈을 떠, 이치로! 솔로몬에게 굴복하지 마!

——코바야시 씨, 지금 도울게요! 저희의 팔다리에 있던 검은 연기는 이미 사라졌어요!

——지금이라면 신위를 구사할 수 있어! 수호신을 돌려받겠어, 코바야시!

——전투가 불가능하다면 틀림없이 솔로몬의 문장은 사라져요! 기다려요, 코바야시 이치로!

——잇 군한테서 솔로몬을 몰아내자! 다들 간다—!

연이어서 들리는 류가와 사신 히로인즈의 목소리. 그리고 이어서 입술로 전해지는, 그녀들의 부드러운 입술 감촉.

아기토를 쓰러프리면서 이능력 봉인의 마법이 풀린 것이다. 그렇기에 내 『절문』 능력을 긴급 이용해서 자신들의 수호신들을 되돌린 것이다.

솔로몬과 동화되려고 하는 나를 구하기 위해서.

그런 그녀들은 바로 지금 '그것'을 발동시키려고 하는 거겠지. 다섯 신위를 하나로 집결시킨 일격필살의 궁극 오의를.

'이 순간에 그녀들이 메인 캐릭터로 복귀하다니⋯⋯. 뭐, 그렇겠지. 설령 보류했을지라도 역시나 라스트는 그녀들이 마무리하는 게 최선이야.'

자력으로도 솔로몬은 쫓아낼 수 있겠지만 그것은 멋없는 짓.

지금은 그녀들의 호의를 기꺼이 받아들이자. 개그만 가득했던 이 이야기⋯⋯ 라스트도 개그로 장식하는 것이 '답지' 않을까.

'72 악마의 마력을 총동원하면 어떻게든 견딜 수 있을 거야. 류가! 유키미야! 아오가사키 선배! 엘미라! 거북이! 제대로 화려하게 해줘!'

자, 와라. 참으로 친숙한 '드래곤 팡 DX'(내가 명명)여.

내가 가진 리액션 재주로 멋들어지게 날아가자. 그리고 모두가 걱정스럽게 지켜보는 가운데, 태평하게 "후아아~, 잘 잤다" 같은 소리를 하며 눈을 떠서 분위기를 풀어주자.

본의 아니지만, 아기토를 흉내 내어 마력 장벽을 치려고 시험해봤다. 그러자.

⋯⋯아무 일도 벌어지지 않았다. 더군다나 솔로몬의 기

척이 급속하게 사라지는 것을 느꼈다.

"솔로바야시여, 그대의 마음은 알았다. 짐은 떠나기로 하겠다."

"허? 잠깐만, 임금님! 아직 돌아가면 안 돼!"

"충고하지. 지금 그대는 생명의 위기에 빠져 있다. 내 마력마저도 능가하는, 엄청난 신위가 들이닥치고 있다."

"나도 알아! 그러니까 하는 말이야! 너라면 어떻게든 할 수 있잖아!"

"아니, 이건 무리. 진짜로 무리. ×나 위험하다."

"말조심!"

"미안하게 됐네. 너 혼자 우야든둥 하든가. 간다."

"야!"

──그때 내 시야가 확 트였다. 현실 세계로 복귀한 것이었다.

머리 위를 올려다보자 역시나 오색으로 빛나는 눈부신 혜성이 이쪽으로 떨어지고 있었다. 압도적인 그 신위에 내 불알이 쪼그라들었다.

'위, 위험해! 나도 그렇지만 아기토랑 바엘까지 말려들어서……!'

그렇게 생각했더니 어느샌가 두 사람의 모습은 사라진 상태였다.

퍼뜩 시선을 돌리자 그들을 회수한 시즈마가 쏜살같이

도망치는 게 보였다. 기다려! 아빠도 데려가! 그러는 사이에 혜성이 눈앞에 있는데!

"우오오오오오—! 기껏 온전하게 이겼는데 빈사에 처할까보냐아아아—!"

거대한 비상체가 직격하기 직전.

나는 몸을 돌려서 있는 힘껏 도약했다. 간신히 산산조각은 면했지만 굉장한 바람에 떠밀려서 손쓸 도리도 없이 허공을 날아갔다.

"다들, 다시 한번! 이치로를 빈사에 빠뜨려서 솔로몬을 분리시키는 거야!"

류가의 무자비한 목소리에 응해서 또다시 '드래곤 팡 DX'가 발동되었다.

하지만 이번에는 그것만이 아니었다.

"우리도 할게! 이치로 군, 얼른 돌아와! 다음 달에는 크리스마스 파티를 할 거니까!"

"이치로 님! 수요일부터 기말고사예요! 지금 당장 돌아가서 공부하세요!"

"이치로 남작! 스펙터클 맨 영화, 데려가주지 않으면 곤란함미다!"

세상에나, 삼 공주까지 시체 훼손에 가담했다. '그것'을 발동하려고 했다.

"필살『소녀의 철퇴』!"

미온, 주리, 키키의 목소리가 하모니를 이루고 유성으로 변한 에조 늑대 사도가 날아왔다. 아슬아슬하게 회피했지만 키키가 착탄한 충격으로 또다시 허공을 날아가는 나.

하지만 그것만이 아니었다.

"좋아, 우리도 나리한테 파동포를 날리자고!"

"그거 뭐야, 재밌겠어!"

"합수다합수다!"

"아무리 그래도 오버 킬 아닌가? 뭐, 도령이라면 죽진 않을까."

하필이면 【마신】들까지 참가했다. 전속력으로 도망치는 나를 향해서 성대한 사기를 펑펑 날렸다.

떨어지는 오색 거성. 난무하는 파동포. 구토를 하며 또다시 날아오는 키키──.

코바야시 이치로, 최대의 위기였다. 과거로 돌아가고 싶어졌다.

"괘, 괜찮을까요? 코바야시 씨……."

시즈마가 보호한 텐료인 아기토와 쿠로가와 코지를 보살피며 쿄카는 걱정스럽다는 눈빛으로 전방을 살폈다.

지면에 폭격이 차례차례 작렬하고 주위의 건물이 더더욱 파괴되었다. 그럴 때마다 코바야시 이치로가 불꽃처럼 발사되어 하늘을 날았다.

……왠지 모르겠지만 코바야시 씨는 솔로몬에게 의식을 빼앗기지 않은 것 같았다.

그게 말이지, 아까부터 갸아갸아 떠들어대는걸. 마법을 전혀 사용하려 하지 않고 도망치면서 돌멩이를 던지는걸.

"저기, 시즈마 군. 다들 말리는 편이 낫겠어. 틀림없이 코바야시 씨는 제정신이야."

이미 얼룩말 형태에서 인간의 모습으로 돌아온 아이에게 그런 의식을 건네어봤더니.

그는 뺨을 긁적긁적하며 세 살 아이답지 않은 쓴웃음을 지었다.

"그럴지도 모르겠네요. 하지만 괜찮아요. 제 아버님에게는 저 정도의 위기 따윈 어떻게 될 일도 아닐 테니까요."

또다시 이치로가 발사되었다. 멋들어진 백텀블링이었다.

"그 증거로, 보세요. 발사될 때마다 다양한 포즈를 취하고 있어요. 게다가 점점 재미있어지죠. 아, 지금 그건『셰—』*네요. 역시 아버님, 멋있어."

"멋있는, 걸까……."

문득 내려다보니 텐료인 아기토도 말없이 그 모습을 바라보고 있었다. 쿠로가와 코지는 여전히 정신을 잃은 상태였지만 그는 의식이 있는 것이었다. 대미지로 일어서지는 못하는 모양이지만.

---

*만화 오소마츠 군에 나오는 개그 포즈.

"코바야시, 너는 대체…… 뭐냐."

텐료인 아기토가 툭하니 중얼거린 말에 쿄카는 그만 동의하듯 고개를 끄덕이고 말았다.

저 상황에서 어떻게 익살을 떨 여유가 있을까? 몇 번인가 직격을 당한 것 같은데도 어떻게 무사할 수 있는 걸까?

확실히 위기로 보이지는 않았다. 코바야시 이치로가 빈사에 빠지는 모습을 전혀 상상할 수 없었다.

"코미디 캐릭터라니, 치사해……."

저도 모르게 입에서 새어나온 그런 말에.

이번에는 텐료인 아기토가 동의하듯이 고개를 끄덕였다.

6

──류가에게도 승부의 순간이었던 이계의 결투 이후, 순식간에 열흘이 지났다.

최후에 '이치로가 솔로몬에게 씌었다'라는 사고가 발생했지만, 그들은 힘을 합쳐서 어떻게든 구출에 성공했다. 그때는 그야말로 위기일발이었다.

'이치로는 너덜너덜해졌지만. 게다가 다음 날부터는 등교였고.'

어쨌든 기말고사도 무사히 끝나고 간신히 한숨 돌렸다.

슬슬 성적표가 나올 무렵이겠지. 스스로는 무척 괜찮은

느낌이었지만, 솔직히 자신보다도 이치로나 리나의 점수가 더 신경 쓰였다.

'둘 다 괜찮을까……. 거의 벼락치기였으니까.'

그렇다고 해서 선생님들에게 공부를 못 한 사정을 설명할 수도 없고…… 그런 생각을 하며 교문을 지난 참에.

"안녕하세요, 류가 씨."

갑자기 뒤에서 말을 건네며 시오리가 옆으로 나란히 섰다.

아무래도 그녀 역시도 지금 마침 등교한 모양이었다. 돌아보니 검은색 롤스로이스 앞에서 루니에가 이쪽으로 머리를 숙이고 있었다.

"안녕, 시오리. 이제 완전히 겨울이네. 아침마다 이불에서 나오는 게 힘들어."

"후훗, 저도 그래요. 류가 씨, 역시 오늘도 남자 교복인가요?"

가련하게 미소 짓는 학교의 아이돌에게 류가는 "뭐, 그렇지"라며 쓴웃음으로 답했다.

……사흉과 화해하고 『나락의 사도』와 공존하게 된 지금, 류가는 히노모리 가문의 사명과 율법에서 해방되었다. 중국에 있는 부모님한테서도 "여자로 돌아가도 상관없다"라는 허가를 받았다.

하지만 결국에 고등학교를 졸업할 때까지는 이대로 가기로 한 것이었다.

인제 와서 갑자기 여자가 됐다가는 학교 사람들도 곤란할 테니까. 나쁜 의미로 유명인이 되어버릴 거다.

"이렇게 대화를 나누고 있으면 아직도 류가 씨를 남성이라고 착각해버려요. 사실은 저, 류가 씨랑 레이 씨는 사귀는 게 아니냐고 착각하던 시기가 있다고요?"

"여자라는 걸 들킨 뒤로 굉장히 친밀해졌으니까. 엄청의지해버렸어."

"앞으로는 저희도 의지해주세요. 그렇지, 다음에 쇼핑을 가지 않겠어요? 코스프레 놀이도 함께할게요."

류가가 여자임을 안 이후, 시오리는 무척 적극적이 되었다. 역시 동성이라면 대하기 편한 걸까? 어쩌면 앞으로는 이제까지와 다른 얼굴을 보여줄지도 모른다.

"고마워, 시오리. 남자라고 속여서…… 정말 미안해."

"그건 이제 괜찮아요. 다만 코바야시 씨의 정실 쪽은 양보할 수 없어요. 그건 여러분도 마찬가지겠지만요."

"……그렇지."

그랬다. 한숨 돌릴 상황이 아니었다.

다음 주부터 이계에서 개최되는 『제1회 대장군 결정 토너먼트』……. 사실은 그 일대 이벤트에 그녀들도 참가하기로 결정되어버린 것이었다.

물론 그것은 리나의 강한 희망이 원인이었다.

──사도의 축제에 인류가 참가하다니 참으로 유의미한

일이야! 틀림없이 쌍방에게 동료 의식이 싹트겠지! 이것이 야말로 공존의 첫걸음이야!

그렇게 열변을 토한 소꿉친구가 그저 배틀을 벌이고 싶을 뿐이라는 건 알고 있었다. 하지만 안타깝게도 사퇴할 수는 없었다.

왜냐면 '우승해서 대장군이 된 사람에게는 코바야시 이치로를 일주일만 독점할 수 있는 권리가 주어진다'라는 부상이 붙었으니까. 사흉들의 만장일치에 따른 가결로.

이치로는 맹렬히 반발했지만, 어머니인 열장 사츠키가 "부모의 주군을 거스르면 안 돼!"라고 철권으로 침묵시켰다.

이리하여 천 명 이상이 참가하는, 싸움의 축전이 막을 올린다. 대장군 & 이치로를 걸고.

'우리랑 장군 사도는 시드권이라고 그러니까 대결은 조금 더 있어야겠지만…….'

그때까지 컨디션을 조절해둬야 한다.

혹시 이치로를 다른 여자애가 일주일이나 독점한다면…… 틀림없이 두 사람의 관계는 확 깊어지겠지. 하지만 그것이 자신이라면? 정반대로 커다란 찬스다.

그러니까 절대로 질 수 없다. 목표는 우승뿐.

부모님에게 "사도의 대장군이 되었어요"라고 그런다면 차를 뿜을지도 모르겠지만.

"대결 전에는 이치로한테서 수호신을 돌려받아야겠지."

"그러네요. 결국 아직도 계속 넘겨둔 상태니까요."

……사실 그녀들은 현재, 또다시 수호신을 이치로에게 넘겼다.

한 번은 돌려받았지만 돌아온 수호신들의 신위가 놀랄 정도로 늘어난 상태였기에 조금 더 맡겨보기로 한 것이었다. 아무래도 이치로라는 그릇은 사흉만이 아니라 오신에게도 자양강장을 가져다주는 것 같았다.

'역시 오니는 굉장하구나……. 론땅, 사흉들이랑 싸우지는 않으면 좋겠는데.'

참고로 시오리는 톳코까지 맡았다.

이치로를 그릇으로 삼은 이후, 톳코는 만성적인 어깨 결림이 나았다며 "조금 더 이치로 나리한테서 요양을 하겠구면!" 하고 잔류를 희망했다나.

그래서 코바야시 동물원은 오늘도 대성황.

바로 이치로야말로 인류와 사도에게 '공존의 상징'이라고 생각한다. 본인은 오니지만.

"그런데 시오리. 이번 주 일요일, 예정은 비어 있어?"

"예. 코바야시 씨 집에서 크리스마스 파티 의상을 맞추는 거죠. 산타 코스프레를 하다니 처음이에요."

"미오는 재봉까지 잘하는구나. 감탄했어."

"강력한 라이벌이에요."

그런 대화를 나누며 류가와 시오리는 학교로 걸어갔다.

오메이 고등학교보다 조금 늦게, 하쿠보기주쿠의 기말고사가 내일로 다가온 방과 후.

하교한 아기토는 그대로 가장 가까운 역의 광장을 방문해서는 그곳에서 기타 케이스를 열었다.

'코지가 올 때까지 준비해둘까.'

애용하는 베이스 기타를 꺼내어 자기 귀로 튜닝을 했다. 지금부터 여기서 짧게 노상 라이브를 할 생각이었다.

……코바야시 이치로와의 결전 이후로 이미 열흘. 그와의 승부에 지고 인간계로 돌아온 뒤로, 아기토는 명확한 목적을 잃어버렸다.

아니, 해야 할 일이라면 있었다.

히노모리 류가를 포기해야 할지, 혹은 계속 구애해야 할지. 다시 한번 그것을 자문하고 해답을 내야만 한다.

억지로 『악마 빙의자』로 만들어버린 사람들에게 가능한 한 벌충할 방법을 찾아야만 한다.

그리고 코지가 말했던 것처럼──아버지와도 만나서 대화를 나누어야만 한다.

'그렇지만 지금은 어느 일에도 생각이 정리되질 않아. 우선은 나 자신을 다시 보는 것부터 시작해야겠지.'

그래서 떠오른 것이 바로 노상 라이브였다.

어릴 적부터 즐겼던 유일한 취미…… 음악 활동이야말

로 자신과 마주할 수 있는 가장 유효한 수단인 것 같았다. 라이브 하우스가 아니라 노상 라이브를 선택한 것은 조금이라도 초심으로 돌아가기 위해서였다.

'맨주먹으로 출발하겠다는 건 아니지만 지금의 내게는 어울리겠지.'

지금이라면 좋은 곡을 쓸 수 있을지도 모른다.

과거에는 인류의 종언에서 영감을 얻으려고 했지만, 현재의 자신은 그 광경을 보더라도 아무것도 떠오르지 않는다. 지금은 자신의 감성을 믿기로 하자.

'그리고 원하건대, 언젠가 한 방 먹이는 거야. 영문 모를 그 남자한테.'

코바야시 이치로——그와 싸웠을 때, 아기토는 어떤 강렬한 감정을 품었다.

그것은 '공포'다. 등줄기가 얼어붙을 정도의. 도망치고 싶어질 정도의.

그 남자는 상식을 벗어났다. 솔로몬이 자리를 옮긴 것도 납득이 될 만큼 끝 모를 심연을 품은 괴물이다. 히노모리나 사신들도 그 마성에 매료된 것이 아닐까.

'전투에서 그 남자에게 이기는 것은 아무리 발버둥 쳐도 불가능해. 하지만.'

다른 수단이라면 코바야시를 꺾는 것은 절대 불가능하지 않다.

그것을 실제로 해낸 사람을 아기토는 알고 있다. 게다가 '친구 캐릭터'라는, 코바야시가 가장 집착하는 분야에서.

'그 코바야시한테 『너한테는 졌어』라는 말을 듣다니, 정말로 대단한 일이야. 역시 내 친구, 라고 할까.'

무심코 아기토가 입가를 끌어올린 참에.

"미안해, 아기토. 기다렸어?"

바로 그 쿠로가와 코지가 서둘러 종종걸음으로 다가왔다. 어깨에 건 기타 케이스를 흔들며.

오늘, 그는 당번과 청소 차례가 겹쳐서 아기토에게 "조금 늦을 테니까 먼저 가줘"라고 그런 것이었다. 첫 세션을 앞두고서 참 바빴다.

"문제없어. 이제 막 시작한 참이야."

"교실에서 쿠로타니한테 붙잡혔거든. 『역시 나도 라이브에 참가할게! 시켜줘!』라며 듣질 않아서. 설득하느라 힘들었어."

"파이몬…… 아니, 사치에가?"

"그래. 오늘은 아직 테스트니까 키보드는 필요 없다고 그랬는데……. 그 녀석은 네 말밖에 안 들으니까."

……음악 활동을 재개하면서 아기토는 새로이 밴드를 결성했다. 쿠로가와 코지, 쿠로타니 사치에를 멤버로 더해서.

그 이름도 『네오 아포스톨루』. 본래 아포스톨루는 '사도'

를 의미해서, 이전에는 아기토 이외의 멤버가 사도로 구성되어 있었으니까 그런 이름을 붙였다.

이제 사도는 없지만, 밴드 이름을 계승하기로 한 것이었다. 어울리지도 않은 감상이지만.

"언젠가는 드럼도 찾아야겠지. 어디 적당한 인재는 없을까."

"그렇다면 나한테 맡겨주지 않겠어? 점찍어둔 사람이 있거든."

"누구야?"

수상쩍다는 듯 미간을 찌푸린 아기토를 보고 코지가 히죽거렸다.

"쿠로가메야. 그녀는 드럼 경험자고, 멤버로 삼을 수 있다면 히노모리 씨와도 접점이 생기겠지? 장수를 노리겠다면 우선은 말부터 쏘라는 그거야."

"……너는 정말로 책사구나."

"뭐, 그렇지. 그게 말이지, 나는 친구 캐릭터니까."

이계에서의 결전 후. 아기토에게 하나, 예상 밖의 일이 있었다.

뿔이 부러져서 바엘로부터 해방된 코지는――어째선지 『악마 빙의자』였을 때의 기억을 잃지 않았던 것이다.

72 악마 가운데서 그런 변칙이 발생한 것은 그뿐이었다. 본인은 "그만큼 갈망이 강했던 게 아닐까"라며 지극히 태

연했지만.

"단기간에 이렇게까지 기타가 능숙해진 것도 친구 캐릭터라서 그런가?"

"으~음, 그건 어떨까."

"코지, 다시 물을게. 친구 캐릭터란 어떤 인종이야?"

"단순히 참견쟁이 친구가 아닐까. 기본적으로 우리는 누군가의 도움이 되고 싶거든."

"그럼 코바야시 이치로는…… 어떤 남자야?"

녀석을 꺾은, 아마도 유일한 남자일 쿠로가와 코지.

그런 그의 견해는 다시 한번 들어보고 싶다며 생각했다. 어쩌면 코바야시에게 한 방 먹이기 위한 힌트를 얻을 수 있을지도 모른다.

하지만 안타깝게도 코지의 대답은 그다지 참고가 되지 않는 것이었다.

"악마에게 씌지도 않고 여봐란듯이 갈망이 폭주하는 사람……일까?"

"요컨대 결국에는 이상한 사람이잖아."

그렇게 말하자 코지가 "또 그런 소리를……" 하며 쓴웃음 지었다.

들은 바에 따르면 우리 친구 캐릭터는 지금도 코바야시와 연락을 취하는 사이라고 한다. 녀석한테 "크리스마스, 나랑 같이 보내지 않을래?"라며 권유를 받고, 아무리 그래도 그건 거절했다나.

"하지만 아기토, 나는 생각해. 코바야시 군이『그런 캐릭터』라서 잘 됐다고."

"…………."

"혹시 그가 파괴욕이라든지 지배욕이라든지 자기 과시욕이 강한 인간이었다면…… 이 세계는 대체 어떻게 되었을까? 라고."

생각하고 싶지도 않은 이야기다. 녀석이 세계정복이라도 할 마음이 생긴다면 막을 수 있는 사람 따위는 없다. 그야말로 인류는 종언을 맞이하겠지.

"코바야시가 바보라서 다행이다, 그런 이야긴가."

"좋은 녀석이라 다행이다, 그렇게 말해줘."

그런 잡담을 나누는 사이에 준비가 갖추어졌기에 라이브를 시작하기로 했다.

연주를 선보이고 얼마 안 되어서 통행인이 하나둘 걸음을 멈추었다. 컨디션은 나쁘지 않았다. 코바야시에게 당한 대미지도 유키미야 시오리의 치유 능력으로 이미 완전히 나았다.

'그러고 보니 다음 주는 쿠로세의 생일이었나. 신세를 지는 집사니까 축하해줘야겠지.'

……30분 정도 지났을 무렵에는 상당한 청중이 모여 있었다.

가능하다면 아직 더 하고 싶었지만, 첫날이니까 이 정도로 해두자. 관객에게 인사를 하고 곧바로 철수 작업으로 들어갔다. 반응은 무척 좋았다.

"그런데 코지. 내일부터 치르는 기말고사는 괜찮을까."

"어떻게든 말이지. 쿠로무라 노트를 복사했으니까."

"쿠로무라? 그건 누구야."

"바사고 말이야. 기억해줘, 본명."

아기토가 "아, 그 녀석인가"라며 고개를 끄덕인 그때였다.

"──여, 좋은 연주였어."

문득 정장을 입은 중년 남성 하나가 다가와서 그렇게 말을 건넸다.

정리하던 손길을 멈추고 시선만으로 그를 올려다본 순간. 아기토는 무심코 숨을 삼켰다. 하마터면 기타를 떨어뜨릴 뻔했다.

"아, 아버지……!"

그것은 아기토의 아버지 요시다 젠지로였다.

초등학교 4학년 무렵에 어머니와 이혼해서 집을 떠나고, 그저 그것뿐이었던 아버지였다. 지금은 도쿄에서 연예 프로덕션을 경영한다고 집사 쿠로세한테 들었다.

"커졌구나, 아기토. 그래봐야 쿠로세 씨가 이따금 사진을 보내주니까 네 성장 과정은 잘 알고 있지만. 앞머리, 조금 지나치게 길지 않나?"

"아버지, 어째서 여기에⋯⋯."

멍하니 중얼거린 아기토를 보고 아버지는 겸연쩍은 것처럼 머리를 긁적거렸다. 그 동작은 먼 기억에 있는 그의 모습과 똑같았다.

"사실은 최근에 오메이 고등학교 학생과 알게 됐거든. 여기서 오늘, 장래 유망한 인재가 노상 라이브를 한다고 가르쳐줬어. 과연, 장래성이 있는 듀오잖아."

그때 아기토는 코지가 은근슬쩍 고개를 숙인 것을 깨달았다.

⋯⋯설마 발신원은 너냐? 네가 오늘의 라이브 정보를, 그 오메이 고등학교 학생이라는 녀석에게 흘렸냐? 그리고 그 녀석이 다시 아버지한테 전달했다⋯⋯?

그러고 보니 코지는 말했다. 오메이 고등학교 문화제에 아버지가 왔다고. 코지 본인은 발길을 들인 적이 없었는데도 불구하고, 말이다.

코지는 그걸 누구한테 들었지? 그리고 노상 라이브 이야기를 누구한테 했지?

'코바야시, 인가.'

히노모리나 사신들일 가능성도 있지만, 그녀들의 연락처라면 코지는 모른다. 친구 캐릭터 놈들, 건방진 네트워크를 구축해서는⋯⋯!

'그렇지만 이렇게 갖추어진 이상은 어쩔 수 없지.'

아버지와 만나서 대화하는 것은 애당초 아기토 안에서 결정된 일이다.

그렇다면 마주할 수밖에 없다. 이제까지 계속 피해왔던 아버지와. 코바야시와 싸운 것과 비교하면——대단한 공포는 아닐 터.

"……전날, 어머니한테 들었어. 아버지는 이혼한 날부터 매일 빼먹지 않고 편지를 계속 보냈다고. 최근까지 몰랐던 일이야."

"그런가. 하지만 어머니를 책망하지는 마. 너를 생각해서 감추고 있었을 테지."

물론 어머니를 책망할 생각은 없다. 어차피 그것은 할아버지의 명령이다. 할아버지의 뜻을 거스르고 가르쳐준 것만으로도 감사해야만 한다.

"그 편지는 언젠가 전부 보여 달라고 할 생각이야. 거기에는 아버지의 진의가…… 엮여 있을 테니까."

"필요 없어. 진의라면 내 입으로 직접 들으면 돼. 지금 여기에 있으니까."

"…………."

"표면상으로는 너희를 스카우트하러 온, 단순한 사무소 사람이지만 말이야."

그러면서 아버지는 형식적으로 명함을 건넸다. 아기토는 순순히 그것을 받아들었다.

"우리 사무소, 음악 부문으로도 힘을 실을 생각이야. 괜찮다면 이야기만이라도 듣고 가지 않겠어? 참고로 간판 배우인 쿠로야나기 슌은 너희와 같은 하쿠보기주쿠 졸업생이야."

그때 코지가 아기토의 등을 툭 밀었다.

물리적인 그 행위에는 틀림없이 정신적인 의미도 담긴 것이겠지. 응원한다는 의미가.

"뒷정리는 내가 해둘게. 아기토는 이야기를 듣고 와."

"코지……."

"이런 찬스, 좀처럼 없다고? 혹시 메이저 데뷔를 한다면 코바야시 군도 찍소리 못 하지 않을까? 『너한테는 졌어』라고."

"……참견쟁이 녀석."

철저하게 참견하는 친구에게 자연스럽게 떠오른 미소로 답하고.

아기토는 아버지와 함께, 역 앞에 있는 카페를 향해 걸어갔다. 어디선지 조금 이른 『징글벨』의 멜로디가 희미하게 들렸다.

'코바야시 녀석. 언젠가 패전의 빚을 갚겠다고 생각한 것을.'

더욱 빚을 만들다니, 일생의 불찰이다.

도저히 이길 수 있을 것 같지 않다. 친구 캐릭터라는 존재에게는.

에필로그

결론부터 말하자면 기말고사는 처참했다.

나는 답안지를 받을 때마다 입술과 어깨와 무릎을 떨었다. 이렇게까지 문제 예상이 빗나가리라고는 생각도 하지 않았다.

——축하해, 코바야시. 이브와 크리스마스는 선생님과 학교에서 보충수업이다——

그러면서 각 교과 특별 과제 프린트를 한꺼번에 건넨 담임 미네기시의 얼굴을 떠올리고 나는 으드득 이를 갈았다.

각각 다섯 장이 넘었다. 합치면 서른 장 가까웠다. 보충수업에 앞서서 우선은 이걸 전부 하고 오라는 것이었다. 미네기시 이 자식. 귀축.

'설마 진정한 흑막이 바엘도 솔로몬도 아닌 담임이었을 줄이야…….'

그렇게 되어서 모처럼의 일요일인데도 나는 놀러 나가지도 못하고 낮부터 거실에서 프린트와 씨름하고 있었다.

영어부터 착수했지만, 처음의 한 장, 처음의 한 문제에서 굴복해버렸다. 그렇다면 간단한 문제를…… 그렇게 찾았지만 간단한 문제가 어디에도 없었다.

'이래서야 앞일이 걱정된다고……. 게다가 지금의 나도

집중력이 현저하게 떨어져 있어.'

그 이유는 명백. 거실에는 지금 나 말고도——스무 명 가까운 사람이 있으니까.

"우효오오—! 류가땅 귀여워! 미니스커트 산타 최고!"

"바보 자식. 쿄카땅의 미니스커트 산타한테 이길 수 있 겠냐."

옆에서 도철 & 혼돈의 그런 목소리가 들렸다.

"에헤헤. 고마워, 텟짱. 어쩐지 부끄럽네……."

"혼돈 씨! 머리 좀 쓰다듬지 말고! 어린애 취급하지 말라 고 그랬는데!"

이어서 류가 & 쿄카의 그런 목소리도 들렸다.

흘끗 봤더니 귀여운 산타 모습이 된 히노모리 자매를 보 고 내 도플갱어와 산적 아저씨가 마구 떠들고 있었다. 같 은 산타 모습으로.

……마침 오늘, 우리 집에는 주된 메인 캐릭터들이 총집 합했다.

다가오는 크리스마스 파티에 어울리는 의상을 맞추려는 것이었다. 당일은 다들 산타 코스프레를 한다는 것이었다.

"산타 의상이라니 처음 입었어! 어때? 어울려? 어울려?"

톳코에게 안겨 있는 하얀 여우도 역시나 산타 모습이었 다. 완전히 빨간 여우였다.

"귀여워, 궁기! 하지만 내 쪽이 훨씬 귀여워!"

촌스러운 사다코에 이르러서는 하얀 수염까지 달았다. 거기다 가슴을 밥그릇으로 봉긋하게 만든 의문의 코스프레였다. 게다가 그 모습을 왕거미 집사가 싱글싱글 칭찬했다.

"그야말로 선녀 같이 사랑스럽습니다. 어떠실까요, 연말에 회장님과 사모님을 만나실 때는 이 옷으로 가시는 건? 틀림없이 그 자리에서 양녀로 맞이하겠죠."

……이래서는 산만해지는 것도 당연하다. 제대로 내 방에서 공부해야 했다.

약해지지 않고 프린트를 노려봤지만, 이번에는 시마와 어머니의 목소리가 들렸다.

"텟짱 님! 내…… 제 산타는 어떤가요?! 선물은 저예요!"

"너는 반대로 아이한테서 선물을 뜯을 것 같네. 그보다도 내 산타는 어때? 꽤 괜찮지 않아?"

미니스커트인 어머니를 시야에 넣지 않고자 필사적으로 프린트만 응시하고 있었더니.

갑자기 내 눈앞을 쿠로가메 산타가 가로질렀다. 테이블을 박차고 점프하더니 공중에서 붕붕 선회하던 파리에게 승룡권을 날렸다.

"좋아! 처리했어! 아까부터 신경 쓰였거든, 이 파리!"

득의양양한 표정인 거북이에게 시즈마가 황급히 외쳤다.

"안 돼요, 쿠로가메! 그건 바츠와나 씨에요! 잘 보세요, 산타 모자를 쓰고 있으니까!"

"네, 네 유두에는…… 절대로 앉으면 안 되겠다고…….”

프린트 위에 툭 떨어져서 다리를 파르르 떠는 파리. 숨을 훅 불어서 그것을 치우는 나. "이런—" 하며 머리를 긁적이는 거북이.

안 된다. 여기서 공부를 하겠다니, 시부야의 스크램블 교차로에서 공부하는 거나 마찬가지다.

조금은 나를 배려하자는 기분은 없나. 프린트를 도와주자는 관심은 없나. 그리고 쿠로가메, 미니스커트 밑에 스패츠를 입지 마. 아무 소용없잖아.

'거북이 자식. 자기만 기적적으로 낙제점을 면하기는…… 동료라고 믿었는데…….'

마음속으로 저주를 날리는 사이, 이번에는 히로인즈 & 삼 공주의 대화가 들렸다.

"아오가사키. 너, 잡지 모델을 시작했다는 거 정말이야?”

"미온도 하는 거지? 요시다 사장한테 들었어. 일단 『화이토라 이그리트』 전원에게 제안했다고.”

"저는 거절했어요. 창작 활동에 힘을 실을 생각이니까요. 연말에도 도로시 씨랑 같이 코미케에 참가할 거예요.”

"나도 거절했어. 고등학교 보건 교사니까. 사실은 풀 누드로 지면을 장식해서 전국에 있는 청소년의 반찬이 되어주고 싶었지만.”

"키키랑 시쥬마는 다음에, 『극장판 스펙터클 맨 – 역대

괴수 대집합』 엑스트라를 하고 옴미다! 유키미야 선배의 소개에 감사함미다!"

"저야말로 덕분에 살았어요. 하야테 대원이 구출할, 어린 남매 배역을 찾고 있었으니까……. 주연인 쿠로야기 슌 씨도 꼭 키키한테 부탁해보라는 주문이 있었거든요."

그런 그녀들도 역시나 산타 모습.

허벅지가 죽 늘어선 그 광경은 그야말로 절경이었다. 이 상황에서 프린트에 집중할 수 있는 고등학생 남자가 있다면 반대로 그 녀석은 변태겠지.

'굳이 전원이 코스프레할 건 없을 텐데…….'

그러는 나도 사실은 코스프레를 했다. 루돌프 인형 옷을 입고서 공부하고 있었다.

크리스마스 파티 의상은 직접 준비할 테니까……. 나는 미온에게 그렇게 거절하고 돈키호테에서 이걸 사왔다.

친구 캐릭터가 된 지금, 모두와 같은 산타 의상을 입을 수는 없었다.

어디까지나 주인공을 돋보이게 만들어주는 역할에 집중하는 것이야말로 코바야시 이치로의 긍지. 항상 모두의 놀림감으로 존재하는 것이야말로 친구 캐릭터의 의무이자 기쁨이다.

덕분에 연필을 들기 힘든 것도 프린트가 진행되지 않는 원인이었지만.

새빨간 코를 붙인 것도 방해가 되어서 문제를 읽기 힘든 것도 원인이었지만.

그리고 여전히 오신이 할퀴고, 물어뜯고, 찔러대고, 목을 조르는 것도 원인이었지만.

'아아, 이젠 무리야! 프린트는 그만두자! 내일의 나한테 맡기자!'

끝내는 마음이 꺾여서 연필을 내던지려던 그때.

"이치로 씨, 코코아를 타왔어요. 한숨 돌리시면 어떨까요?"

레이다가 다가와서 머그컵을 옆에 내려놓았다.

아무래도 그녀만큼은 나를 걱정해주고 있었나보다. 역시 시즈마의 친어머니…… 싱긋 미소 짓는 얼굴은 마치 성모 같았다.

"땡큐 레이다. 미안해, 코스프레에 어울리게 되어버려서."

"아뇨. 이치로 씨의 루돌프, 무척 잘 어울려요. 저는 이렇게 짧은 치마는 처음이라…… 조금 부끄러워요."

연신 미니스커트 옷자락을 잡아당겨서 허벅지를 가리려는 모습이 오히려 섹시했다. 이 사람을 보고 있으면 이제까지 관심이 옅었던 '유부녀'라는 속성에 눈뜰 것만 같았다.

마지막으로 "열심히 하세요"라고 속삭이더니 시즈마 곁으로 걸어가는 미망인.

그녀의 뒷모습을, 그보다도 엉덩이를, 코코아를 홀짝이며 지켜보던 참에.

'……솔로바야시여. 저 아름다운 부인은 누구인가?'

갑자기 내 머릿속에서 남성미 있는 저음 보이스가 울렸다.

그 녀석은 솔로몬. 아득히 과거에 존재한, 위대한 왕이자 마법사. 한 번은 나와 동화되고자 획책하고, 포기하고 떠났을 터인 망령이었다.

하지만 나를 향한 메인 캐릭터들의 폭격이 끝난 뒤, 뻔뻔스럽게 돌아온 것이었다. "깃들기에 좋으니까 조금 더 머무르겠다"라면서.

'나아마에게 뒤지지 않는, 참으로 훌륭한 엉덩이야……. 좋다, 솔로바야시. 애벌레처럼 기어가서 그녀의 치마를 아래쪽에서 들여다보는 것이다. 이건 왕의 명령이라고.'

'그게 무슨 명령이야! 팬티를 보는 데 얼마나 필사적인 거야! 좀 더 위엄을 가져!'

'잠깐만, 한 마디 떠올랐다. 엉덩이를 본다. 그 사리사욕이야 용두사미.'

'그 외설 캐릭터 그만둬! 빵점이라고!'

……그렇게 되어서 나는 여전히 작중 최강 그대로였다.

이제는 주인공도 아닌데. 그냥 친구 캐릭터인데.

'그보다도 인제 그만 좀 성불해! 식객은 정원 초과라고 그랬잖아!'

'뭐, 우얀데. 국왕이 깃들다니, 멋지다 아이가.'

'야야!'

머릿속에서 임금님한테 딴죽을 걸던 참에.

갑자기 옆에서 나를 홀쩍 들여다보는 사람이 있었다. 레이다가 돌아왔는가 했는데 류가였다.

"왜 그래, 이치로? 무서운 표정으로…… 그렇게나 어려운 문제가 있었어?"

——히노모리 류가. 내가 도와주어야 하는 주인공 같은 존재. 『용신의 계승자』로서 이 세계를 지킨, 화사함과 실력을 겸비한 지고의 히어로.

'오오, 나아마여! 사랑스러운 내 아내여! 그 아름다움, 그 무렵과 전혀 변함이 없구나! 다른 아내 따윈 처음부터 필요 없었던 기라! 쪽쪽!'

요란스러운 임금님을 묵살하고 나는 얼버무리듯이 미소 지었다.

당연하지만 솔로몬이 아직 내게 깃들어 있다는 사실은 비밀이었다. 무언가를 감추는 것은 이제 지긋지긋하지만, 이 이상 보류 대상인 스핀오프를 질질 끌고 싶지는 않았다.

"어, 아니. 아무것도 아니야, 류가. 그보다도 미안하네, 크리스마스 예정을 망쳐버려서. 나, 미네기시랑 데이트하게 되어버렸어……."

그에 대해서는 이미 포기했는지 한숨과 함께 가볍게 고개를 내젓는 류가.

"아쉽지만 데이트가 날아가 버린 건 다들 마찬가지니까.

그 대신에 당일, 밤에 있을 크리스마스 파티만큼은 있는 힘껏 즐기자."

"정말 아쉬워. 크리스마스는 바엘이랑 보내고 싶었는데……."

"어째서 쿠로가와 군이랑?!"

"사사키 씨라도 괜찮았는데……."

"남자랑 성스러운 밤을 보내려는 거 그만둬!"

뭐, 농담은 제쳐놓고.

나는 류가에게 이야기해야만 하는 것이 있다. 아기토와의 결전 이후, 시험공부도 뒷전으로 두고 계속 고민한 끝에 절실히 깨달은 것이 있다.

역시 내게는──이 녀석밖에 없다.

코바야시 이치로는 히노모리 류가가 있기에 코바야시 이치로인 것이다, 라고.

'그것이 내가 내린 결론이야. 다른 사람들에게는 미안하지만.'

생각해보면 당연했다. 나는 처음 만났을 때부터, 처음 봤을 때부터 류가에게 마음을 빼앗겼으니까. 그리고 지금도 여전히 빠져 있으니까.

앞으로도 네 곁에 있고 싶다. 너를 지탱해주고 싶다.

그것을 여기서 솔직하게 전하자. 지금이 좋은 기회겠지.

"들어줘, 류가. 너한테 중요한 이야기가 있어."

다시금 류가를 바라보자 그녀는 갑작스럽게 긴장한 표정을 지었다.

내 눈빛에서 심상치 않은 결의를 느꼈을 테지. 정신이 들자 주위의 모두도 대화를 멈추고서 이쪽을 주목하고 있었다.

"주, 중요한 이야기?"

"그래. 앞으로의 우리에 대한, 중요한 내용이야. 명심하고 대답해줘."

류가가 점점 당황해서는 목을 꿀꺽 울렸다.

사신 히로인즈 & 삼 공주도 마른침을 삼키고 조마조마한 모습으로 내 말을 기다렸다.

"자, 잠깐만 이치로. 이런 타이밍에 고백하다니, 기쁘지만 곤란해. 아직 마음의 준비가 안 되었고, 녹음기도 준비하지 않았고……."

허둥지둥 무어라 말하는 류가는 개의치 않고.

나는 단도직입적으로 그녀에게 물었다.

"스포츠물, 밴드물, 양아치물, SF물, 추리물…… 다음은 뭐로 할래?"

"…………."

질문의 의미를 못 알아들었는지 10초 정도 입을 떡 벌리는 류가. 잠시 후, 이윽고 "……예?"라며 당혹스러운 목소리가 돌아왔다.

"배틀물 다음은 어떤 장르로 갈 생각이야? 그에 따라서 나도 어떤 친구 캐릭터로 갈지 검토해야 해."

말을 보충하고서도 여전히 류가는 멍한 모습이었다.

한편으로 주위의 관객들은 "괜히 조마조마했네"라고 그러듯이, 또다시 각자의 토크를 재개했다. 어머니만이 "이 녀석 무슨 소리야"라는 표정으로 아들을 보고 있었다.

……듣자 하니 류가는 고등학교를 졸업할 때까지 남자로 다니겠다고.

그러니까 아직 1년 이상이나 남자로서 학창 생활을 보내는 것이다. 그렇다면 이야기를 하나 정도는 더 자아낼 수 있을 터. 히노모리 류가를 주인공으로 하는, 어떤 스토리를.

그것이 낙제점과 맞바꾸어 내가 다다른 앞으로의 전망.

심기일전, 새로운 방송을 시작하자──그렇게 결의한 것이다.

'순수한 주인공 히노모리 류가라면 틀림없이 어떤 장르라도 인기를 끌 수 있겠지. 나는 그렇게 믿어. 그러니까 앞으로도 네 곁에 있고 싶어! 조연의 프로로서!'

이제까지의 반성을 살려서 사전에 주인공 본인과 합의를 해두자. 그러면 망가질 일 없이 스토리를 진행할 수 있다고 생각한다.

물론 히로인 캐릭터는 유키미야, 아오가사키 선배, 엘미라다. 거북이? 알 게 뭐냐.

"……이치로, 아직도 그런 소리야?"

금세 기분이 나쁜 듯이 홱 토라진 류가에게 나는 양손을 맞대고서 애원했다.

"부탁이야, 류가! 나한테 리벤지할 기회를 줘! 과거는 바꿀 수 없지만, 미래라면 바꿀 수 있어. 그렇게 생각하지 않아?!"

"그보다도 크리스마스 데이트를 어떻게 벌충할지 생각해. 제대로 평등하게, 희망자 전원과 데이트하라고? 겨울 방학 동안에 이치로, 쉴 틈 없다고?"

크리스마스 따위 알 게 뭐냐! 그보다도 데이트를 다니는 친구 캐릭터가 어디 있냐! 그리고 오신들도 빨리 데려가!

"토너먼트가 시작되면 우리도 바빠질 테니까. 모두의 상황도 고려해서 제대로 스케줄을 조정할 것!"

토너먼트…… 그러고 보니 그런 이야기도 있었나. 『제1 회 대장군 결정 토너먼트』라던가, 그런 얼토당토않은 연말의 격투 이벤트가.

"알고 있지? 우승자는 일주일 동안 이치로를 독점할 수 있다고? 자기 집에서 묵을 수도 있다고? 크리스마스 데이트하고는 차원이 다르니까."

그래서 그녀들도 참전하게 되어버린 것이었다. 부상으로 취급되는 것에 나는 지금도 납득하지 못했다.

찌푸린 표정으로 입을 다문 내게 류가가 불쑥 다가왔다.

어째선지 투기를 드리우고서.

"그런데 이치로는——누굴 응원할 생각이야? 누가 진심일까?"

그 한마디를 듣고 사신 히로인즈도 일제히 내게 다가왔다.

"저겠죠, 코바야시 씨! 안 그래도 저는 전투로는 불리해요! 하지만 코바야시 씨의 응원이 있다면 틀림없이 힘을 낼 수 있어요!"

"날 응원해, 코바야시! 쿠로부치 씨도 『빨리 더블 데이트를 하자』라고 재촉한다고! 카즈히코랑 연애하는 이야기를 계속해서 살짝 짜증도 났어!"

"응원을 받을 수 있는 건 당연히 정실인 저예요! 저도 할머니한테 계속 재촉을 받는다고요! 인제 그만 코바야시 이치로를 소개하라고!"

"잇 군! 가끔은 날 응원해! 아빠도 그랬어! 『그 소년에게 도장의 에티오피아 지부를 맡기고 싶다』라고!"

게다가 삼 공주도 지지 않겠노라 다가왔다.

"이치로 군! 날 응원하지 않는다면 본격적으로 모델 활동을 할 거니까! 그리고 아이돌로 전직해서 가사를 내팽개칠 테니까!"

"현장 주리에게 일주일을 준다면 이치로 님에게 온갖 성 기술을 주입해서 초일류 AV 남자 배우로 만들겠어요."

"이치로 남작! 키키와 일주일 동안, 전국의 하비샵을 도는 겁니다!"

이어서 시즈마와 레이다도 조심스럽게 말했다.

"가능하다면 아버님께서는 절 응원해주셨으면…… 대장군이 된다면 이계의 미개척 지대 개척에 힘을 쏟고 싶어요. 아버님과 함께."

"저는 도저히 우승은 무리겠지만 이치로 씨의 응원을 받는다면 기쁠 거예요. 아아, 히데오 씨. 이런 절 용서해요……."

그런 나를 보고 【마신】들이 싱글싱글했다.

"나리는 여전히 인기 있네. 가능하다면 시마가 우승을 하고, 그동안에 나는 류가땅이랑 데이트하고 싶은데."

"나는 쿄카땅이 프리하다면 그걸로 됐다만."

"참고로 이 토너먼트, 한 경기 단위로 승패에 돈을 걸 수 있어. 배당률은 내가 결정하겠어."

"내도 나가고 싶었구먼. 이치로 나리와 일주일 동안 오락실을 다니고 싶었수다."

이어서 루니에, 시마, 바츠와나, 어머니가 포부를 이야기했다.

"륙장 루니에, 반드시 우승해서 코바야시 님의 독점권을 손에 넣을 생각입니다. 그리고 도올 님과 시오리 아가씨를 위해서 행사하겠습니다."

"까불지 말라고, 빌어먹을 집사! 코바이치를 얻는 건 나야! 텟짱 님과 결혼하기 위해서는 그릇인 코바이치도 필요하다고!"

"홋홋홋. 혹시 내가 우승했을 때는, 도령의 독점권을 경매로 걸어볼까. 물론 대가는 브래지어와 팬티다! 가터벨트라도 상관없다고!"

"이치로. 내가 우승하면 너한테는 일주일 동안 외출 금지를 명할 거야. 집에서 계속 공부해! 낙제점이나 받는 바보 아들!"

……누가 우승해도 귀찮을 것 같다. 나는 입을 다물며 새빨간 코를 떼어내서 테이블에 놓았다.

'뭐, 됐어. 토너먼트에 쪽으로는 이미 손을 써뒀어.'

모두에게 말하지는 않았지만──나는 궁기에게 요청해서 나 자신도 대회에 엔트리했다. 의문의 복면 사도, '잔념장(殘念將) 잇치'로서.

그러니까 미안하지만 모두 응원할 수는 없다. 내가 응원하는 것은 나 자신이다. 자기 몸은 자기가 지켜야지.

'이봐, 임금님. 잘 부탁한다고. 분명히 72 악마는, 앞으로 1년하고 10개월 정도는 이쪽에 남아 있는 거지?'

'짐은 나아마를 응원하고 싶다만.'

'숙주를 응원해!'

'그럴 수는 없다. 사실은 이미 시마라는 자를 응원하기로 결정했기에.'

'시마라고? 왜? 어째서 임금님이 날라리 멤버를 응원하

는데!'

'내 친구 텟짱과의 맹약이다. 참고로 큐짱과의 맹약으로 미야모토 씨라는 자의 검도 경기를 응원하게 되었다.'

'어느새【마신】이랑 친해졌냐!'

어쩔 수 없다. 이렇다면 자력으로 우승해주마.

오니의 저력으로 승리해서 메인 캐릭터들과의 스캔들을 저지하는 것이다. 그리고 상쾌하게 새로운 방송을 맞이하는 것이다!

……다만 이것은 어디까지나 개인적인 이야기.

새로이 시작되는 '히노모리 류가의 이야기'와는 관계없는, 단순한 사생활의 분란이다.

뒤로 문제를 얼마나 품고 있을지라도 무대 위에서는 훌륭한 단역을 해낸다. 그것이 프로라는 존재.

'나는 친구 캐릭터 코바야시 이치로. 어디에나 있는, 그냥 일반인이다. 누가 뭐라고 하든.'

아내가 몇 명이 있어도, 몸 안에 사흉 & 오신 & 솔로몬이 깃들어 있어도, 그런 일은 본편과 관계없다. 온 세상의 친구 캐릭터들도 보이지 않는 곳에서는 다양한 개인적인 사정에 휘둘리고 있음에 틀림없다. 분명히 미츠히코도 그렇다.

주인공을 지탱하고, 추어올리고, 빛나게 만든다……. 그것이 우리 친구 캐릭터.

어렵습니까? 그렇게 묻는다면 확실히 어렵다. 하지만 좋아서 하는 일이다. 이것은 나의 라이프워크인 것이다.

적어도 졸업할 때까지는, 가능하다면 그 후로도 계속 그렇게 살아가고 싶다. 그리고 끝내는 온갖 장르의 친구 캐릭터에서 최고의 경지에 이르고 싶다. 그것이 내 꿈이다.

그러니까 시청자&독자 여러분──

새로운 류가의 이야기, 기대해줘!

이번에야말로 얌전히 있을 테니까! 구석에서 가만히 있을 테니까!

후기

여러분, 안녕하십니까. 다테 야스시입니다.

이번에는 『친구 캐릭터는 어렵습니까? 10』을 손에 들어 주셔서 정말 감사합니다!

그리고 무엇을 감추랴, 마지막 권입니다! 한 권이 아니라 열 권의 끝입니다!

약 4년에 걸쳐서 이어진 본 작품도 마침내 막을 내리게 되었습니다.

마무리 방식으로는 이래저래 고민했지만 가장 코바야시 이치로다운 느낌으로 하자고 생각한 결과, 본편 같은 마지막이 되었습니다. 어떠셨나요?

먼저 후기를 보시는 분을 위해서 스포일러는 피하겠지만, 필자에게 코바야시 이치로란 그런 남자입니다.

자신이 정한 삶의 방식을 그저 악착같이 돌진한다……. 그에게는 그런 필자의 동경이 담겨 있었습니다. 설령 타인이 기이하게 쳐다볼지라도 필사적으로 사는 사람은 어디든 무엇이든, 한 바퀴 빙 돌아서 멋있을 것이라고.

어쩌면 당신도 코바야시 이치로 같은 친구를 바라게 되지는 않았습니까? 저는 필요 없습니다.

돌이켜보면 무척 밀도 짙은 몇 년이었습니다.

자신의 최장 시리즈가 되니 거의 라이프워크로 변한 것 같기도 합니다. 최근 몇 년, 이렇게까지 교우 관계로 고민한 것은 저 정도밖에 없지 않을까요.

신문 연재나 만화화 같은 귀중한 경험도 할 수 있었습니다.

게다가 이번에 전자 서적의 특전으로 문고본 환산으로 140페이지 정도로 볼륨이 있는 단편(대체 어디가)도 적게 되었습니다.

콩트의 웃음 포인트처럼 시작된 이 작품이 설마 이렇게까지 호흡이 긴 시리즈가 될 줄은 몰랐습니다.

이것도 모두 읽어주신&응원해주신 독자 여러분이 있었기에 가능한 일.

팬레터를 보내주신 분, SNS 등으로 좋게 말씀해주신 분, 평범하게 즐겨주신 여러분도 포함해서 정말로 감사의 마음으로 가득합니다.

작품도 필자도, 여러분의 도움으로 여기까지 올 수 있었습니다.

진심으로 "감사합니다"라고 말씀드리게 해주시길.

그럼 마지막으로 감사 인사를.

담당 님, 그리고 가가가 문고 편집부 여러분.

10권이라는 큰 단위까지 간행해주셔서 정말 감사합니다.

이제까지 제멋대로 굴어서 참으로 송구스럽습니다.

오디오북, 입체 POP, 관련 상품인 태피스트리 등등, 다양하게 전개해주신 것도 좋은 추억입니다. 정말로 많은 백업을 해주셨습니다.

일러스트를 맡아주신 베니오 님.

매력적인 캐릭터들을 비주얼로 만들어주셔서 그저 감사드릴 따름입니다. 만나면 항상 싹싹하게 담소를 나누어주셔서 기뻤습니다. 멋대로 흠모하고 있습니다.

언제였던가 앞으로의 스토리 전개를 물어보셨을 때, 아무런 생각도 없었기에 "우후후"라고 웃어넘겼던 것을 어제 일처럼 기억하고 있습니다.

다른 작품의 다양한 노벨도 일러스트를 담당하고 계시니까, 앞으로도 한 사람의 팬으로서 응원하겠습니다!

본 작품의 출판, 판매에 관여해주신 분들.

한 권의 책이 나오기까지는 정말로 많은 분들의 힘이 필요합니다.

그것은 데뷔 이후로 계속 통감하는 일이고, 앞으로도 잊어서는 안 되는 일이라고 생각합니다.

오랫동안 정말로 신세를 졌습니다. 또 간행할 기회가 있다면 그때는 모쪼록 잘 부탁드립니다.

마지막으로 독자 여러분.

수많은 라이트노벨 가운데 본 작품을 손에 들어주셔서 정말 감사했습니다.

언젠가 또 다테 야스시의 작품을 발견하신다면 "아, 친구 캐릭터의 그 녀석인가"라며 흥미를 느껴주신다면 행복하겠습니다.

본 작품의 만화판은 아직 이어지고 있으니, 아직 안 보신 분이시라면 부디! 요코야아 코지 선생님의 센스가 발휘되어 멋지다고요! 정말 추천합니다!

또한 이 작품은 무모하게도 해외판이 다수 출판되고 있습니다. 각국에서 읽어주신 여러분께도 역시나 감사하고 있습니다. 아리가토 고자이마스!

그럼 또 뵐 수 있기를 진심으로 바라며.

정말 감사했습니다!

다테 야스시

YUJIN CHARA WA TAIHEN DESUKA? Vol.10
by Yasushi DATE
©2016 Yasushi DATE Illustrated by BENIO
All rights reserved.
Original Japanese edition published by SHOGAKUKAN.
Korean translation rights in Korea arranged with SHOGAKUKAN
through Shinwon Agency Co.

친구 캐릭터는 어렵습니까? 10

2022년 6월 15일 1판 1쇄 발행

저　　자 다테 야스시
일 러 스 트 베니오
옮 긴 이 손종근
발 행 인 유재옥
본 부 장 조병권
편 집 1 팀 김준균 김혜연 박소연
편 집 2 팀 박치우 정영길 정지원 조찬희
편 집 3 팀 곽혜민 오준영 이해빈
라이츠담당 이승희 한주원
디 지 털 김지연 박상섭 최서윤
미　　술 김보라 박민솔
발 행 처 ㈜소미미디어
인쇄제작처 ㈜코리아피엔피
등　　록 제2015-000008호
주　　소 서울시 마포구 토정로222, 403호 (신수동, 한국출판콘텐츠센터)
판　　매 ㈜소미미디어
마 케 팅 박종욱
전　　화 (02)567-3388, Fax (02)322-7665

ISBN 979-11-384-1172-1
ISBN 979-11-6190-091-9 (세트)